ヘンリー・ジェイムズとその時代

アイルランド、アメリカ、そしてイギリスへ

大畠一芳
OHATA Kazuyoshi

悠書館

ヘンリー・ジェイムズとその時代

アイルランド、アメリカ、そしてイギリスへ――目次

序章　アイルランドから新大陸アメリカへ
——ジェイムズ家の三世代

二〇二〇年十一月十六日の『ニューヨーク・タイムズ』紙に、「ウィリアム・ジェイムズのアイルランド経験の諸相」("William James's Varieties of Irish Experience") という大変興味深い論考が掲載された。このエッセイの題名は、小説家ヘンリー・ジェイムズの兄ウィリアム・ジェイムズの著作『宗教的経験の諸相』(*The Varieties of Religious Experience*) をもじったものであることは明らかで、ジェイムズ家とアイルランド移民との関係に言及している。寄稿者のジョン・カーグはこのエッセイの中で、十九世紀末のアメリカを代表する知性であった心理学者ウィリアム・ジェイムズと小説家ヘンリー・ジェイムズの兄弟は彼らの先祖がアイルランドの小農の出であることをできる限り遠ざけようとしていたと論じている。

ジェイムズ兄弟が十九世紀アメリカの知性を代表する人物であることは周知のことであるが、ジェイムズ家の先祖がアイルランドの貧農であったことを知る人は少ない。カーグは、兄のウィリアムが

「道徳的なたるみは世俗的な成功の女神を崇拝することから生じる。それは、成功という言葉をまとったさもしい金銭と解釈できるのだが、アメリカ人の国民的な病気である」と記していることを引用し、まるで祖父ウィリアム・ジェイムズを世俗的な成功の女神の崇拝者であるかのごとく扱い、彼ら二人は間違いなく祖父がアイルランド人であるというルーツを無視しようとしていたとしている。

さらにカーグは、アイルランド出身の小説家コルム・トビーンの見解を引き合いに出し、ヘンリー・ジェイムズは二つのことを隠そうとしていたこと、一つはヘンリーが同性愛者であったこと、もう一つは彼の文化的な遺産であったことを指摘している。ヘンリーが同性愛者であったかどうかはさておき、気になるのは文化的な遺産に蓋をしようとしていたという記述である。ヘンリーは意識的に彼の出自がアイルランドであるということを無視しようとし、しばしば軽蔑さえしていたとしているのである。また一八八〇年代にアイルランドがイギリスの支配を脱して自治を求めた時に、ヘンリーの妹のアリスはその運動（Irish Home Rule Movement）を支持したのであるが、彼はその運動に対しても侮蔑的な態度を示したという。スティーブン・スペンダーもまた著書『愛憎の関係』（*Love-Hate Relations*）の中で「一八八〇年代に、社会的な状況を眺めていたヘンリー・ジェイムズは、アイルランド人をうんざりする迷惑な存在と考えていたようである」と記している。

祖父ウィリアムは、十八世紀末から十九世紀初頭に実業界で大成功を収め、信じられないほどの資産を残した、言うならば立志伝中の人物であった。その資産のおかげで、息子のヘンリー・ジェイムズ・シニアも孫のジェイムズ兄弟も額に汗して働く必要に迫られなかったのである。それにもかかわらず、ジェイムズ兄弟は祖父が成功を夢見てアイルランドから大西洋を渡り、新大陸アメリカにおいて貧困から身を起こしたという事実は伏せておきたかったのであろうか。

十九世紀末までに、相当数のアイルランド移民が成功の夢を抱いてアメリカに流入していた。しかしそのほとんどが夢と希望の地アメリカにおいて辛酸を舐める生活に甘んじざるを得なかった。特にジェイムズ兄弟が世に名を知られるようになった十九世紀末ともなると、アメリカの夢というパイの美味しい部分はすでに食べつくされ、多くのアイルランド人は工場労働者か鉱山での過酷な肉体労働に従事せざるを得なかった。「アイルランド人の幸運」("the luck of the Irish") という慣用句にあるような事例はきわめて珍しいこととなっていた。最悪の場合、国外追放の危険性を覚悟して大西洋を横断しなければならなかった。十九世紀末にアイルランド人であることは、都市に生活する貧しい工場労働者を意味したのである。

ジェイムズ兄弟に、そのような貧困にあえぐ同胞のアイルランド人たちと一線を画す意図があったのかどうか定かではないが、アイルランドからの移民の中で傑出した成功を収めた祖父ウィリアム・ジェイムズを二人の孫はなぜ軽視しようとしたのか。祖父がアイルランドから移住して貧困から身を起こし、経済的な成功の階段を駆け上り、莫大な資産を残した事実をどのように考えていたのであろうか。このような背景を知るためには、まずジェイムズ家の三世代にわたる歴史を繙《ひもと》くことから始めなければならないであろう。

1. 富と宗教

ジェイムズ家の歴史を眺めると、五世代にわたってウィリアムとヘンリーという名前が繰り返し登場する。紛らわしさを避けるために、便宜上、アメリカにおいて成功した実業家のウィリアム・ジェイムズをオールバニーのウィリアムあるいは祖父ウィリアム、その息子をヘンリー・ジェイムズ・シニアあるいは父ヘンリー、その長男を心理学者ウィリアム、次男で小説家の息子をヘンリー・ジェイムズ・ジュニアと呼ぶことにする(1)。

ジェイムズ家を語る上で、アイルランドから一七八九年にアメリカに移住したオールバニーのウィリアム・ジェイムズの存在を抜きにして語ることは不可能である。独立して間もない新興国家アメリカにおいて、実業家として成功した祖父が一代で築き上げたジェイムズ家の「富」、そして祖父の精神的な支柱である「宗教」が、その後のジェイムズ家にさまざまな形で影を落としているのである。

祖父ウィリアム・ジェイムズが残した莫大な富は、ジェイムズ一族に有閑階級としての生活の基盤を保証する、いわば物質的・経済的な遺産であった。この富のおかげで息子のヘンリー・ジェイムズ・シニアは生涯、金銭を求めて働く必要がなくなったのである。小説家のヘンリーと心理学者のウィリアムが幼い頃から父親に連れられ、家族でヨーロッパを旅行し、さまざまな文化遺産を見聞することができたのも、祖父ウィリアム・ジェイムズが残した莫大な資産のおかげであった。

一方で祖父が所属する長老派教会（Presbyterian）は、カルヴィン主義の厳格な戒律に信仰の基盤を置く、正統派プロテスタントであった。伝統的長老派教会は、ジェイムズ家のカルヴィン主義に基づく宗教上の禁忌の根幹を形成し、有形無形の影響を子どもたちに及ぼした、いわば精神的な遺産とも言えるものであった。小説家ヘンリー・ジェイムズの父ヘンリー・ジェイムズ・シニアにとって、原罪と神による懲罰を説くカルヴィン主義の教義は、精神面のみならず日常生活のすべてを支配する威圧的な存在であった。厳格な長老派教会は無言の圧力であり、オールバニーのウィリアムが理事を務める教会は絶えず彼を監視する見えざる神の目でもあった。彼はやがて罪の意識と見えざる圧力に耐え切れずに長老派教会を飛び出し、魂の安住の地を求める旅に出向くことになるのであるが、彼の人生は文字通り大富豪である父親ウィリアムとの反目の歴史であり、同時にカルヴィン主義の厳格な教義との闘いでもあった。したがって「富と宗教」という二つの観点から小説家ヘンリー・ジェイムズが誕生する以前のジェイムズ家の歴史、とりわけ父親の苛烈な生きざまを概観しておくことは、彼の文学を語る上でも避けて通ることができない重要な問題として浮上してくる。

（1）ジェイムズ家の富

ジェイムズ家の家系は、祖父の生誕の地であるアイルランドのキャヴァン郡ベイリーバロウから東へ一・六キロほどにあるコーキッシュという村までさかのぼることができる。ジェイムズ一族の先祖は一七〇〇年頃この地に移住してきたと伝えられているが、それ以上のことは詳らかではない。一七七一年十二月二十九日、この寒村で農業に従事するプロテスタントのウィリアム・ジェイムズとスーザンとのあいだに息子が誕生した。彼はその息子に自分と同じウィリアムという名を与えた。やがて小説家ヘンリー・ジェイムズの祖父となるこの人物、ウィリアム・ジェイムズは、アメリカにおけるジェイムズ一族の礎を築いた人物としてジェイムズ家を語る上で特別な存在となる。

アイルランドといえばカトリックを連想する人も少なくないであろうが、アイルランドにおいてプロテスタントであることは歴史上のある出来事と結びついている。その出来事とは十七世紀から始まったイングランドの植民政策である。アイルランドへの植民計画の結果、現在のアイルランドの北部に位置するアルスター地方にイングランド人と多数のスコットランド人が流れ込むことになった。イングランド人は英国国教会、スコットランド人はそのほとんどがプロテスタント長老派教会の信徒であった。二十世紀末まで続いた北アイルランド紛争の原因はこの時代までさかのぼり、カトリック対プロテスタントの宗教紛争の遠因を生み出したのが十七世紀初頭のこの植民政策であったと言えよう。おそらくジェイムズ家の先祖はこの時代以降にアルスター地方に移住してきたと思われる。したがって、アルスター地方キャヴァン郡に植民したジェイムズ家の先祖はアイルランド出身ではあるが、カトリックである土着のアイルランド人とは異なった宗教的背景を持っていたのである。

五エーカーほどの土地を所有していた父ウィリアムは、決して豊かとはいえず、息子に聖職者になることを望んでいたらしい。しかし、息子のウィリアムはアイルランドの寒村で一聖職者として生涯を終えるつもりはなかった。イギリスから独立したばかりの新大陸アメリカに運命を賭けてみる決心をする。十八歳になった一七八九年に、「ラテン語の文法書と文字通りポケットにわずかなお金」を持ち「独立戦争の戦場を見たいという願望」(2)に突き動かされて、アイルランドの寒村から誕生間もないアメリカ合衆国にやってくる。十八歳の青年ウィリアムが携えてきた「ラテン語の文法書」は、ジェイムズ一族の知的で学問的な側面を、「ポケットのわずかなお金」は、その後ウィリアムが実業の世界で努力と才覚によって巨万の富を獲得するにいたる経済面での出発点を、そして「独立戦争後のアメリカを見たい」という願望は、ジェイムズ一族の冒険心と進取の気性を象徴していると指摘する研究者もいるが、その妥当性はともかくとして、象徴的な意味を読み込むという点では面白い指摘である(3)。

いずれにしろ、ウィリアムが初めて新大陸の大地を踏みしめたニューヨークは、誕生したばかりの国家の首都であり、一七八九年は初代大統領ジョージ・ワシントンが大統領就任式に臨み、ウォール街にある連邦政府の建物のバルコニーから就任演説を行なった年でもあった。彼はニューヨークで店員としての仕事を見つけ、二年後に自分の店を持つまでになる。さらにその二年後の一七九三年にはハドソン川上流のオールバニーに移住する。(4) 現在ニューヨーク州の州都であるオールバニーは当時人口五千人の町であったが、新興国家アメリカの町としては決して小さな町ではなかった。将来の発展の可能性を秘めた開拓地に位置する有望な町で、この地においてウィリアム・ジェイムズは、後のジェイムズ家の基盤となる莫大な資産を築くことに成功するのである。

当時のオールバニーは開拓地の最前線の町として大きく発展しつつあった。モホーク川とハドソン川の合流地点近くに位置し、十七世紀初頭にフォート・オレンジと呼ばれたオランダの砦があったこの場所は、交通の要所でもあったため、植民地時代は毛皮取引の拠点として、また独立戦争時には軍事上の拠点として重要な位置を占めていた。

小説家ジェイムズ・フェニモア・クーパーの父ウィリアム・クーパーもまた不動産開発業者として、一七八九年にオールバニーから西方へおよそ百キロ離れたオツィーゴ湖畔に広大な土地を切り開き、クーパーズタウンと命名したことから推察できるように、成功の夢と希望を抱いた開拓者が大挙してハドソン川上流に押し寄せてきたのである。クーパーはやがてオツィーゴ郡の判事、そしてフェデラリスト党の下院議員として活躍し、この地方の大地主として君臨するようになる。ウィリアム・クーパーの事例から分かるように、ハドソン川上流を中心としたニューヨーク州中部は、経済的な成功を夢見て、ニューイングランド地方のコネチカット州やヴァーモント州からやってくる野心的な移住者であふれ、毛皮、小麦、肉、製材業、そして不動産業などを中心に活況を呈していた。冒険心と少々の才覚を兼ね備えていれば、誰でも成功のはしごを駆け上ることができる機会はいたるところに転がっていたのである。

エリー湖畔のバッファローやミシガン準州を目指す開拓者にとって、オールバニーは中西部への入り口となった。蒸気船の発明で有名なロバート・フルトンが、一八〇七年に世界で最初の蒸気船を走らせたのはニューヨークからオールバニーにいたるハドソン川であった。一八一〇年にはオールバニーの人口は二十年足らずで倍増し、一万人を超えるまでになり、アメリカで十番目に大きな都市に発展した。このような急速な発展をさらに推し進めたのが、一八二五年のエリー運河の完成である。エリー運河開通はニューヨークと五大湖地方とを水路で結ぶ国家的な大事業であり、中西部と東部ニューヨークを物流によって結びつけることを可能にしたのである。

さらに鉄道の発展にともない、オールバニーに二つの鉄道の本社（デラウェア・アンド・ハドソン鉄道とニューヨーク・セントラル鉄道）が置かれ、この会社は鉄道王として有名なコーネリウス・ヴァンダービルトが一八六七年にニューヨークに本社を移すまで、この地方の繁栄を支え続けた。この時代にターンパイク（当時は馬車用の有料道路）の建設がすでに始まっており、運河や鉄道と相まってオールバニーの交通の要所としての地位をいっそう確たるものとした。一八四〇年の国勢調査では、オールバニーは全米九位の都市に成長していた。

さて、急速に発展し活況を呈するオールバニーは、ウィリアム・ジェイムズが移住した当時はまだ人口五千人の町であったが、アイルランドの寒村出身の青年ウィリアム・ジェイムズにとって、成功の可能性を秘めた夢と希望にあふれる、繁栄に沸き立つ都市そのものに映ったことは間違いない。彼はニューヨークからオールバニーに移住した後、ここで成功物語を地で行くような人生を歩み出すのであるが、おそらく強い向上心を持ち、並はずれた商才と才覚に恵まれていたのであろう。一七九三年にこの地方一番の商人であるジョン・ロビンスンという人物が経営する乾物屋の店員として働き始め、二年後の一七九五年五月二十五日には独立して自分の店を開業している。さらに二年後の一七九七年十二月八日、土地の物産品を受け入れるために、ハドソン川を臨む場所にもう一店舗を建設したことを近隣の農民や商人に知らせる目的で新聞に広告を掲載している。翌年、一七九八年十一月十二日にはタバコ工場を建設し、その利益を元手にしてオールバニーの町だけではなく、当時開拓地の最前線であったシラキューズまで手を伸ばし、シラキューズの街の広範な地域に膨大な不動産を獲得するまでになった。

オールバニーやシラキューズに不動産を獲得すると同時に、彼はジョン・フラックという人物と共同経営で一八〇五年四月四日にニューヨークにも店舗を開店している。さらにオンタリオ湖に近いシラキューズに製塩工場を建設し、金融業、銀行業にも手を染めるなど数多の事業において成功を収めている。一八一六年にはジョンとウィリアムという二人の甥たちが、彼を頼ってはるばるアイルランドからやってきた。二人は伯父ウィリアムの援助を受けてニューヨークに店を持ち、実業家として生活の基盤を築き上げたことが判っている。ウィリアムはニューヨークにおいても不動産を獲得し、一八二三年に現在の西十二丁目に土地を購入した。これはグリニッジ・ヴィレッジのハドソン川に面した、一ブロック以上になる土地であった。(5)

当時のアメリカにおいて、経済的な成功を収めた者の多くが将来の発展を見込んで不動産に目をつけたことは、ウィリアム・ジェイムズや前述した小説家ジェイムズ・フェニモア・クーパーの父ウィリアム・クーパーの事例に限ったことではない。アメリカの歴代の富裕層に名を連ねている、ジョン・ジェイコブ・アスターがそのもっとも代表的な成功例となろう。ジョン・ジェイコブ・アスターはドイツの貧しい肉屋の出で、最初ロンドンに渡ったが、新天地アメリカに自分の未来を託して独立戦争後間もないアメリカに移住した。ニューヨークに移住するなり、毛皮取引に目をつけ、毛皮商として当時未開の地であったオレゴン地方、ワシントン地方といったアメリカ北西部の開拓地の可能性に賭けたのである。アスターは毛皮商人としてアメリカ最大の「アメリカン・ファー・カンパニー」という会社を組織し、莫大な富を手に入れた。彼は毛皮取引で大成功を収めた後、毛皮商にひと区切りをつけ、次にニューヨークを中心に、まったく異なった業種の不動産業に転じた。ニューヨーク市の将来性に狙いを定めたアスターは、毛皮貿易で築いた資産を不動産獲得に惜しみなくつぎ込んだのである。(6)

アスターは、「もし、もう一度人生を繰り返せるなら、マンハッタンのすべての土地をできる限り買うであろう」と語ったとのエピソードが残っていることからして、ニューヨークでの不動産業はよほど魅力ある事業であったのだろう。アスターのやり方は、不動産を売買するのではなく、買い上げた土地を貸すことによって利益を上げる方法であった。発展が期待できる土地に先行投資し、それをうまく活用することによって利潤を生み出すやり方は、土地が限られているマンハッタン島において特に莫大な富をもたらした。アスターはマンハッタンにおける不動産業でアメリカ最初の百万長者となったのである。(7)

さて、アメリカ最初の百万長者と言われたジェイコブ・アスターに比肩しうる資産を持っていると言われたのが、オールバニーを中心としたハドソン川上流地域で不動産をはじめとして手広く事業を展開して成功を収めたウィリアム・ジェイムズであった。ニューヨーク州において、アスターに次ぐ高額納税者であったと言われているジェイムズ家の資産規模というものがどれほどのものであったか想像がつくであろう。晩年、ウィリアム・ジェイムズはエリー運河の建設に関心を示し、一八二三年十月八日の記念式典において、また一八二五年十一月二日のオールバニーで開催された運河完成式典において演説をしたことが記録されている。当時彼はオールバニー貯蓄銀行（the Albany Saving Bank）の初代副頭取でもあり、ニューヨーク州立銀行オールバニー店（New York State Bank of Albany）の専務理事でもあり、オールバニーに創設されたばかりの商工会議所の副理事長、スケネクタディにあるユニオン・カレッジの評議員も務めていた。文字通りこの地方を代表する名士であり、運河完成を祝う記念式典において演説を依頼されるということは、彼がニューヨーク州の経済界の重鎮でもあったことを示している。

前述したウィリアム・クーパーやジョン・ジェイコブ・アスターをはじめとして、当時の大富豪は一代で巨万の富を形成することに成功しているが、ウィリアム・ジェイムズもその例にもれず、一代でニューヨーク州を代表する大富豪となったのである。彼らの成功事例は、アメリカがまだ新興国家で発展途上にあり、成功の機会はいたるところに散在していたこと、知恵と商才を駆使すれば成功の女神は微笑んでくれたことを物語っている。特に不動産業を目指す者にとってはハドソン川以西に伸びる広大な土地、ミシシッピ川まで広がる未開拓の領域は将来の発展の可能性を秘めた格好の投資の対象であった。

ウィリアム・ジェイムズは三回結婚している。一七九六年オールバニー出身のエリザベス・ティルマンと結婚したが、彼女は出産時に死亡している。次にアイルランド出身のメアリー・アン・コノリーと、カーナワゲ・オランダ教会において二度目の結婚式を挙げた。メアリーも結婚して二年後に死亡したが、メアリーとのあいだに一人子どもをもうけている。一八〇三年に結婚した三番目の妻はキャサリン・バーバーといい、キャサリンは健康で頑健であったのだろう、十人の子をもうけた。

ウィリアム・ジェイムズ
(1771 – 1832)

ウィリアム・ジェイムズが一八三二年九月十九日に死亡した時、当時のオールバニーやニューヨークのさまざまな新聞にかなり長い追悼記事が掲載された。以下の追悼記事の一部は、ウィリアムの経済的な成功がどれほど稀有なものであったかを知る手掛かりを与えてくれる。

著名なオールバニーの実業家ウィリアム・ジェイムズ氏は一八三二年十二月十九日、六十二歳で逝去した。彼は長い間この町の実業家のあいだで傑出した地位を占め、自由で開明的な市民であった。比類ないほどの成功者であったが、彼の生涯は、不断の忍耐心に支えられた強い実践的な知性は成功をもたらすことを例証したのである。気取らない態度で、寛大で、社交的で、公徳心があり、慈善の要請にはいつも心を開き、公共事業や慈善活動には即座に参加したのであるが、ジェイムズ氏は市民の心からの尊敬と評価を享受したのである。彼を失ったことはまさに公共の災難であると考えられる(8)。

また『オールバニー・イーヴニング・ジャーナル』は「ジェイムズ氏の逝去はオールバニーの町にとって痛切な損失である。彼は他の誰よりも町の建設のために力を尽くしてくれた」との追悼記事を掲載した。さらにもう一つ付け加えれば、現在も発刊を続けている『オールバニー・アーガス』誌は「この損失は悲しんでいる彼の家族や多くの親戚そして友人にとって甚大なものであるが、公共の観点でも同じように大きな損失である。彼はわたしたちの町の発展・繁栄と同一視されてきた。いたるところに彼の足跡を見ることができる。わたしたちがどこを向いても、ジェイムズ氏の活気あふれる精神、つまり彼の行動力と彼の莫大な資産の結果が残っている」と評している(9)。

驚いたことに、現在のオールバニー市とシラキューズ市にジェイムズ通りが存在するが、これはウィリアム・ジェイムズの功績を顕彰して名づけられたものであるという。これらのことから判断すると、アイルランドから移住してきた十八歳の青年が新天地のアメリカにおいて、瞬く間に成功の階段を駆け上った様子がうかがい知れよう。ニューヨーク州中部におけるウィリアム・ジェイムズの経済界における功績は並はずれたものであったことが分かる。彼は文字通りアメリカの夢を実現した人物、十九世紀初頭の成功物語を見事に体現した実業家であった。

（2）宗教と禁忌——二人の父との葛藤

オールバニーのウィリアムは、アイルランドの父親が聖職者になることを望んだほどの敬虔なキリスト教徒であり、晩年にオールバニーの第一長老派教会の評議員を務めている。実業に全精力を傾注していたウィリアムは、子どもの教育にはそれほど関心を払わなかったようであるが、ただ長老派教会の厳格なカルヴィン主義の教義だけは子どもたちに叩きこんでいたらしい。ウィリアムの莫大な資産とカルヴィン主義が子どもたちに大きな影を落とし、子どもたちのその後の人生を支配することになる。特に小説家ヘンリー・ジェイムズの父となるヘンリー・ジェイムズ・シニアの人生は、この父親への反発を抜きにして語ることはできない。ウィリアムとヘンリーの親子関係は、尊敬と愛情に支えられた信頼などと呼ぶことのできるような穏やかなものとはほど遠く、息子のヘンリーにとってジェイムズ家の厳しい躾は宗教的な戒律そのものであり、父親は反抗と逃避の対象であった。ウィリアムの死後、ヘンリーは父の呪縛から解放されるどころか、亡き父の亡霊との闘いでもあったかのように思えるほど、心の葛藤に苛まれる人生を送るのである。

小説家ヘンリー・ジェイムズの父親は、ヘンリー・ジェイムズといい、オールバニーにおいて一代で巨万の富を築いたウィリアム・ジェイムズの四番目の息子として、一八一一年に誕生した。オールバニーのウィリアム・ジェイムズは、カルヴィン主義を基盤とした長老派教会に所属する敬虔なプロテスタントであったことは前述したが、その教義の厳格さが子どもたちに与えた影響は計り知れない。日曜日には「遊んではいけない、歌ったり踊ったりしてはいけない、物語を読んではいけない、月曜日のための勉強もしてはいけない、口笛を吹いてはいけない、子馬に乗ってはいけない、田舎を散歩してはいけない、川で泳いではいけない[10]」といった「いけないづくし」がジェイムズ家の戒律であったという。戒律を破ることは神との約束を破ることであり、当然、罪深き人間として終生罪の意識に苛まれることになる。ヘンリー・ジェイムズ・シニアは幼い頃から、懲罰を加える神、復讐する神の恐ろしさを骨の髄まで叩き込まれていた。

後年ヘンリー・ジェイムズ・シニアが、「子どもにとって、何もするなということほど辛いことはなかった」と述懐しているが、彼はそれでも教会での礼拝時にひそかな楽しみを見いだすほど機知にとんだ、要領のいい子どもであったらしい。日曜日に早々と教会に到着するなり、信者が座る家族用の大きな座席の窓際の角を陣取り、窓の外の通行人を観察することが習慣であったという。また説教が始まる頃、教会の真向かいにある治安判事の家から決まって若い家政婦が玄関の階段に現われ、パン屑のついたテーブルクロスを振り払うことに気がつき、彼はこの美しい家政婦を眺めることに楽しみを見いだしたのである。数十年後にこの時の模様を「彼女の好ましいイメージがいつもわたしの記憶の中の人物として残っているのです。わざとらしい日曜日の朝に、生気のない、よどんだような人たちに彼女はさわやかな風のような、自然な生活を与えてくれたものでした」と述懐している。

ジェイムズ・シニアは血気盛んな、感受性豊かで多感な少年であった。レオン・エデルはヘンリーが十歳の時の次のようなエピソードを紹介している。

悪魔はオールバニーの町のいたるところを歩いていた。十歳の時、学校に行く途中、家の近くの靴屋に毎朝立ち寄った。それはジンやブランディをするためであった。しかも時々ではなく常習的であった。飲酒やカード遊びをすることが級友たちの男らしい子どものやり方であるなら、それはまた退屈な日曜日を創り出した父なる神を拒否することでもあった。同時にそれは、オールバニーのヘンリーの家庭の実質上の神でもある父親を否定することでもあった。(11)

元来、幼い頃から血気盛んな、活発な子どもであったので、身体からあふれ出てくるエネルギーが彼をさまざまな冒険やいたずらに駆り立てた。日曜日の厳格な戒律と父親の権威主義への無意識の反抗から、ヘンリーはさまざまな冒険やいたずらに手を染めたということも可能であるかもしれない。

ヘンリーは自分自身を、両親に無視された結果の犠牲者であると感じていた。「父がわたしの学校での友達や屋外での遊びなどについて尋ねてくれたことも、学校での自分の立場についての心配を示してくれたことも記憶にない」と回想しているが、母親がその溝を埋めることはできなかった。厳しいカルヴィン主義の枠の中で、愛情と信仰、両親の心配と怒り、そして多くの家庭に見られる嵐のような感情の爆発、その中で大きなエゴと小さなエゴが激突するのだが、普通の家庭ではそのような中で愛と優しさと信仰を親は子どもたちに分け与えるのである。しかし、感受性豊かなヘンリーは、自分が常にわきに追いやられ、疎外されていると感じていた。彼は「家から離れている時の方が家にいる時よりも幸せだった」のである(12)。

おそらく、十一人の兄弟姉妹がいるヘンリーの家庭は、彼自身にとっては競争の場であったのかもしれない。疎外感を感じるばかりで、幸福感と楽しさを味わうことはなかったのであろう。さらに二人の親に監視されているとさえ思っていた。一人は現実の厳格な実業家の親であり、もう一人は目に見えない全能なる神である。ヘンリーはいつでも誰かに監視されている、見張られているという感覚を持っていたようである。奇妙なことに、彼は同時代の二人の作家について後年、次のように評している。当時の文壇のリーダー格であるラルフ・ウォルド・エマソンを「自然に共感など持たず、自然を警察のように監視するのだ。鋭い探偵だ。それ以上のものではない」と評し、またナサニエル・ホーソーンに対しては「彼は常に彼を知らない人たちに対しては探偵の中にいる悪漢と感じてしまうような様子をしていた」と記している。つまりヘンリーは厳しい宗教的戒律の中で養育されたために、父であれ、神であれ、知人であれ、監視されることを極端に恐れる精神構造を持つようになっていたのである。「疑り深い探偵のようなカルヴィン主義の神の目を避けること、そして慈悲深く優しい神を見つけ出すこと、これがヘンリー・ジェイムズ・シニアの精神的な探求となり、やがて彼の才能ある子どもたちに消しがたい刻印を残すことにもなるのである」[13]。

ヘンリーが十三歳になった時、彼を肉体的にも精神的にも生涯苦しめることになる、取り返しのつかない事故に遭遇する。ヘンリーはオールバニー・アカデミーの生徒であったが、学校近くの公園で当時、子どもたちのあいだで流行っていた風船飛ばしに熱中していた時のことであった。これはテレピン油の発火力で風船を高く飛ばす遊びで、引火力の強いテレピン油の扱い方を間違えると、事故を引き起こしかねない危険な遊びでもあった。ある日の午後のこと、風船が近くの納屋の上に落ちてしまい、大変な事態を引き起こすと思ったヘンリーは急いでその場に直行し、火を踏み消そうとした。ところがヘンリーのズボンにテレピン油が染みこんでいたため火はズボンに引火し、ヘンリーは大火傷を負ってしまったのである。火傷は重傷で、特に片方の足は骨まで火傷が達しており、膝の上で片足を切断することを余儀なくされた。まだ麻酔の技術がなかった一八二〇年代に足を切断することは命を落とす危険性も孕んでいる危険な手術であった。痛みを殺すためにはウイスキーを飲んで神経を鈍らせる以外に手はなかったという時代のことであるから、十三歳の少年でなくとも、麻酔薬なしで足を切断するという原始的な手術に耐えるには想像を絶するほどの勇気と胆力が必要であったろう。ヘンリーの苦痛がどれほど凄まじいものであったか容易に想像がつく。

元来、頑健であったヘンリーではあるが、二年間ベッドでの生活を強いられることになった結果、彼はかつてのように自由に歩き、走り回ることは不可能であることを悟った。二年間という長い闘病期間は、感受性豊かで思慮深い少年を内省的な少年にしたことは当然といえば当然の結果であった。肉体的な活動に取って代わるものは読書と空想しかなかったが、熱い心の世界を内省するための時間だけは十二分にあった。加えて、ベッドに縛りつけられた二年間の闘病生活のあいだ、彼は絶えず神の目と対峙しなければならなかった。不可抗力の事故とはいえ、足の切断を目に見えない神の懲罰として捉えざるをえなかった。神は絶えずヘンリーを監視し懲罰を加える、怒れる神であるとの認識は以前にも増していっそう深まったのである。

ヘンリーは、一八二八年に父親の意向に従って、父が評議員をしているスケネクタディのユニオン・カレッジに入学する。病床から解放され、また同時に厳格な家からも解放されたヘンリーは、ここで自由な学生生活を謳歌する。ベッドに縛りつけられていた不自由な闘病生活の反動であろうか、長老派教会では当然許されることのないさまざまな贅沢と禁忌に身を任せる。「牡蠣を食べ、喫煙し、おしゃれな洋服を身にまとい、不敬な書物」などに思うままに没頭する毎日であった。しかしこのような悪魔の誘いが長く続くはずもないことは明らかである。彼は増え続ける借金の証書を親に付け替えた。厳格なクリスチャンの家に育った感受性豊かな青年が、いとも簡単に誘惑に溺れてしまうことは一見理解しにくいことではあるが、思春期の青年の親への反抗、そして威圧的な神への反逆の結果であると考えると理解できないこともない。おそらくヘンリー自身がニューヨークで一、二を争う裕福な家庭に生まれ育ったこととと無関係ではないであろう。裕福な家庭で何不自由なく育てられたにもかかわらず、宗教的な禁忌が強い家庭にあって疎外感しか抱かなかった四男には、のしかかる既成の権威に反抗を企てる以外に荒ぶる魂を抑え込むすべはなかったのかもしれない。彼は心の奥底に悪魔のささやきを抱えた問題児であった。

ことの顛末を知った父親のウィリアムは怒り心頭に発し、息子が投獄されても当然とまで考えるにいたった。ヘンリーは詐欺師としての烙印を押され、家を捨てざるをえなくなるほど面目を失った。父親の許しを得るどころか、父の怒りを鎮められないと悟ったヘンリーは、ボストンに出奔するのである。ヘンリーの思春期は、波乱万丈という言葉がふさわしく、カルヴィン派の教義からすればまさしく悪魔の誘惑に溺れた、罪深き魂が荒れ狂う時期であった。

ボストンはオールバニーから東へおよそ三百キロ離れている。現在なら高速九十号線を車で走れば三時間ほどの距離であるが、まだ自動車もなかった時代に、ボストンまでどのようにしてたどり着いたのか今となっては知りようもない。アパラチア山中を東へと乗合馬車を乗り継いだのであろうか、それとも一旦ニューヨークに出て、それからボストンまで列車を使ったのであろうか。いずれにしろ、当時の交通事情を考慮すれば、片足を失った青年にとってボストンまでの旅が簡単なものでなかったことだけは確かである。彼は何とかボストンにたどり着き、逃避生活を開始する。ヘンリーは校正係の仕事を見つけ、自力で生活の基盤を確立したらしい。ただ父親との確執は癒し難く、解消されることはなかった。その後、両親と休戦協定を結んだのかどうか、一八三〇年にスケネクタディのユニオン・カレッジを卒業している。しかし大学を卒業したからといって、両親の息子に対する不信感は終生消えることはなかった。卒業した二年後、一八三二年に父親が死亡した時に、父親との和解の手立てを試みることもせず、さらには荒ぶる魂を鎮めることもできない反抗的な息子に対する父親の不信感は、遺言の中に具体的な形で現われるのである。

ウィリアム・ジェイムズは当時の金額で三百万ドルを超える資産を残したと言われている。莫大な財産を管理する権限は「放漫と悪徳を排除し、遺産相続人の後世の生活を監督するため」に管財人に預けられたのである。残された遺産を相続者のあいだで自由に分配することはできなかった。未亡人のキャサリン・バーバーを含めて十二人の相続人がいたが、四男のヘンリーが手にしたのは年千二百ドルの年金のみであった。子どもたちは墓場の中からでも自分たちを監視しようとする父親の目論見に対して反発し、裁判所に異議申し立てを試みた。その結果、当初の遺書は破棄され、遺産の再分配が行なわれた結果、ヘンリーは一年間に一万ドル（現在の金額にしておよそ三千万円）を生み出すシラキューズのかなりの不動産を相続することになった。彼自身の弁を借りれば、この資産のおかげで彼は働かずとも有閑階級の生活を楽しむことができるようになったのである。

父親の死によって、金銭的な問題と父親との葛藤にひとまず終止符を打つことができたが、もう一人の父、すなわちヘンリー自身の心に潜む目に見えない父である、怒れる神との闘いが残っていた。彼が所属した長老派教会は、カルヴィン主義が中心の厳格な教会であることはすでに指摘した通りであるが、原罪説と予定説の戒律を説くカルヴィン主義の怒れる神への恐れ、絶えず監視する見えざる神に対する恐怖心をどのように克服するかが、ヘンリーに残された大きな課題であった。

ヘンリーは、父ウィリアムの死の三年後、宗教上の不安感を克服するために、そして亡き父親の亡霊を払拭するためでもあるかのように、ニュージャージー州にある長老派教会のプリンストン神学校に入学する。自己の魂の救済のみならず、おそらく父親の魂の鎮魂、父親との和解の道を模索する意図があったのかもしれない。

どんな若者であれ、人間に対して外部からの不利な力として働く神の存在を完全に信じ、しかも心に深く浸透する信仰を持ったかどうか疑わしい。どんな子どもの筋肉でも、神を恐れる微妙な気持ちと格闘しているわたしの筋肉ほど緊張しているものはなかったことは確かである。この狂気じみた恐怖心は多かれ少なかれわたしの意識に染みこんでいて、夜、睡眠に没頭することが嫌になるほどであった。(14)

幼少期からヘンリーを苛んできた不安感は永続的なもので、成人してからも解消されることなく続いた。プリンストン神学校に入学後も、怒れる執念深い神への恐怖心が解消する兆しは一向に見えなかった。神学校への入学は、父ウィリアムへの一時的な服従であったのかどうか定かではないが、懲罰を加える復讐心の強い神を盲目的に信じることはヘンリーには到底不可能であった。心の平穏を見いだすことができぬまま、罪の意識に苛まれつつヘンリーはプリンストン神学校を去り、ニューヨークに腰を据えるのである。

一八四〇年七月二十八日、彼はニューヨークでメアリー・ロバートソン・ウォルシュと結婚する。彼女はプリンストン神学校時代の友人の妹であり、ニューヨークの裕福な家庭の子女であった。この結婚式は教会の聖職者ではなく、ニューヨーク市長アイザック・ヴァリアンによって花嫁の家において執り行なわれたという[15]。結婚式が教会以外の場所で、しかも一般市民である市長によって執り行なわれたということは、長老派教会に対するヘンリーの考えを知る上で象徴的な出来事であり、重要な意味を持っている。おそらくヘンリーは既成の権威主義的かつ伝統的な教会儀式に不信感を抱き、長老派教会の儀式を否定することによって自己の立場を鮮明にしようとしたのであろう。ヘンリーが長老派教会を離脱するのは時間の問題であった。

ウォルシュ家の家系は、ジェイムズ家と大変よく似ており、アイルランドからの移民として新大陸に渡り、経済的な成功を収めていた。ウォルシュ家もまた敬虔な長老派教会の家庭で、祖父のヒュー・ウォルシュは一七六四年、十九歳の時にアイルランドのダウン郡キリングズレイからやってきたイングランド系のアイルランド人であり、最初フィラデルフィアに上陸し、次にニューヨークに移住した。さらにハドソン川上流のニューバーグにおいて商才を発揮し、建設業や運送業等において財を成したという。主にニューバーグを拠点として、ニューヨークとオールバニーのあいだを中心に船を使った物流に従事していた。

メアリーの母方の祖父アレキザンダー・ロバートソンは、アメリカ独立の前夜、一七七五年にニューヨークにやってきて、マンハッタンにおいて名声を築いたスコットランド人であった。メアリーの父方も母方も共に裕福な家庭で、新大陸アメリカにおいて成功を収めたという点、共にスコットランド系、アイルランド系である点において共通点を持っていた。このように見てくると独立戦争当時、ジェイムズ家のみならず、アイルランドやスコットランドから大勢の移民が新大陸アメリカに渡り、さまざまな分野において成功を収めていたことが分かるであろう。この時代に経済的な成功の階段を駆け上った富裕階層がやがてニューヨークの上流階級を形成してゆくことになるのである。

さて、小説家ヘンリー・ジェイムズの母となるメアリーはどのような女性であったのだろうか。ウォルシュ家が長老派教会に所属する敬虔な信徒であった旨はすでに指摘したが、厳しい戒律が支配する長老派教会の保守的な教義の中で育てられた女性が、長老派教会に反旗を翻そうとしているヘンリ

ヘンリー・ジェイムズ・シニア
（1811－1882）

メアリー・ロバートソン
・ジェイムズ
（1810－1882）

ー・ジェイムズ・シニアとどうして結婚することになったのか、大変興味深いものがある。レオン・エデルはメアリーが妹のキャサリンと共にマンハッタンのワシントン・スクウェアにあるジェイムズ家の家で熱心にジェイムズの非正統派の教義に耳を傾けた結果であることを紹介している。元来雄弁であったジェイムズは、その熱い語り口でウォルシュ家の二人を説き伏せたのである。若い二人の女性はジェイムズの真摯な語り口に圧倒され、まるで魔法をかけられたかのように魅了されてしまったという。ジェイムズもまたメアリーに一目惚れという言葉がふさわしいほどの入れ込みようであった。晩年になってジェイムズはラルフ・ウォルド・エマソンに「メアリーに出会った瞬間に身体が彼女はわたしのためにあると告げ、魂も彼女はわたしのためにあると告げたのだ」と語ったという。まさに神がかり的とも言える運命的な出会いであった[16]。

この時期にジェイムズ・シニアは、コンコードの聖人ラルフ・ウォルド・エマソンと出会い、交流を深めている。エマソン自身が教会の古い教義に異議を唱え、ボストン第二教会の牧師の職を捨て、正統派教会を飛び出して超越主義を唱えるようになった人物である。両者共に反カルヴィン主義という共通点があり、何らかの親近感を抱いていたと思われる。またエマソンを通して超越主義者のグループと接触するようになり、エイモス・オルコット、ナサニエル・ホーソーン、H・D・ソーロウたちとボストンの知識人の集まりであるサタデイ・クラブ（The Saturday Club）等において宗教上の議論を展開している。

ジェイムズは個性的な性格で、議論好きであったらしい。さまざまな人に議論を仕掛けては楽しみを見いだすような人物であったらしく、特に『若草物語』の作者であるルイーザ・オルコットの父親で教育者のエイモス・オルコットとはそりが合わず、毛嫌いしていた様子がうかがえる。オルコットに対しては「オルコットの中では道徳観は完全に死んでいるし、美的感覚はまだ誕生していない」と辛らつな感想を残している。またある時は「神の父性」について議論になった時、ジェイムズはオルコットに対して「あなたはまだ母性も見つけていない、あなたは半分しか孵化していない卵だ。殻があなたの頭の周りにこびりついている」と揶揄し、それに対してオルコットが腹を立てて反論したために、二人は激しい論争を繰り広げることになったという。

そのようなジェイムズとオルコットの論争を見ていたソーロウは次のような感想を残している。

先日の晩、わたしはエマソンの家でオルコットと会話をしているヘンリー・ジェイムズに出会った。オルコットはジェイムズの反対意見にさえぎられてあまり多くを語らなかった。彼（ジェイムズ）は友好的なので、彼の学説と良い気質のおかげで、心ゆくまで彼と意見を異にすることができる。彼は半ば博愛主義に近いものを哲学的な衣装を着せて語る。しかしそれらは実際的な目的にもかかわらず、とても粗雑なものだ。彼は犯罪が犯されたことで社会を非難し、そして罪を犯すその犯罪人を誉めるのである。しかしわたしは彼が提案する救済策はわたしたちを置いてきぼりにすると思う。というのも彼は親切で良い人だが、そこから先に進まないのだから。(17)

ソーロウの記録は、超越主義者たちとジェイムズの交流を知る上で大変貴重である。結局、ジェイムズは周囲からあまりよく理解されなかったことは確かで、俗な表現を使えば、周囲から浮いた存在であったように思われる。詩人でハーヴァード大学の教授であるロングフェローと、ユニテリアン派の牧師エラリー・チャニングに対してはきわめて紳士的な印象を持ったらしく、好意的な感想を残している。またジェイムズはホーソーンを注意深く観察し、次のような印象をエマソンに書き送っている。

個人的にはホーソーンは素敵な男性ではないし魅力的でもない。彼を知らない人にとって、彼はいつも探偵の中にいる悪漢のような表情をしている。しかし彼は素朴ではあったが、わたしは彼に対して苦痛とも言えるほどの共感を覚えた。それで食事中ずっと彼から目を離すことも関心をそらすこともできなかった。(18)

一八四一年、ジェイムズ・シニアの最初の子ウィリアム・ジェイムズが誕生した時、エマソンはわざわざアスター・ハウス（ちなみに前述した大富豪ジェイコブ・アスターが建設したニューヨークで最高級のホテル）を訪れ祝福したという。そして一八四三年に第二子、やがて小説家になるヘンリー・ジェイムズ・ジュニアが誕生した六ヵ月後に、ジェイムズ・シニアは少年時代からの内的葛藤、すなわち懲罰を加える怒れる神との対立をどう克服するかという問題を抱えたまま、イギリスに旅立つのである。

2. 浄化体験（vastation）とスウェーデンボルグ神学との出会い

ジェイムズ・シニアの抱える問題は、長老派教会の教義と自己の魂をどう折り合いをつけるかということであった。前述したように、少年時代から苦しめられてきたカルヴィン主義の懲罰を加える神との対立という問題を解決することが、長年の不安を取り除くための必要不可欠の条件であった。この問題に決着をつけない限り、たとえ家庭を持ったとしても、日常生活に安らぎという言葉を見つけることは不可能に等しかった。

一八四四年五月のある日のこと、ヘンリー・シニアは神秘的で不可解な、恐ろしい体験をする。イギリスのウィンザーに家族で滞在していた時のことであった。それは何の前触れもなく突然襲ってきたという。夕食を済ませて、何も考えずにぼんやりと一人居間でくつろいでいた時、まるで稲妻のように突然、恐怖心と震えに襲われ、体中の骨が震えるように感じたというのである。どう見てもそれは部屋の隅でうずくまっている、目には見えない何らかの幻影によって引き起こされたとしか説明のつかない、狂ったおぞましい恐怖であった。そしてこのような状態が、間隔を置いて二年以上も続いたという。彼は著名な医者の診察を受けた結果、頭脳の酷使から生じた精神の変調で、医学では邪悪なものに対する処方はないとのことであった。屋外での生活を増やして健康的な生活を送ること、温泉等に行って保養することを勧められたのである。[19]

このような精神の危機的な状況を、やがて数十年後に長男のウィリアムもまた体験することになる。ウィリアムは、ある日のたそがれ時に突然に精神が変調をきたし、化粧室の暗闇に青年が潜んでいるという幻覚に襲われたことを日記に記している。「このような鬱状態の体験は宗教的な意味を帯びていた……つまり恐怖心はあまりにも侵略的で、強烈であったので、永遠の神がわたしの避難所であるなどの聖書の言葉にしがみつかなければ、わたしは本当に狂ってしまっていたであろう[20]」と告白している。神秘的な恐怖の体験からの救いを宗教に求めたウィリアムの気質はどうやら父親譲りで、ジェイムズ家の家系に流れる特異な遺伝的な気質であったのかもしれない。弟のヘンリーがこのような幻覚を直接体験したという記述はどこにも見当たらないが、『ねじの回転』（*The Turn of the Screw*, 1898）や『にぎやかな街角』（*The Jolly Corner*, 1908）等の作品において不可思議な幽霊体験を扱っているということは、父親や兄ウィリアムからの心理的な影響を少なからず反映した結果であると考えるのが妥当であろう。

さてヘンリー・ジェイムズ・シニアは、精神の健康回復のために滞在した湯治場で、チチェスター夫人に出会う。彼女はジェイムズの湯治の目的を尋ねた後、彼の神秘的な恐怖の体験は、スウェーデンボルグの言ういわゆる「浄化（vastation）」を体験したのであると語り、スウェーデンボルグ思想の専門家ではないと断りながらも、「浄化」は人間の再生の過程、つまり知覚、浄化そして啓示という一連の過程の一段階であると説明してくれた。ジェイムズはすぐにこの考えに飛びついた。早速大急ぎでロンドンに出向き、イマヌエル・スウェーデンボルグの著作を二冊、『神の愛と叡智』（*Divine Love and Wisdom*）、『神の摂理』（*Divine Providence*）を買い求め、精神の休息が必要であるという医者の忠告を無視して、スウェーデンボルグの著作に没頭するのである。

ジェイムズが即座に飛びついたスウェーデンボルグの神学とはどのようなものであろうか。スウェーデンボルグの神学思想はカルヴィン主義の教義とは大きく異なる。異なるどころか、当時のキリスト教の正統的な教義の本質的な部分を否定している点において、カルヴィン主義の枠を大きく踏み越えていると言うことも可能であろう。カルヴィン主義の中心となる教義は、①三位一体説　②奴隷意志説　③限定的贖罪説　④予定説　⑤信仰のみによる義認説、以上の五つの特徴を持つと言われているが、スウェーデンボルグは三位一体説を捉えなおし、父と子と聖霊を三つの存在ではなく、一なる神の一人格に存在する本質的な三つの要素であると考える。

また奴隷意志説とは、旧約聖書創世記の中でアダムとイヴがエデンの園において神との約束を破った時点で人間の本性は完全に堕落してしまったとする、いわゆる原罪説のことである。カルヴィンの教義によれば人間の本性の全面的な無知と無力を強調し、人間は完全に堕落した罪深き存在であるから、生まれつき善も正義も行ない得ないとしているが、しかしスウェーデンボルグは、これは経験に照らして見た人間の罪深さの表現であって、人間の意思や認識の全面的な否定ではないとする。つまり、人間は完全に堕落した存在であるとするカルヴィン主義の原罪説を否定する。

予定説とは、救われるか救われないかは人間が完全に無知で無力であるからして人間のあずかり知らない事柄であり、すべて神の自由裁量に任されているので、神の自由裁量という選択から漏れた者はどんな善行をしようが、結局地獄に落ちるという教義である。特に予定説に対してスウェーデンボルグは敢然と反論を展開し、次のように批判している。[21]

予定説は、直接的な慈悲による即時の救いに対する信仰から生まれ、またそれは、霊的な事柄に関する人間の絶対的無力と、自由意思の欠如を信じる信仰から生まれる。これは現代の教会の信仰が生んだ子どもである。それは飛び回る火の蛇から生まれている。人類のある部分は地獄に落ちるように予定されているというこの考え以上に有害で残酷な考えを、われわれは神に対して抱いたり信じたりすることができようか。主は万人の創造主に対して救済主であり、ただ主こそが万人を導き、何人《なんぴと》の死も欲することはない。したがって新しい教会の信仰は予定説を怪物として忌み嫌う。(『新教会教理概要』66)

幼い頃から刷り込まれていた神への恐れと罪悪感をどうしたら克服できるのか、さらに火傷による足の切断を怒れる神の懲罰の結果であるとする固定観念からどうしたら脱却できるのか、それがヘンリー・ジェイムズ・シニアの人生において、もっとも切実な問題であったことは前述した通りである。その結果たどり着いた地点が、カルヴィン主義の教義を否定することであった。しかし、カルヴィン主義を否定する論理的な根拠をどこに求めたらよいのか、長い間暗中模索の状態であった。したがってカルヴィン主義の中心となる五つの教義を否定するスウェーデンボルグの愛と赦しによる救済の世界に惹かれ、その教義に即座に飛びついたのも無理からぬことであったと言えよう。

一八六九年、『スウェーデンボルグの秘密』(*The Secret of Swedenborg*)を著わすほどであったから、彼がどれほどスウェーデンボルグ神学に傾倒していたか明らかであろう。スウェーデンボルグについて次のように記している。

スウェーデンボルグは、活気ある現在と対峙するために、まどろんだ過去から掘り起こされた目のかすんだリップ・ヴァン・ウィンクルのような人物ではない。幅広い、かつもっとも非人間的な問題だけを熟考する新鮮な共感力と原則を備えた人間である。一言で言えば、彼は何にも左右されない温和で賢い、そして善良な人間だ。彼の心のより高度な部分はすべて天国の光と平穏に包まれている、そして、人間のどんな類の先導役も目指しはしないのだ。なぜなら、内部世界への接近が彼をそのような不安な重荷から遠ざけたのだから。[22]

ジェイムズ・シニアにとって、スウェーデンボルグは宗教家というよりも、精神世界の観察者であり、報告者であった。既存の教条的な権威主義をまったく振りかざさない点に共感を覚えた結果、これ以後、彼はスウェーデンボルグ神学の熱烈な信徒となり、かつ伝道者となるのである。

3．ジェイムズ家の教育と小説家の誕生

ヘンリー・ジェイムズ・シニアが、カルヴィン主義を否定し、スウェーデンボルグの教義に魂の安住の地を見いだした後のジェイムズ家の教育は、当然のことながら、彼が育てられた一世代前のカルヴィン主義の教義に基づく厳格な躾とは明らかに異なったものであった。妻のメアリーは、家族の柱であり、四人の息子と一人の娘を育てたのであるが、食事時の次のエピソードは、子どもたちがどれほど伸び伸びと自由闊達な雰囲気の中で育てられたかを伝えてくれる。エマソンの息子であるエドワード・エマソンがジェイムズ家を訪問した時、彼は食事用のナイフを振り回して兄弟が論争するその激しさに驚いたと記している。母親のメアリーが、彼を見て笑いながら、安心させるように、「驚かないでね、エドワード、お互いに刺したりしないから。家に帰ってくると、いつものことだから」と語ったことを記録に残している。ジェイムズ・ジュニアは後年母親の印象を次のように記している。「彼女は心の中の神秘的な聖歌隊の響きを捉えようとして、いつも家族の中心であった夫のスウェーデンボルグという寺院の階段に座っていた」と。メアリーは父親と子どもたちの間のつなぎ役であり、パイプラインのようなものであった。彼女は良妻賢母型の、言うならば肝っ玉母さんでもあり、ジェイムズ家は彼女を中心に回っていたのである。

レオン・エデルは、父親のジェイムズ・シニアと母親のメアリーの役割に関して、興味深い指摘をしている。ジェイムズ家では父親と母親の役割が逆転していたというのである。子どもたちにとって「父親は強く、頑健で、男らしく、だが同時に弱く、女々しく、柔く従順で、いつも子どもたちを甘やかす。一方、母親は強く、頑固で、理不尽で矛盾している。ジェイムズ・ジュニアが初期の作品の冒頭で、この関係を作品化したことにわたしたちが気づいたとしても何ら不思議ではない。彼の父親は母親のようにやさしく、他方、母親はより父親のようであった」として、『ある婦人の肖像』に登場するラルフと父親のタチェット氏の優しい相互依存関係は、ジェイムズ・ジュニアと父ジェイムズ・シニアの関係を小説の形で表現したものであるとしている[23]。その当否はともかくとして、メアリーは芯の強い、子どもたちに安易に妥協しない、厳しい面を備えた母親であったことは確かであろう。

いずれにしろ、ジェイムズ・シニアの教育方針が、カルヴィン主義の厳格な教義を克服し、その対極にある愛と赦しによる救済に向かったことは、長老派教会という閉ざされた環境の中で、神への恐れと罪の意識を刷り込まれながら育った彼の生い立ちを振り返れば当然の帰結であったと言えよう。子どもたちを育てる過程において、ジェイムズ・シニアは極力、カルヴィン主義の怒れる神、懲罰を加える神の影響を振り払おうとしたのである。

さて、ジェイムズ家の家訓とも言うべき長老派教会の厳格な戒律を否定し、スウェーデンボルグという愛と赦しの宗教へと舵を切ったジェイムズ・シニアは、どのような教育方針で子どもたちを育てたのであろうか。ジェイムズ・シニアの生い立ちから判断すると、彼が反発したものは長老派教会の権威主義的な教義と厳格さであった。否応なく服従を強いる教条主義的な道徳の押しつけと、神の目の絶えざる監視をもっとも嫌ったのである。子どもたちに、彼が受けた教育と同じ体験をさせることを極力避けようとしたことは容易に想像できる。兄のウィリアムがスケネクタデイのユニオン・カレッジに進むことを希望した際に、父ジェイムズ・シニアは「大学は堕落の温床で何も学ぶべきことはない」と猛烈に反対したという。むべなるかな、ユニオン・カレッジは長老派教会の大学で祖父ウィリアム・ジェイムズが過去に評議員をしていた大学であった。ジェイムズ・シニアは、かつてこの大学で青春を謳歌しすぎ、羽目を外して父親から大目玉を食らい、ボストンに出奔したことは前述した通りである。おそらく父親から見れば、息子も自分と同じ道をたどることになる恐れがあると危惧したことは間違いない。

ジェイムズ・シニアが子どもたちに与えようとしたものは、既成の権威や教条主義的な学問に拘束されない「自由な世界」であった。子どもたちが自由に考え、自由に感じることができるように父親はあらゆる可能性を求めて、子どもたちにふさわしいと思える教育を与えようとした。最初は家庭教師を変えることによって望ましい教育を追い求め、次にふさわしい学校を求めて、さまざまな教育施設を体験させた。そのことによって、ジェイムズ・シニアは世界に神の真理が存在し、子どもたちが他から押しつけられるのではなく独力でそれを見つけ出すことを期待したのである。父親は子どもたちが自分の足で立てるようしたかったのであろう。

子どもたちが、ニューヨークのユニオン・スクウェア公園で近所の暴れん坊たちと接触するようになると、ニューヨークという街が子どもを育てるのに適した場所とは思えなかった。遊び相手のほとんどがイギリス系やオランダ系の古い家系の上流階級の伝統を持つ子息たちであったのだが、ジェイムズ・シニアには誤った考えや偽りの規範でいっぱいであるように思えたのである。最終的にヨーロッパが子どもの教育に適していると考え、ヨーロッパまで出向く決心をすることになるのであるが、ジェイムズ・シニアはエマソンに次のような手紙を送って相談している。「屋内で遊ぶ部屋もないので、外の通りからひどい作法を持ち込んでしまう四人の子どもたちのことを考えると、何年間か外国に行き、ドイツ語とフランス語を身につけさせ、ここでは得ることのできないような感性教育(sensuous education)を可能にすることがいいのではないかと真剣に考えている。」(24)

エマソンへの手紙から判断すると、ジェイムズ・シニアの考える「感性教育」とは、伝統的な教会の教理を疑うことなく信奉し、全面的に帰依する姿勢とは正反対のものであったことが分かる。既存の教理に縛られることなく自由に判断し、教条主義に陥ることなく行動できるようになるための自由な想像力を養うことであった。それは、ジェイムズ・シニアが幼い頃から叩きこまれた長老派教会の威圧的で厳格な教えを拒否した結果でもあった。

同時に子どもたちは、成功という世俗の理想が父によって嘲笑されるのを耳にする。学校の友達や遊び仲間たちと競争して、職業という狭い土台の上で出世してゆくことを期待されることはまったくなかった。職業という世界は彼らにとって封印された書物に等しいものであった。子どもたち同士のあいだで彼の父親が何をしているのか尋ねられると、ヘンリーもウィリアムも返答に詰まったらしい。

それに対して父親は「哲学者と答えなさい」とか「真理の探究者と言いなさい」、あるいは「もし好きなら、本を書く人、あるいは、一番いいのはわたしが学ぶ人だと答えなさい」と子どもたちに言い聞かせたという。[25] 世俗離れした、何やら禅問答のような話であるが、ジェイムズ・シニアにとって、現実世界での職業はほとんど意味を持たないことであった。生計を立てるために額に汗して働く必要のないジェイムズ・シニアにとって、世俗の職業は経済的成功の女神を追いかけるせせこましい手段としか映らなかったのであろう。したがって子どもたちの友人が父親の職業が商人であるとか、弁護士であるとか、仲買商であるとか吹聴するのを聞き、それをいくぶん蔑視していたことは間違いない。

彼は、物質的な富と宗教によって拘束された想像力を解放し、精神的に自由に想像力を羽ばたかせる体験の世界へ向かった。父親が子どもたちに奨励したものは経験をお金に換えることではなかった。なぜならそれは必然的に、世の中を支配している物質的なルールに従わなければならないことを意味するからである。実業家の想像力は、自己と物質的な世界とのあいだの関係を維持することに向けられ、逆にその中で、自己は所有する物、そしてその付属物によって規定されるからだ。物を所有することは、見方を変えれば物に所有されることにつながるとも言えよう。人生における物質的な成功に関する言葉は、ジェイムズ家では一言も発せられたことはなかった。世の中の物質的な世界は、実業の世界の想像力の対象であり、その辺に転がっている物の延長にすぎなかった。もし子どもたちが自分自身を物として扱ったなら、実業家の想像力の対極にある創造的な想像力を自由に駆使することができなくなると考えたのである。

経験はお金に変えるべきものではなかったし、世俗的な意味での成功は、父ジェイムズが子どもたちに望んだことではなかった。なぜなら、人が実業家の想像力を持つと、その人の想像力は他者との関係に基盤を置く人と物との関係となり、人は商売上の存在となるからである。ジェイムズの父にとって、親から相続した資産は子どもたちがお金を稼ぐ必要性と世俗的な成功、つまり実業という現実原則が支配する世界の想像力から解放してくれる手段であった。ヨーロッパとアメリカを何度も往復することによってヨーロッパを肌で体験し、若いジェイムズ兄弟の感性を養うことに役立ったのである。親の資産が若きジェイムズをして後に生の感覚を芸術に転化する観察力と想像力を駆使することを可能にしたことは疑う余地はないように思える(26)。

しかしながらここで、ジェイムズ家の感性教育に一つの陥穽が生じる恐れがあることも注目しておくべきであろう。自由な感性を求めた教育の結果として、往々にして放縦な感性を生み出しかねないことである。自由の追求は突き詰めると放任につながる危険性を伴うことは、後年ジェイムズ・ジュニアが『デイジー・ミラー』（一八七九年）として作品化している。ニューヨーク州スケネクタディの裕福な実業家の子女デイジーは、母親と弟の三人でヨーロッパを旅行する。彼女は訪れる先々で現地の習慣を無視して、気ままに振る舞うために現地の人たちの顰蹙を買う。デイジーの家庭は経済的な豊かさにもかかわらず、教育や躾という点においてはまったく寛容である。九歳になる弟のランドルフは真夜中まで起きているし、姉のデイジーがそれを咎めると、母親は叱るどころか「まだ九歳だから」と息子を弁護する。当のデイジーはといえば、現地で知り合ったウィンターボーンと夜中にボー

ヘンリー・ジェイムズ親子

トでこぎ出そうとして、母親の阻止しようとする言葉に耳を貸そうともしない。結局、母親は従僕のユージニーに「行っちゃいけないと言っておくれ」と頼む始末である。語り手のウィンターボーンは「親の歴史が始まって以来、他に例を見ない」とその自由放任の躾に驚きを隠さない。ジェイムズ・ジュニアが育った教育環境が物語の中のミラー家の環境と同じであるというつもりはないが、ジェイムズ自身は自由に伴う危険性を充分に認識していた。

自由であるがゆえに、人はその無秩序で奔放な想像力の世界に秩序を求めるようになることは、一面の真実であろう。人は完全な自由という状態に耐えられるかということが、しばしば議論の対象となるが、人は自由であることの結果として引き起こされる不安の中にあって、その不安を解消するために安定した秩序と統一に憧れを抱き、その結果、秩序と統一を支える何らかの形式を希求する傾向を持つようになる。ジェイムズ・シニアは、親の権威主義的な教育とカルヴィン主義を振りかざす教会の監視の枠から抜け出そうとして自由を求め、形式に凝り固まった既成の権威に反旗を翻した。彼は子どもたちにできる限り自由な想像力の世界を与えようとした。それが彼の感性教育の目的であった。しかしながら、ジェイムズ・ジュニアは、自由であるがゆえに派生する混沌とした想像力の世界に秩序と形式を求めようとした。この点はジェイムズの小説を考える上で大変重要な意味を持つ。つまりジェイムズ家の感性教育によって育てられたジェイムズ・ジュニアは、父親が与えた自由な想像力の世界、それは不安定で茫漠たる状態に陥りかねない世界でもあるのだが、それを統一する秩序と形式を模索するようになってゆくのである。

ジェイムズ・ジュニアは、イタリアにおいて歴史が複雑に蓄積した文明に圧倒され、しかもそれらが生命力にあふれていることに驚嘆する。そこにギリシャ・ローマ時代から蓄積された形式に裏打ちされた美を見てとったのである。しかし、父親の反応はまったく異なったものであった。「ヘンリー・ジェイムズ・シニアは子どもたちと何と違っていたことか。彼はまさにこれらの蓄積、つまり時代遅れの邪魔になるような多数の建造物が原因でヨーロッパに異議申し立てをし、アメリカの景観をより好ましいと感じたのである、なぜならアメリカの景観の方が人間の個性を拘束することがより少ないからである」(27)とハートレイ・グラッタンは指摘しているが、ジェイムズ親子のイタリアに対する反応の違いがよく分かる興味深い指摘である。ジェイムズ・シニアにとって、イタリアの美の世界は形式美の追求であり、形式はある意味で自由な想像力の束縛につながると思えたのである。それは彼がもっとも嫌悪した長老派教会の権威主義の延長にすぎなかった。したがって、ギリシャ・ローマ時代の芸術の遺産がいたるところで顔を覗かせているイタリアは、ジェイムズ・シニアにとって決して好ましい土地には映らなかったのである。

ジェイムズ・ジュニアの小説世界は、父親が与えた自由な感性教育から誕生したものであることは確かであろう。しかし子は、父が意図した方向には向かわなかった。皮肉なことに、ジェイムズ・ジュニアは混沌たる自由な想像力の世界を統一する、秩序と形式を模索する方向を目指したのである。祖父のウィリアム・ジェイムズは、長老派教会の教義を通して父ジェイムズ・シニアにカルヴィン主義の秩序を叩きこもうとした。彼はそれを嫌い、自由な世界を夢見た結果、長老派教会を飛び出し、やがて息子たちに教会の威圧的な教理を教えこむことを拒否した。がしかし息子のジェイムズ・ジュニアは、芸術という異なった世界において、秩序と形式を自らに課すことになるのである。「歴史は繰り返す」と単純に断言するには無理があるが、様相を微妙に変えて繰り返すことは起こりうることだろう。ジェイムズ家においては、二代にわたって父親はいわば反面教師であった。彼が子どもたちに与えた感性教育が、芸術の世界において秩序と形式の美の追求という、いっそう大きな課題にジェイムズ・ジュニアを向かわしめることになるのである。

4．秩序と形式の美の追求、そしてイギリス

ヘンリー・ジェイムズ・ジュニアは、一八七九年に評伝『ホーソーン』（*Hawthorne*）を著わし、アメリカという歴史の浅い風土で作家活動に専念せざるを得なかったナサニエル・ホーソーンがどれほど不利な状況に置かれていたか、過去の文化遺産が作家の想像力にどのような影響を及ぼすかについ

て論じている。この著作の中でアメリカ社会に欠けている文物に言及した、いわゆる「ないないづくし」はあまりにも有名である。作家の想像力を刺激するには歴史と習俗の蓄積が必要であるとして、ヨーロッパには存在するがアメリカには欠けているものを列挙している。この「ないないづくし」の中に、ジェイムズ・ジュニアのイギリスに対する羨望に近い憧れが隠されている。

君主もいない、宮廷もない、個人の忠誠もない、貴族制度もない、教会もない、聖職者もいない、軍隊もない、外交儀式もない、郷士もいない、宮殿もない、お城もない、荘園もない、ましてや田舎の大邸宅もない、牧師館もなければ、草葺きの小屋もない、ツタのからまる廃虚もない、大寺院もなければ、修道院もない、すばらしい大学もなければ、まともな学校、つまりオックスフォード、イートン、ハロウもない、文学も、小説も、博物館も、絵画も、政界も、賭けに興ずる階級もない、したがってエプソンやアスコット競馬場もないのである。

この一節を、作家の想像力に不可欠な文物がアメリカの風景に欠如している点を指摘したものとして、文字通り読むこともできる。しかし賢明な読者なら、これを比喩として読む時、その背後に大きな意味の広がりが存在していることに気づくであろう。おそらく父親のジェイムズ・シニアなら、ここに列挙された文物は教条主義的な教会権威を個人に押しつける封建制度の遺物、すなわち自由な想像力の障害となるものの一覧であるとして、嫌悪したことであろう。しかしながらジェイムズ・ジュニアにとって、封建制度の文物は自由な想像力の障害であるどころか、むしろ想像力を喚起する貴重な文化遺産であった。封建制度はジェイムズ・ジュニアの想像力に欠くべからざるものであった。封建制度という社会の構造、そして貴族階級によって支えられた文化・文物に見られる形式美が、小説家の想像力に火をつけるのである。

封建制度を賛美するジェイムズの見解は、二十年ぶりにイギリスからアメリカに帰国し、その時の印象をまとめた『アメリカの風景』（*The American Scene*, 1907）の第二章「ニューイングランド――秋の印象」に明確に示されている。この中でイギリスの農村とニューイングランドの農村を比較し、後者に欠けているものを指摘する時、ジェイムズ・ジュニアの視座は明らかにイギリスの封建制度を賛美する側に置かれている。イギリスの農村が美観においてまさっていることを指摘した上で、その差がどこから生じてくるのかについて想像力を縦横無尽に駆使するのである。彼は次のように語る。

> ニューイングランドの農村には何よりもまずある特定のものが欠けていて、その結果すべてが人間的、社会的に一つの失敗に終わっているが、その特定のものというのは、美観がどの程度であれ、持ちうる重要性、意味のことである。わたしが憂鬱な思いにかられてその生活を観察し始めた地域では、語るに足る美観は要するに存在せず、村落に美観が欠けている事実は、いたるところで侘しいほど、悲劇的なほど証明されている。……すべては、イギリスの風景になくてはならない二つの重要な要素、すなわち地主と牧師が欠けているために、冬の長いこの土地にどのよう

> な相違ができてしまったかを物語っている。（傍点部筆者）

地主と牧師が欠けているために、ニューイングランドの美観が損なわれていると主張するジェイムズは、さらに続けてその地主と牧師の存在を可能にしたイギリス社会の特質に言及する。

> ニューハンプシャーの山の中には、イギリスではいたるところに見られる平民の保護者としての貴族に相当するものはまったく存在せず、その結果、人は大きな穴がぽっかりとあいているような印象を受ける。イギリスはどれほど多くの恩恵を知らず知らずのうちに貴族の存在に負うているのか、わたしたちはその実例をいくつも数え上げた。封建制度が人間生活にどれほど深く浸透しているかを知る適切な方法は、アメリカのような単純な社会と、かつて封建制度が深く根を下ろした社会とを比較してみることだという真実をわたしたちは痛感した。アメリカでは封建制度の恩恵が始まった形跡さえ認められないのに、イギリスではそれが途絶えた形跡が認められない。わたしの哲学、わたしの論理はおそらく混乱していたのであろう。しかし、アメリカにおける村落の醜悪さを説明するためには、わたしは便宜的に封建制度の長所を認めるような考え方に頼らざるを得なかった。この醜悪さはさまざまな形式が跡形もなく廃止されてしまった結果である――というのが、あたかもアメリカの未来を救う護符でも発見したようにわたしがとびついた結論であった。もっとも形式というものが過去、現在、未来を問わずアメリカに存在した、あるい

は存在しうる証拠はほとんどないのだから、それはアメリカでは廃止される名誉さえ与えられることがなかったのである。（傍点部筆者）

ジェイムズ・ジュニアのイギリスに対する反応は複雑であり、ひと筋縄ではいかない場合が多いが、少なくともこの一節を読む限りでは、ジェイムズは封建制度を否定するどころか、肯定し、賛美している。形式美を生み出すには長い歴史と習俗の蓄積が必要であり、封建制度がその歴史と習俗を支えるのであれば、そこから形式美が生まれてくると断言する。ひるがえって、そのような形式美を廃棄してしまう栄誉すら持たないアメリカの風土の浅薄さを嘆くのである。封建制度を支えた貴族階級の存在が村落の美醜を決定し、それが形式美を支える重要な要因になっているというジェイムズの指摘は、イギリスに対する彼の見解を知る上で、さらにはジェイムズ文学を理解する上で見落としてはならない重要な観点であろう。

さて実際にジェイムズ・ジュニアは、貴族社会が残るイギリスに対してどのような態度を示したのであろうか。文学的にはパリの方が優れていると思いつつ、ジェイムズはなぜパリに居住せず、ロンドンを選択したのであろうか。スティーブン・スペンダーは「フロベール、ゴンクール兄弟、ツルゲーネフなど彼（ヘンリー・ジェイムズ）の尊敬した作家はいずれもパリにいた。しかしながら彼が気づいたのは、フランスの知的生活が偏狭であり、フランス人が寛容さに欠け、排他的だという点であった。彼らはフランス以外の問題にはまずほとんど関心を示さなかった(28)」として、フランス人の偏狭さと排他性、そして彼らの独善性にジェイムズが批判的であったことを指摘している。実際、ジェイムズ・ジュニアは、一八八一年二月二十日、兄のウィリアム・ジェイムズ宛の手紙でパリとロンドンの生活を比較し、「フランス人の知的生気と洗練さは、イギリス人の心を土鍋のごときものに思わせます。しかしフランス人の無知、堕落、自己満足は不思議です。はなはだ不思議です」とフランス人の知的洗練さを認めつつも、道徳心の欠如と自国文化中心で満足している偏狭な態度に対する不満を書き送っている。

社会的に見ても、文学的観点から見ても、パリの生活のすばらしさと知的水準の高さを十分認識しており、そしてそれらがロンドンに欠けていることを知りながら、あえてロンドンを選択したということは、結局、彼がアングロ・サクソン系であり、英語で小説を書いた点にその大きな理由を見いだすことができる。一八八八年十月二十九日の兄ウィリアム宛の手紙で次のように記している。「わたしが時によって、イギリスのことを書いているアメリカ人であるのか、アメリカのことを書いているイギリス人であるのか、局外者にとっては識別不可能となるような書き方をしたいと願っている」。また一八六九年十月十三日付の母親宛の手紙では、兄のウィリアムがイギリス人について意見を求めてきたが、その件についてては事例が少ないし、表面的すぎるからまだ何も言う権利はないとしつつも、「わたしがイギリス人について確かなことは、彼らが好きだということです。心から好きなのです」と記している。(29) さらに一八七〇年三月八日、兄のウィリアム宛の手紙では「わたしはロンドンについてそこに居るべきでない理由をおびただしく持っているにもかかわらず、心惹かれています。概して

ヘンリー・ジェイムズ
(1843 — 1916)

言えば、ロンドンは世界でもっとも卓越した視点を代表していると考えます」とまで言い切っている[30]。
アメリカ人であったという事情を割り引いたとしても、彼が早い段階からイギリスに特別の愛着を抱いていたことは確かである。貴族階級を持つイギリス社会はアメリカ人ジェイムズの羨望の対象であり、端的に言うなら、ジェイムズ・ジュニアはイギリス社会の一員になることを望んでいたことはほぼ間違いない。ヘンリー・ジェイムズの五巻にわたる詳細な伝記を著わしたレオン・エデルは、ジェイムズが晩年になってスコッチ・アイリッシュという彼の先祖の家系の中にイングランド人の血筋を見つけようとしていたこと、そしてジェイムズは父方の祖母であるキャサリン・バーバーの両親の中にイングランド人の血が流れていると主張していたことを指摘している。続けてエデルは「ジェイムズは虚構を事実に作り替えようとしていた。キャサリン・バーバーの祖父はアイルランドからやってきた[31]」として、ヘンリー・ジェイムズが主張するような根拠はどこにも見当たらないと記している。アイルランド人を軽視するような態度を示し、彼自身の中に流れるスコッチ・アイリッシュの血統を無視し、イングランド人の血筋を家系の中に探し求めようとしたのは、まさしくイギリス社会とそれを支える貴族階級への憧れの結果であった。

　想像力を自由に駆使することは、作家の才能の一部であり、作家の特権でもあるが、イギリスに対する憧れが想像力に影響を及ぼし、事実を変質させるに及んだとするなら、事は捨て置けないであろう。彼のイギリスに対する想いは複雑で二律背反することすらある。時にかなり厳しい批評を下したかと思うと、時に全面的に誉めたたえることもあり、単純に決めつけられないことは事実である。しかしながら、最終的にヘンリー・ジェイムズがイギリスに終の棲家を定めたということは、祖父の生誕の地アイルランドよりも、また父親と彼自身の生誕の地アメリカよりもイギリスに愛着以上のものを抱いていたことの証となろう。

注

1　五代にわたるジェイムズ家の家系を図式すると以下のようになる。

ウィリアム・ジェイムズ（アイルランド・農業）――ウィリアム（一七八九年アメリカに移住・実業家）――

ヘンリー（四男・神学者）―┬ウィリアム（長男・心理学者）―┬ヘンリー（長男）
　　　　　　　　　　　　　└ヘンリー（次男・小説家、生涯独身）　└ウィリアム（次男）

2　Katherine Hastings. *William James of Albany, N.Y., and his Descendants,* with notes on some collateral lines

（1924）, p.3.

3 Leon Edel, *Henry James The Untried Years:1843-1870*（1978）, p. 20.

4 *Ibid.*, p.20. Edelは次のように記している。"He found employment at a clerk in a New York store and two years later was able to open his own establishment." しかしK・ヘイスティングズによれば、一七八九年からオールバニーに定住するまでの四年間についてその足跡をたどることはできないとしている。またC・ハートリー・グラッタンもこの四年間は何があったのか明らかではないが、オールバニーに現われて、そこで仕事を始めたことは確かであるとしている。*The Three Jameses*（1962）, p. 6. おそらくエデルはニューヨーク時代とオールバニー時代を混同しているのかもしれない。またエデルの記述は前掲Hastingsを参考にしているように見受けられる。

5 Hastings, pp. 2-3.

6 ちなみに「パシフィック・ファー・カンパニー」という名称のアスターの毛皮会社の出張所は現在のオレゴン州アストリアに置かれていた。この出張所はヴァンクーヴァー近くのフォート・コーヴィルにあるイギリスのハドソン湾会社所有の毛皮会社とライバル関係にあった。このコーヴィル出張所の責任者がスコットランド出身のアーチボルド・マクドナルドといい、現地のプリンセス・レーヴンというアメリカ・インディアンの女性を妻に迎えていた。マクドナルドとプリンセスのあいだに息子が誕生し、ラナルドと名づけられたこの青年は長じるに及んで、当時全盛期を迎えていたアメリカ捕鯨船の船員として日本近海までやってくる。インディアンの血をひくラナルドは日本に強い関心を持っていたため、鎖国中の日本に密入国することを思い立ち、ペリー来航の五年前の一八四八年、捕鯨船を一人離船し、北海道利尻島に上陸する。彼は捕縛され、取り調べのために長崎に移送投獄されるのである。

その取り調べの過程で、幕府のオランダ語通詞として参加していた森山栄之助に英語を教えることになるのがラナルド・マクドナルドである。五年後に森山栄之助はペリー来航の際、幕府の通詞として活躍することになるのであるから、ラナルドと森山栄之助の接触は日本における英語学習の嚆矢となる運命的な出会いであったと言えよう。この間の事情は吉村昭『海の祭礼』（一九八九年）に詳しいので参照されたい。

7 興味あることに、アスターは一八〇四年に、当時第三代大統領トマス・ジェファーソン政権の副大統領であったアーロン・バーから六万二千五百ドルで土地を購入している。アーロン・バーの母方の祖父は、アメリカ文学史にも登場する神学者ジョナサン・エドワードであり、父はプリンストン大学の創立者の一人で第二代学長であった。マンハッタンに土地を所有し、名門の血をひく由緒ある家系の出であったが、ニューヨーク州において政敵でもあった初代財務長官アレキザンダー・ハミルトンに決闘を申しこみ、彼を撃ち殺したことで名を知られた悪名高き政治家でもあった。

8 Hastings, p. 2.

9 C. Hartley Grattan, *The Three Jameses:A Family of Minds:Henry James Sr., William James, Henry James* (1962). p. 20.

10 Edel, *Henry James The Untried Years:1843-1870*, p.21.

11 *Ibid*., p. 22.

12 *Ibid*., p. 23.

13 *Ibid*., p. 23.

14 *Ibid*., p. 24.

15 Grattan, p. 41.
16 Edel, p. 39.
17 Grattan, p. 84.
18 *Ibid.*, p. 85.
19 *Ibid.*, pp 47-48.
20 *Ibid.*, pp. 122-123.

このような精神の危機的な状況をやがて数十年後に長男のウィリアムもまた体験することになる。ウィリアムは日記に次のように記している。

「哲学上の悲観主義の状態で、そしてわたしの将来への見通しに関して精神的に落ちこんでいた時、わたしはある物を取りにたそがれ時に化粧室に入っていった。するとそこで突然何の前触れもなしに、暗闇の中からでもあるかのように、わたし自身の存在への恐ろしい不安が襲ってきたのだ。同時に、施設でわたしが見たことがある癲癇患者の姿、黒い髪をした、緑がかった皮膚の、完全に白痴のような若者の姿がわたしの心に浮かんできたのだ。彼は膝を抱えてベンチに、というより壁に備えつけた棚に、身につけている物は粗末な灰色の下着だけで一日中座っていたものでした。もしかすると「その姿はわたしだ」とわたしは感じた。……これ以降わたしにとって世界はまったく変わってしまった。わたしは毎朝毎朝みぞおちに恐怖心を抱えて、以前に感じたことのない生への不安を感じて目覚めるのだった。直接的な感覚は消え去ったけれども、それ以降この体験によって他者の病的な感覚に同情的になった。しかし、数ヵ月のあいだわたしは一人で暗がりの中に入ってゆくことができなかった。」

21　高橋和夫『スウェーデンボルグの思想』（一九九五年）一七七―一七八頁。
22　Grattan, p. 90.
23　Edel, p. 51.
24　Grattan, p. 214.
25　*Ibid.*, p. 214.
26　Donald L. Mull, Henry James's Sublime Economy (1973), pp. 8-10.
27　Grattan, p. 237.
28　スティーヴン・スペンダー『イギリスとアメリカ――愛憎の関係』（一九七六年）九五頁。
29　Leon Edel. *Henry James Letters Volume I 1843-1875*.（1975）p.152.
30　*Ibid.*, pp207-209.
31　Edel. *Henry James The Untried Years*, p. 86.

第一章　ヘンリー・ジェイムズの小説理論

1.「小説の技法」("The Art of Fiction")

ヘンリー・ジェイムズの小説理論の基本的な枠組みは、「小説の技法」("The Art of Fiction," 1884)の中に表明されている。この論文は小説家ウォルター・ベザントが王立科学研究所で行なった講演「芸術としての小説」に対する反論として一八八四年に発表されたものである。その後書かれたニューヨーク版全集の序文に、ジェイムズ自身の創作の具体的な過程が詳しく示されてはいるが、基本的な概念は「小説の技法」において簡潔に述べられていると言えよう。

まず、小説の唯一の存在理由は人生を再現することであり、それは画家がカンバスに描くのと同じ意図のもとになされなければならない、そして小説家は歴史家と同様に人生の真実を描かなければならない、とジェイムズは主張する。それゆえに小説を単なる絵空事と考えて気ままに本筋から訳もなく逸脱する小説を厳しく批判している。さらに続けてジェイムズは「小説は人生についての個人的な、直截的な印象」と定義し、その印象の強烈さに応じて小説の価値が定まるとしている。

次にジェイムズは、ベザントの小説論を細部にわたって検証し、逐一反論を加えている。ベザントによれば、小説は体験から書かねばならないということである。したがって「人物はリアルで、現実生活において逢える人物でなければならない」し、「静かな田舎の村で成長した若い婦人は軍隊生活の描写は避けるべきである」ということになる。しかし、ジェイムズは体験とは測り知れない感受性であると主張し、体験を字義通り単純素朴に個人の経験した事象であるとの解釈に異議を唱える。体験とは意識であり、精神である。精神が想像力に富んでいれば、人生のいかなる微妙なものでも把握できるし、空気の息づかいさえも具体化できるのである。イギリスの女流作家がフランスの新教徒の若者を実に見事に描いた具体例をあげ、その作家が実はほとんどそのような知識を持ち合わせていなかったこと、彼女は一瞬の印象から想像力の助けを借りて一人の現実感あふれる人物を作り上げたこと、そして小説家にとって必要な才能は「一班を持って全豹を推す」能力であることを説いている。このイギリスの女流作家を天才的と呼んでいることからも推察できるように、ジェイムズにとって小説家を小説家たらしめているものは「目に触れるものから見えざるものを推測し、物語の意味を見抜き、形によって全体を判断する能力」なのである。

ベザントによれば、小説の人物は明確な輪郭を与えられなければならないということであるが、それがごてごて描写することによって可能になると考えているなら馬鹿げている、とジェイムズは反論する。一般に描写を省いて会話を洗練するとか、会話をやめて出来事で人物を明確に描くとか言われているが、このような描写と会話、事件と描写などの要素をばらばらに扱うことは適当ではない。小説は生き物であって、他の生物と同じように全体で一つのまとまりを成しているように、人物と出来事とは別のものではない。性格を表現しない事件などは存在しえないのであるから、たとえば一人の婦人がテーブルに手をかけたまま立ち上がり、意味ありげに人を見つめたとしたら、それは事件であり、同時に性格の具体的な表現でもある。性格小説とか事件小説などの区別は愚かしいものであって、ノヴェルとロマンスという区別同様に要領を得ないものである。結局、小説は良い小説と悪い小説の区別があるだけで、良い小説とは細部が全体に、全体が細部に有機的に関連し合っている小説である。

ベザントによれば、小説を決定するものはストーリーであって主題ではないということであるが、ジェイムズはこれを否定し次のように語る。筋と小説、構想と形式、これらは針と糸のようなものであって切り離すことは不可能である。筋は冒険から構成されなければならないとベザントは主張するが、冒険と冒険でないものをどう区別するのか、ボストンの娘がイギリスの公爵の求婚を拒むのも大冒険である。なぜならそのような事件の中に悲劇的なものが見えるし、何よりも心理的理由が心を捉えるからである。小説を決定するものは主題であり、作品の意図がどれだけ見事に達成されているかによるのである。

以上が「小説の技法」の概要であるが、ジェイムズがこの論文を発表したのは一八八四年であるという事実、そして一八九〇年の『悲劇の美神』を最後に劇作に転じ、六年の期間をおいて再び『ポイントンの蒐集品』を書き出す以前のことであるという事実から判断すると、この論説の中で説かれている見解がジェイムズの小説理論のすべてであると考えるわけにはいかないであろう。というのも一八九六年に『ポイントンの蒐集品』を発表した時、作風がかなり変化していたからである。つまり『ポイントンの蒐集品』が、批評家マシーセンがいわゆる「メイジャー・フェイズ」と呼んだ後期の『鳩の翼』、『使者たち』、そして『黄金の盃』の三大作に通じる難解さを備えて登場してきたからである。短編はいくつか書いているが、六年間の小説業停止期間中にジェイムズの内部で小説理論に変化が起こったか、もしくは従来の見解が洗練深化されたかのいずれかであると考えることが妥当であろう。

2.『ニューヨーク版序文集』(*The Art of the Novel*)

周知のように、ジェイムズの作風は初期の作品と後期の作品では大きく異なっている。したがってジェイムズの小説理論に触れようとするなら、初期の理論の表明として読むことのできる「小説の技法」と作家としての集大成と見なすことのできる『ニューヨーク版序文集』とを比較検討することから始めなければならない。

『カサマシマ公爵夫人』の序文に体験に関して述べた次のような一節がある。

体験とは、わたしが考えるには、社会的生物としてわたしたちに起こる出来事をどう理解し測定するかということであって、それに関して書かれたどんな知的な報告文であれ、その理解に基づいていなければならない。……人びとの体験をわたしが書くということは、つまり物語作家としてわたしが書くものは、必然的に体験をわたしがどのように理解したかということである。

以上の見解は、当然といえば当然のことであるが、フロベールやゾラの客観的写実主義とは一線を画している。フロベールにしてもゾラにしても、人物を内側からよりもむしろ外側から客観的に描けると信じていた。しかしジェイムズにとって外側から客観的に描こうとすること自体が作者の主観を経た客観であるからして、純粋な客観的手法などというものは存在せず、すべては「私がどのように理解したか」という主観の次元に還元されてしまう。この序文の二十年前に「小説の技法」の中ですでに披瀝していた「体験とは意識であり、精神である」という考え方は、ジェイムズが終生変わらずに抱いていた見解であると考えて差し支えないようである。

このような作者の意識と主題との関連について、『ある婦人の肖像』の序文からさらに詳しく知ることができる。

要するに小説の家には一つの窓があるのではなく百万の窓がある――いや、窓になりうる部分が数えきれないほど存在すると言った方がよいであろう。人間の営みの場が、「主題の選択」であり、開かれた開口部――広いものであれ、バルコニーのついたものであれ、細長くつき出たものであれ――が「文学の形式」である。しかし窓はそこに観察者の存在がなければ無に等しい。すなわち芸術家の意識がなければ無に等しいのである。

この一節は、前述したジェイムズの主張を裏づけるものとして重要な意味を持っている。小説の題材は、どの窓を開けるかによって異なってくるのであって、たとえ同一の題材を扱ったとしても、すべてが客観的に同じように描けるとは限らない。どの窓を開いてどの形式を採るかを決定するのは作者の意識であり、人生の営みの場をどのように処理するのかも作者の意識次第なのであるから、小説という芸術はまったく主観に支えられた自由な芸術ということになる。どうやらジェイムズは、写実主義者たちが主張する客観的描写によって現実が描き出せるとは考えていないようである。このように考えてくると、ジェイムズが「小説の技法」の中で述べた「小説の唯一の存在理由はまさに人生を再現することである」という一節は、いくぶん注釈を加えて考えなければならない。

ジェイムズが『ポイントンの蒐集品』の序文の中で「人生は小説の主題にとって全然意味を持たず、ありがたくも浪費するしか能がない」と語り、同時に「人生はすべてを包含する混乱であり、一方、芸術は識別、そして選択である」と記している事実から判断すると、ジェイムズの説く「人生の再現」とは小説家が識別し、混乱する雑踏から選び取った人生の再現と理解しなければならない。なぜ識別し選び取らなければならないのかといえば、人生は放っておいたら勝手に歩き出し、脇道に脱線し、砂漠の中で道を見失うのがおちであるからだということになる。結局ジェイムズにあっては、芸術家の意識のみが放縦な人生を導き、統合できると考えているのである。逸脱し、へまを仕出かし、道に迷う人生そのものを客観的に外部から描こうとする写実主義者とは異なり、人生はジェイムズ個人が人生と見なしたもの、作家の主観によって選び取られた人生なのである。

　では、ジェイムズの選び取った人生とはいかなる人生であろうか。『檻の中』の序文から引用すれば、それは「積極的に、贅沢に生きられた人生」ということになるであろう。もちろんここで言及されている「贅沢に」という表現は物質的な意味の贅沢ではないことは断るまでもない。「精神的振動数が無制限」であること、つまり内部体験が見事に充実した人生と読み替えることが可能である。『使者たち』の主人公ストレザーが語る言葉の中にその手がかりを見いだすことができる。ストレザーは次のように語る。「力の限り生きたまえ。——人生を生きなかったら他に何があるのだろう。生きたまえ！　生きたまえ！」。ストレザーのこの言葉にジェイムズの描く人生がまさしく投影されていると言えよう。同様に、『ある婦人の肖像』のヒロインであるイザベル・アーチャーの物語は、イザベルの「精神的振動」の物語であり、『鳩の翼』においても物語の中心はミリー・シールの「精神的振動」が満ち足りた、生きられた人生なのである。

　ジェイムズが「小説の技法」において「小説は人生についての個人的な、直截的な印象」であり、その印象の強さによって価値が決まると語ったことは前述した通りである。また、後期の代表作である『使者たち』の序文においては「すべての芸術は表現であり、それによって得られる迫真性である」とも語っている。ここで「迫真性」(vividness)という語を「印象の強烈さ」(intensity)と読み替えたとしても矛盾は生じない。したがって、劇作に転じていた六年間の小説休止期間を経て一八九六年に『ポイントンの蒐集品』を挟んで後期のいわゆる「メイジャー・フェイズ」につながる作品にいたるまで、ジェイムズの小説に対する基本的な見解は何ら変化していないことが分かる。

3. 描写の迫真性と人生の幻影の強化

では、六年間の小説休止期間を経て、何が変化したのであろうか。『ロデリック・ハドソン』の序文において「小説は描写の芸術である」と記している。そしてその描写が迫真性を持ち、読者の心の中に「作者が呼び出したイメージによって幻覚状態に導き、読者がそれらのイメージに気づき、それに似たものを読者自身の芸術によってつくり出す時」(『黄金の盃』序文)作者の狙いは達成されたとする。この一節で興味深い点は、読者の心の中に「似たもの」を創り出すと言明していることである。すでに指摘したように、ジェイムズは体験とは主観であると考えていた。したがって、小説家が言葉によって描き出した対象をそっくりそのまま読者の心の中に浮かび上がらせることができるとは考えていない。言葉が生み出すことができるものはイメージだけであって、言葉に一対一対応の厳格な意味付与は期待していないのである。小説家が唯一成しうることは、読者の心の中に「それらしきもの」を喚起することだけなのである。結局、小説の価値は「それらしきもの」、すなわちジェイムズが人生の幻影と呼んだものがいかに巧みに強化されて、作品中に投影されているかによって決定されるのである。ジェイムズの小説が創り出す世界は、いわば「らしさの世界」「幻影の世界」であるとも言えよう。

さて具体的に、「人生の幻影」はいかにして迫真性を持ちうるのであろうか。ジェイムズは、世界を客観的に描写し、それを客観的に読者に伝達することが可能であるとは素朴に信じてはいなかった。また外部からの客観的描写が小説のすべてであるとも考えていなかった旨はすでに指摘した。迫真性を持たせるために小説家が最大限成しうることはイメージの強化であるからして、「ある程度事件から離れていて、それでいて事件に対してある程度批評と解釈を与えるような証人の感受性」(『黄金の盃』序文)を必要としたのである。当然のことながら、証人の感受性はすぐれて鋭敏でなければジェイムズの小説は成立しない。証人を設定することによって遠回しの見方が作品全体を支配するようになったとしても、「描写の効果を高め、小説はかくあるべきものだという理想に応えるには、どんな方法でも無責任な作者の覆面をした威厳」よりはるかに統一が保てると結論を下した。そうすることによって「大きな統一」がもたらされ、その統一が「他のいかなる美を犠牲にしても獲得したいと願う美――つまり緊張の美」(『使者たち』序文)をもたらしてくれると考えたのである。

ここでジェイムズが言及している「鋭敏な感受性を持つ証人」、すなわち特定の視点の存在の必要性はニューヨーク版序文集において繰り返し力説されているが、「小説の技法」の中において唯一触れられていない問題でもある。ということは「小説の技法」を書いた一八八四年の時点で、ジェイムズ自身「迫真性」あるいは「人生の幻影」を強化するすべを心得ていなかったことを暗に示している。それゆえ後期のジェイムズの関心は、「鋭敏な感受性を持つ証人」を通して「イメージを強化」する方法の模索へ向けられたと推測できるのである。

4.『ワシントン広場』と『使者たち』

一八八〇年、『コーンヒル・マガジン』誌の六月号から六回に分けて『ワシントン広場』が連載されたが、ジェイムズ自身はどういう訳かこの作品を高く評価していなかった。発表される五ヵ月前の一八八〇年一月三十一日付のW・D・ハウエルズに宛てた書簡の中でこの作品に触れ、それが「つまらない物語」になるであろうと書き記している。これは言葉の微妙な操作から生じるジェイムズ流の謙遜ではないことは明らかである。というのも『ワシントン広場』を発表してから二十七年後、一九〇七年に自ら序文をつけて改訂作業を行なったニューヨーク版全集からこの作品を削除していることからも分かるように、この作品はよほどジェイムズの意にそぐわなかったらしい。ハウエルズへの手紙で続けて彼はこの物語が「道具立ての不足」(the want of paraphernalia) があると書いている。「道具立ての不足」をしているから結局「つまらない物語」なってしまうことを吐露しているのである。ここでジェイムズがハウェルズに告げた「道具立ての不足」という言葉の意味するところは、物語の題材と物語内部の装置の不足、すなわち小説技術を欠いているからであると解することが妥当であろう。

この物語は、ジェイムズの多くの作品の中でも、もっとも明確な輪郭を持った作品であり、読書界において好評を博した作品であった。イギリスでは『コーンヒル・マガジン』誌、アメリカでは『ニュー・マンスリー・マガジン』誌に英米同時に掲載された最初の小説であったという事実、さらには次に計画していた大作『ある婦人の肖像』に取り組む時間的な余裕が可能になったという事実（それはとりもなおさず経済的な成功を意味するのであるが）がその間の事情を物語っている。現在にいたるまでの多くの論評を眺めても、この作品を好意的に扱っているものが多い。たとえば、H・S・キャンビーは「『ワシントン広場』はジェイムズ自身が考えていたよりもはるかにすばらしい作品であり、主人公のキャサリンはジェイムズの作品中の挫折する女性たちの中でもおそらくもっとも良く描けている女性だろう」と記している。またF・W・ドュピーは「ジェイムズの初期の作品中、いや、いつの時期であれ第一級の作品である」との賛辞を贈っている。些末な欠点を指摘する論評はあるが、全体としてこの作品を否定する批評は皆無であると言っても過言ではない。このように考えてくると、ジェイムズがこの作品をニューヨーク版全集に収録しなかった理由は、出版界の好評とはまったく裏腹に、やはりジェイムズ自身の審美上の基準にそぐわない何かがあったと推測せざるをえないのである。

「小説の技法」の中で、「精神が想像力に富んでいればどのようなものでも捉えるし、空気の息づかいさえも具体化する」と語っていることからして、ジェイムズは明らかに作家にとって不可欠の資質は想像力と考えていた。一つのアイディアがどのようにして小説という有機体に成長してゆくかについて、序文集の中で比喩をまじえて繰り返し述べていることがそのことを如実に物語っている。たとえば「ふとこぼされたヒントの種から芽吹いた」（『使者たち』序文）こと、「あの小さなどんぐりの実から大木へと成長した」（『メイジーの知ったこと』序文）こと、そして「自然に形を成してゆくほとんどの小説は、たいていほんの小さな種から芽生えてくる」（『ポイントンの蒐集品』序文）と、想像力の重要性を植物の発芽になぞらえて語っている。ジェイムズの比喩によれば、小説はけし粒ほどの種から芽吹いて花開いた一輪の花、もしくはどんぐりから成長した巨木ということになる。作家の想像力は言うならば肥料であり、腐葉土であり、小説の種を枯らすも大きく成長させるのも腐葉土次第というところであろう。

とすると当然のことながら、ジェイムズにとって豊かな想像力を完全に発揮しえなかったと彼自身が感じている作品は劣悪なものということになる。巷の評判がどうであれ、ジェイムズの判断の基準は、完成した段階での作品の統一性もさることながら、むしろそれ以上に創作過程において想像力をどれほど自由に駆使できたかという点にあると言えよう。作品を外部から判断するのではなく、実作者としてのジェイムズがけし粒ほどの印象からどのような有機的な想像の世界を創り上げることができたかということにある。ジェイムズの審美上の基準はまさしくそこにあった。

ジェイムズ自身がもっとも完成度が高い作品と評価している『使者たち』の着想がどのように湧い

てきたかは、創作ノートから具体的にうかがい知ることができる。一八九五年十月三十一日付の創作ノートには次のように記されている。

> わたしは昨晩、ジョナサン・スタージェスがわたしに語った言葉に強く印象づけられた。それは十語足らずの言葉だった。よくあるように、その中に小説のテーマ（原文仏語）を垣間見たように思えた。……その言葉は「君はまだ若い、君はまだ若い、そのことを喜びなさい。喜びを感じ取って生きたまえ！　できる限り生きたまえ！　そうしないのは誤りだ。何をしようともそれは大した問題ではない。とにかく生きたまえ。」というものであった。

ジェイムズに強い印象を与えたW・D・ハウェルズが語ったとされるこの言葉は、作品を想像力という観点から眺めるならば、ほんの些細な十語足らずの言葉から、ジェイムズの恐るべき想像力によって二十万語にも及ぶ『使者たち』という長編が生み出されたということである。ジェイムズがこれらの言葉を創作ノートに書きつけたのは一八九五年十月三十一日であるから、『使者たち』が世に出る一九〇一年の夏まで、ほぼ六年間ものあいだ「どんぐり」を温めていたことになる。わずか十語足らずの「どんぐり」を二十万語にもおよぶ「巨木」に仕立て上げた、その持続力と想像力には誰しも驚かされよう。

一方、『ワシントン広場』がどのようにして創作されるにいたったかは、一八七九年二月二十一日付の創作ノートの一部から具体的に知ることができる。創作ノートには知人のケンブル夫人の弟がケンブリッジ大学の学寮長の娘、T嬢と婚約したこと、そしてケンブル夫人は自分の弟H・K氏があまり誉められた人物ではないので、T嬢はやがて後悔することになるから弟と結婚しない方がよいであろうと彼女に諭して聞かせたことなどが詳細に書きこまれている。創作ノートを丹念に読むと、驚いたことにケンブル夫人がジェイムズに語ったとされる話の内容と『ワシントン広場』のストーリーの展開に大きな違いが見当たらないのである。登場人物に関して言えば、作品中でT嬢はキャサリン・スローパー、父親の学寮長はスローパー博士、ケンブル夫人はモンゴメリー夫人とアーモンド夫人の二重の役割を与えられ、H・K氏はキャサリンの求婚者のモリスへと移し替えられている。ジェイムズの創作した唯一の人物はペニマン夫人だけである。物語の大筋の展開にいたってはまったく一致しているのであるから、ジェイムズがケンブル夫人の話をそっくりそのまま拝借して『ワシントン広場』を創作したことは疑う余地はないであろう。ケンブル夫人がT嬢を諭す際に実際に語ったとされる言葉、「しかし、もしお父さんがそうしなければ……」という一節さえも、ジェイムズは第二十三章でまったく同じ内容をアーモンド夫人に語らせているのである。ここに作者ジェイムズの想像力が自由に羽ばたいたと思える痕跡を見つけることは難しい。

ジェイムズの場合、創作にあたって小説の種となるものが存在していることが多いことは、創作ノートから明らかである。それが伝え聞いた風聞であったり、友人たちとの会話であったりすることは創作ノートや序文に克明に記されているのであるが、しかしジェイムズはすべてを聞く必要はなかった。彼が必要としたのは想像力を刺激し、想像力の扉を開いてくれるほんの些細な事実であり、話の断片であった。話の全貌をこと細かに伝えられたなら、彼の想像力は潰えてしまい、たとえどんなに興味をそそる事件でも、ジェイムズにとっては単なる事実の寄せ集めにすぎないと思えたことであろう。

かくして『使者たち』と『ワシントン広場』の違いは歴然となる。前者はジェイムズの旺盛な想像力の産物であるが、一方、後者は他人の話を登場人物から筋の展開まですっかり頂戴した、いわばでき上がった物語の焼き直しなのである。ジェイムズが「つまらない」と考えたその背景には、作者自身の想像力がほとんど機能していないという自責の念があったのかもしれない。一瞬の印象から有機的な想像の世界を作り上げる能力を作家に不可欠の才能と信じていたジェイムズが、「一班をもって全豹を推す」どころか、全豹を示されてそれは豹であると表明することが何を意味するか当然心得ていたと思われる。審美上の規範を強く意識するストイックな作家にとって、小説家としての資質への疑念と屈辱の念だけしか残らない。

ジェイムズが『ワシントン広場』に対して感じていたもう一つの欠点は、この作品の単調さであったことは容易に想像できる。『使者たち』と比較すれば、この作品の単調さが実は「視点」の技法と密接に関連していることが明確になる。スローパー博士、娘キャサリン、おばのペニマン、そして求婚者のモリスといった主要人物の意識はそれぞれ語り手を通して語られるため、登場人物間の緊張状態が欠落している。後期の作品に見られるような謎めいた人間関係が消えてしまっている。「ある主題を扱うことは……その関係を描くこと」、そしてすぐれて知性的な視点を通すことによって得られるイメージの統一、さらにそのような統一から生じる緊張の美を達成するという小説理論を目指したジェイムズが、主要人物の意識が一切説明され尽くしてしまい、すべてがさんさんと輝く太陽のもとに照らし出されてしまったかのような小説、それゆえに謎めいた緊張空間を生み出すことができなかった小説は、許容することのできない欠陥を抱えた小説と思えたにちがいない。

ナサニエル・ホーソーンが、想像力を自由に羽ばたかせて、事象の背後に潜む世界に物語の種子を探し求めた作家であるがゆえに、ジェイムズがホーソーンを高く評価していたことは、評伝『ホーソーン』を繙けば明らかであろう。しかし豊かな想像力に依存する度合いが強いだけに、ホーソーンの作品に「冷ややかで、希薄で、空白な」ものがいたるところに顔をのぞかせていることにジェイムズは気づいていた。それゆえにジェイムズは『緋文字』を評して「現実性の欠如と空想的要素の乱用」の産物、あるいは「きわめて絵画的に配列されたただ一つの精神状態の表われ」と語るのであるが、しかし十語足らずの言葉から想像力を駆使して二十万語にも及ぶ言語世界を構築したジェイムズの試みが果たして「空想的要素の乱用」を回避できるのであろうか。ホーソーンの作品を「現実性の欠如」と指摘したジェイムズではあるが、その指摘はジェイムズ自身にも向けられるべきものであって、ホーソーンと同じ轍を踏む可能性は少なからずあったと言えよう。『緋文字』を評した「ただ一つの精神状態の表われ」という指摘は、「わずか十語足らずの言葉」というジェイムズ自身の言葉に向けられるべき性質のものであったことも指摘しておかなければならない。

5．アドバルーンとロープ

初期の代表的な作品、『アメリカ人』の序文において、ジェイムズはこの作品の着想がアメリカの鉄道馬車に乗っていた時にふいに湧いてきたと語っている。けし粒ほどの種子から大木に育ててゆくという比喩に示されているように、脳裏をかすめてしまうような事象から想像力の助けを借りて物語に仕上げてゆく、ジェイムズ流の創作理念を具体化した典型ということになろう。しかしジェイムズは序文において、この作品にはロマンスの要素があることを自ら認め、ニューヨーク版全集において加筆訂正の作業をかなり施しているのである。ということはホーソーンにしろジェイムズにしろ、一瞬の印象から想像力を発揮してでき上がった物語がロマンス的色彩を濃くしてゆくことは避けられないことであったと言うことができよう。ジェイムズ自身はロマンスとかノヴェルとかの区別は実作者の側からは意味のない分類であると断定したにもかかわらず、『アメリカ人』の序文ではロマンス論を説き、ロマンスを「脈絡のないばらばらの統制されていない経験、すなわち、ことがどういうふうに起こるかということについて、われわれが持っている感覚によって少しも統制されない経験」を読者に提供する物語としている。結局、『アメリカ人』が豊かな想像力の産物であっただけに、「脈絡のないばらばら」の要素がいたるところに顔を出してしまうのは避けられないことであった。

ジェイムズが初期の作品をニューヨーク版全集に収録するに際して、かなり加筆訂正作業を施したという事実は、初期の作品の中でも旺盛な想像力の産物であるものほど、ロマンスに傾斜してゆく可能性を秘めていたことを示唆している。したがって後期の『使者たち』をはじめとする作品に見られるジェイムズの努力は、脈絡のないばらばらの統制されていない体験の世界、つまりロマンスの世界を脈絡のある有機的な統一のとれた体験の世界、つまりノヴェルの世界に引き戻す努力であったと言える。ジェイムズは視点を特定のすぐれた知性に限定することによって、この問題の解決を図ろうとした。ジェイムズ自身の比喩を借りるなら、体験というアドバルーンが常に大地にロープでつなぎとめられているおかげで、われわれは想像力という籠に乗って動き回ることができる。われわれがどこにいるのかを知ることができるのもそのロープのおかげである。それが切れた時われわれは自由になれるが、反面、脈絡を失ってしまうのである。ジェイムズの創作上の終生の課題は、視点というロープを使って想像力の籠を大地にしっかりとつなぎとめておく方法の探求であった。

第二章　『ロデリック・ハドソン』論――未必の故意の物語

1. 国際小説と『ロデリック・ハドソン』

ヘンリー・ジェイムズがニューヨーク版全集の序文で自ら語っているように、『ロデリック・ハドソン』（*Roderick Hudson*, 1875）は「複雑な主題」を扱ったジェイムズの最初の長編小説であり（"a long fiction with a complicated subject"）、一八七五年一月から一年間にわたって『アトランティック・マンスリー』誌に掲載された。この作品は単に最初の長編であるというだけではなく、それ以後のジェイムズの作品の基本的な特徴をすでに備えている点において非常に重要な意味を持つ作品でもある。それというのも、『アメリカ人』（*The American*, 1876）や『ある婦人の肖像』（*The Portrait of a Lady*, 1881）、そして後期の代表作である『鳩の翼』（*The Wings of a Dove*, 1902）を経て『使者たち』（*The*

Ambassadors, 1903）や『黄金の盃』（*The Golden Bowl*, 1904）へと発展する一連の作品の原型は、『ロデリック・ハドソン』の中にその萌芽を見いだすことができるからである。少々誇張して言えば、テーマと小説技法という二つの観点から眺める時、ジェイムズの作品の多くはこの最初の長編小説がさまざまに装いを変えつつ、発展進化した作品であると言うことさえできる。

周知のように、ジェイムズの小説に共通する基本的な特徴の一つは、小説の背景をアメリカとヨーロッパという二つの異質な風土に設定し、両者の風俗、習慣の衝突によって生じる葛藤を描いた点にある。しかしいわゆる「国際小説」と呼ばれることになるジャンルは、必ずしもジェイムズだけの専売特許ではない。ジェイムズ以前にもアメリカとヨーロッパの風俗、習慣の違いから引き起こされる悲喜劇を面白おかしく描いた作家は存在したのである。(1) ジェイムズの卓越した点は、単に風俗、習慣の違いを興味半分に扱った従来の小説と異なり、「国際小説」というジャンルを確立し、そこに普遍的な価値を与えたことであろう。アメリカとヨーロッパという異文化の対立をそれまでのロマンス調の三文小説の領域から救い出し、対立から生じる葛藤を人間共通の意識の問題にまで昇華して描き出した点にある。

ただ、新大陸アメリカと旧大陸ヨーロッパの対立を題材とした関係上、二つの文化圏の違いを際立たせるために、その異質性を意図的に誇張して描く傾向がジェイムズに見られることは指摘しておかねばならない。対立の図式を効果的に生かすために、ある程度の類型化はやむを得ない手段であったとはいえ、「新世界」対「旧世界」、「無垢のアメリカ」対「腐敗のヨーロッパ」、あるいは「粗野なアメリカ」対「洗練されたヨーロッパ」という対比は登場人物の行動や性格までも支配することになり、時として一面的な、Ｅ・Ｍ・フォスター語るところのいわゆる「平板な（flat）」人物を生み出すことになる。特に初期の作品『ロデリック・ハドソン』そして『アメリカ人』に登場する主人公たち、ロデリック・ハドソンやクリストファー・ニューマンはそのような人物の典型であろう。

ジェイムズが登場人物の名前で遊ぶことはよくあることであるが、その結果、われわれ読者は登場人物の名前と初めて出会うその時から、作品中の人物をアメリカ的なイメージと結びつけて考えることになる。たとえば主人公のハドソンという名は、ニューヨークを流れるハドソン川を、そしてオランダ東インド会社の命を受けてその河川を最初に探検し、自分の名にちなんでハドソン川と命名したイギリス人ヘンリー・ハドソンを思い起こさせる。またクリストファーは新大陸の発見者であるクリストファー・コロンブスを、ニューマンは文字通り新大陸における新しいタイプの人間を連想させる。実際、ロデリック・ハドソンにしてもクリストファー・ニューマンにしても「無垢」、「粗野」、「自然人」、「素朴」などの、きわめてアメリカ的と思える特徴を備えたアメリカ人というイメージが強調されて描かれていることは一目瞭然である。

2. 視点の技法

だがジェイムズは、登場人物がアメリカ的特性を備えただけの一面的で平板な人物に陥る危険性を避けるために小説技法上の工夫を凝らしている。これがジェイムズの作品に共通する二つ目の特徴となる「視点」の技法である。ジェイムズがその創作活動の初期において「視点」の問題にまだ明確な結論を出すことができずに暗中模索の状態であったことは、『アメリカ人』や『ワシントン広場』（一八八〇年）のように「全知の視点」から書かれていることもあれば、また『ある婦人の肖像』のように部分的に視点を限定した作品もあるという事実からうかがい知れる。ある意味でジェイムズは、比較的初期の作品においては、特に「視点」に関してさまざまな実験をしていたと言うことができるかもしれない。

『ロデリック・ハドソン』が最初の長編であるにもかかわらず、ジェイムズがかなり明確な意図を持って視点を登場人物の一人に設定したことは特筆しておかなければならないであろう。ニューヨーク版『ロデリック・ハドソン』の序文において「関心の中心はローランド・マレットの意識であり、ドラマはまさにその意識のドラマなのである」とジェイムズ自身が語っていることからして、作者の意図は明らかである。

ではジェイムズの作品の根幹ともいうべき、「アメリカ対ヨーロッパ」という対立の図式、そして「意識のドラマ」という二つの特徴は、『ロデリック・ハドソン』において具体的にどのように扱われているのであろうか。ジェイムズの最初の長編が持つ長所も短所もすべてこの二つの問題に収斂してゆくように思える。

ジェイムズは「小説の技法」("The Art of Fiction," 1876)において「小説は良い小説と悪い小説の区別があるだけで、よい小説とは細部が全体に、全体が細部に有機的に関連しあっている小説である」との見解を披瀝しているが、実際ジェイムズの小説は一分の隙もなく綿密に構成されている。人物設定から背景、そしてプロットにいたるまで何ひとつ無駄がないと思われるほど、一つ一つの描写が相互に関連し、意図した効果を上げる方向へ機能していると言えよう。たとえば語り手であるローランド・マレットを登場させるに際し、ローランドの父親と母親の紹介に始まり、母方の祖父、さらに母方の祖母までさかのぼり、ローランドの出自について延々と八ページもの描写が続く。モダニズムの洗礼を受けた現代の読者ならおそらく、ヴィクトリア朝小説にありがちな、厚化粧よろしくごてごてと塗りたくったこのような描写に辟易し、少々くどいとの印象を受けるであろう。言葉によってすべてを語り尽くそうとする態度、あるいは描写を重ねてゆくことによって一切を描き切ることが可能であるという信念は、モダニズム以前の作家に共通する特徴ではあるが、果たしてわざわざ母方の祖父母まで引き合いに出して語る必要があったのであろうか。ジェイムズの描写の執拗さにうんざりし、途中で投げ出したくなる読者も少なくないであろうと思われるほど、細部にわたって説明が続くのである。

母方の祖父母にまで言及した八ページもの描写の背後に、作者のどのような意図が込められているのであろうか。「意識のドラマ」の中心である語り手ローランド・マレットの父親は、その名Mallet（木槌）が暗示するように「頑固で厳格で氷のような」性格であり、「微笑みよりも、怒り」をもって子供の躾をするピューリタンの気質を備えた人物として提示されている。一方母方の祖父ローランドは、セイラムに住む現役を引退した元船長であるが、ある日突然姿を消したかと思うと、いつのまにかオランダ人の妻をセイラムに連れて戻ってきたと記されている。しかもこの祖父はなかなかの奇抜なアイディアの持ち主で、町に対して次々に斬新な提案をしてきた人物である。一般大衆が楽しむことができる「ビールを飲めるような東屋とテーブル」のある遊歩道を海岸沿いに建設すること、また「ダンスのできる舞台」を設置することなどがその提案の一部である。このような父のもとで育てられたローランドの母は、したがって「強い倫理意識を備えた女性であるとしても、それは彼女の先祖から受け継いだ気質ではない」ということになる。父親の厳格なピューリタンの気質は母方にはまったく見られないことを示唆していることは明らかである。つまり母方の姓ローランドと父方の姓マレットを取って名づけられた語り手、ローランド・マレットなる人物の中には、母方の祖父母から受け継いだ夢想的な芸術家気質と、父方のピューリタンの厳格な実利的気質が混在しているのであり、その名前が如実に示しているように、この物語の語り手はそのような二つの気質の複合体なのである。このように一見無意味に思える長々と続く来歴紹介も、一つの目的に向かって収斂している。祖父母の来歴紹介という形を借りてはいるが、実はローランド自身の性格を語る役目を担っていること、いわばこれから始まる交響曲の前奏の役割を果たしているということに気づくなら、そこにモダニズムとはまた一味違った描写の妙味を発見できるであろう。

物語の最終章に、ローランドがロデリックと口論をした翌日の様子を記した、次のようなさりげない場面がある。

ローランドは部屋の鍵を使う必要が生じた。そこでポケットの中を捜してみたが、紛失していた。ロデリックと口論した丘の上で寝転んだ時に、そこに置き忘れたことを思い出した。（第二十六章）

鍵を置き忘れたという出来事は、筋の展開から判断して、一見するとまったく不必要であるように思われる。しかもさりげなく、控えめに語られているため、よほど注意深い読者でない限り読み過ごしてしまう個所である。直前の章（第二十五章）においてロデリックから金の工面を要求され、それを断った際に、鍵は芝生の上に投げ捨てられたままになっていた。しかし物語の冒頭においてローランドがいとこのセシリアに次のように語った台詞を思い起こすなら、最初と最後で見事に辻褄が合っていることに読者は気づくであろう。

わたしは自分が中途半端な才能しかない人間だと思うことがあるということをご存知ですか。才能が欠落してしまったのです、表現の能力が欠如しているのです。しかし表現したい欲求は残っているのです。わたしは人生の日々を閉じられたドアの鍵（the latch）を捜し求めることに使います。

（第一章）

ローランドは、「閉じられたドアの鍵」をロデリックの才能の中に見いだした結果、以後ロデリックの庇護者として財政上の援助をすることを決意したのである。つまりローランドはロデリックが閉じられたドアを開いてくれるかもしれない、文字通り「キー・パースン」になりうるとの確信のもとに金銭上の援助を申し出たのである。第二十五章においてローランドがその鍵を投げ捨てたということは、二人を結びつけていた援助関係の終わりを示唆する。ローランドがそれまでロデリックをつなぎとめておいた金銭上の依存関係を自ら断ち切ったということは、「キー・パースン」を失うこと、したがってローランドの閉じられたドアは永遠に閉じられたままになるかもしれないということを暗示しているのである。最終章における鍵を置き忘れたというエピソードは、第一章のローランドの「閉じられたドアの鍵」に呼応していることは明らかであろう。

このように、一見何気ない会話や無意味とも思える描写の背後に、作者の綿密な計算が存在するのであり、「細部が全体に、全体が細部に有機的に関連している」ことは改めて指摘しておかねばならない。ジェイムズ自身が序文において語っているように、一つの言葉によって想像力を刺激し、連想の範囲を広げ、最終的に作品の持つ言語空間を拡大するという方法はジェイムズのもっとも得意とする方法であるからだ。[2] このような例は作品中のいたるところに見いだすことができる。

たとえば、物語はマサチューセッツ州のノーサンプトンという田舎町からスタートするのであるが、アメリカの舞台をなぜノーサンプトンに設定したのであろうか。[3] おそらくヨーロッパ芸術の中心である大都市ローマと対比させる上で、ノーサンプトンがピューリタンの気質を色濃く残した、芸術とは無縁の田舎町であることを強調しようとしたためであろう。十八世紀アメリカ宗教覚醒運動の中心人物であり、その熾烈な説教によって信徒を震え上がらせたとの逸話を持つことで有名なジョナサン・エドワードも、かつてこの町の教会において聖職に就いていた事実を思い起こせば、十九世紀中葉のニューイングランドにおける小さな町の雰囲気がどのようなものであったかは容易に想像がつく。

この町に住む人びとの芸術に対する一般的な考え方は、ここで法律事務所を開いているバーナビ・ストライカーとロデリックの母親の次のような対話に如実に反映されている。ローランドこそが、ロデリックを芸術などという胡散臭い世界に引き入れようとしている張本人であると信じて疑わないストライカーは、ローランドに畳み掛けるように質問を繰り返す。


「古典作品とは、わたしが理解するところでは、異教徒の神の像であって、泥がしっかり付着した、腕もなければ鼻もない、おまけに服も着ていないもの。しかし彫刻の勉強とは古典の作品に限定されはしないのでしょう？……さて生きたモデルを使った勉強の仕方についてハドソン夫人に説明してあげて下さい。」

「三、四年のあいだ、今わたしが述べたようなものを観察した後で、……」とストライカー氏は話を続けた。

「ロデリックは人間のモデルを勉強することになります」とローランドは答えた。

「さてこの人間のモデルの勉強とやらですが、どのようなものかハドソン夫人にちょっと説明してあげて下さい」とストライカー氏はしつこく迫った。（第三章）

彫刻のモデルの実態をめぐって、ストライカーがローランドに執拗に、しかも慇懃無礼に質問を繰り返す様はいくぶん滑稽でもある。ストライカーは、彫刻の勉強などというものはまっとうな職業とはほど遠い、何かしら淫靡な臭いのする別世界の出来事であると信じて疑わない。この場面は、よく言えば静寂、敬虔、禁欲的、悪く言えば沈滞、硬直、実利的などの言葉がまさにふさわしい、おおよそ芸術を生み出す土壌とは縁遠い雰囲気がこの町を支配している、という印象を膨らませるための効果的な演出となっている。

3．天才彫刻家ロデリック・ハドソンと語り手ローランド・マレット

この片田舎の町にある、ストライカーの法律事務所で働く青年、ロデリック・ハドソンが製作した

胸像にたまたま出会ったローランド・マレットは、その完璧な出来栄えに驚愕し、正規の彫刻の手ほどきを受けていないにもかかわらず、完成度の高い作品を産み出した青年の才能に賭けてみる決意をする。ロデリック・ハドソンにヨーロッパにおいて研鑽を積ませることを提案し、さらに一切の経済上の負担を引き受けることにして、二人はローマに旅立つ。ロデリックは初めこそ次々と作品を完成させ、順風満帆の船出であった。しかしローマにおいて、クリスチーナという絶世の美女に出会い恋に陥った瞬間から、創作意欲の減退と創造力の枯渇に苦しみ、最後はアルプスの山中において断崖から転落し、非業の死を遂げることになるのである。

アメリカの若き天才の成長から破滅へいたる過程は、彼が創作する作品に象徴的に示されている。ノーサンプトンにおいてローランドを感嘆させた最初の胸像は、「渇き（Thirst）」と命名された作品であるが、ロデリックはローランドの質問に対して、「その像は無垢であり、健康であり、力であり、好奇心」であり、今まさに飲まんとしているコップは「知識、喜び、経験、そんな類いのもの」（第二章）を象徴すると答える。ここでコップが象徴するイメージは、やがて『ある婦人の肖像』においてイザベル・アーチャーの「経験の毒杯[4]」として観念的に再度語られることになる。さらに「わたしたちは最高の国民であり、最高の構想を持つべきだ。最高の構想を持っていれば、やがて最高の成果を生み出すであろう。自分に忠実で、恐れずに仕事をし、模倣を投げ捨て、わたしたちの国民としての特性に目をむけさえすればよい」（第二章）と主張するロデリックの言葉は、アメリカの超越主義思想家R・W・エマソンが『自然』（*Nature*）の冒頭で「われわれの時代は懐古的である。……なぜわれわれは過去の無味乾燥な遺骨の中で模索しなければならないのか[5]」と過去との決別を謳い上げたアメリカの知的独立宣言とも呼ばれる一節を思い起こさせる。

ロデリックがローマにおいて製作した最初の作品「アダムとイヴ」は大方の絶賛を浴び、天賦の才能の輝かしい門出を飾る。しかしグランドーニ夫人が何気なく漏らす「ミケランジェロにも歪みがあるのは確かよ」(第六章)という一言がロデリックの作品に対するすべてを物語っている。ロデリック自身が「揺りかごの中にいる天才」であり、彼の作品「アダムとイヴ」がいみじくも示しているように、楽園追放以前の堕落を知らないアダムなのである。

「アメリカのアダム」としてのロデリックの真価が問われるのは、ミケランジェロの歪みを認識し、それを自ら体験した後にどのような作品を創作するかという一点にかかってくる。歪みを持たない作品は才能の赴くままに一挙に創作できるが、しかし美と醜悪さは紙一重の差であって、その危うい紙一重を体験することがロデリックの課題であることなど、当の本人は知る由もない。絶世の美女クリスチーナの像を完成させた後に、ロデリックの創造力は方向を見失い、袋小路に入り込む。ローマにおいてロデリックが最後に完成させる作品は、美と若さを象徴する従来の作品からほど遠い作品であった。それがロデリックの老いた母親をモデルとした作品であるということは、きわめて象徴的である。ヨーロッパの芸術は、もうはるか以前に老婆からスタートしていたのであり、ロデリックはそのスタート地点にやっとたどり着いたのであるが、この時、もうすでに創作への情熱はロデリックに残されていなかった。

作者ジェイムズがロデリックの作品を借りて芸術論を披瀝しているのは断るまでもないことであるが、同時にアメリカとヨーロッパの文化の相違、そして歴史を持たないアメリカが宿命として背負わなければならない十字架について、ロデリックの彫刻を通して象徴的に語っていることは明白であろう。評伝『ホーソーン』(*Hawthorne*, 1879) の中でアメリカの作家が置かれた状況を嘆いた、例の「ないないづくし」(6)や、晩年に著わした『アメリカの風景』(*The American Scene*, 1907) で論じた「民主主義国家アメリカの空虚な外観、そしてそこに見られる形式の欠如」(7)という指摘に見られるように、アメリカが置かれた文化的、歴史的状況はジェイムズの脳裏から終生離れることのない大きな問題であった。

物語の展開を追う限りにおいては、確かに『ロデリック・ハドソン』はタイトルが示す通り、アメリカの若き天才彫刻家ロデリック・ハドソンの挫折の物語であり、そのことに異論を挟む余地はない。しかしローランド・マレットがこの物語を語る役目を担った瞬間から、単にロデリックの挫折の物語にとどまらない複雑な面を併せ持つことになる。つまり語り手のローランド・マレットを読者がどう判断し、どう理解するかその理解の仕方によって、この物語はひと筋縄ではいかない、陰影に富んだもう一つの姿を読者に見せてくれるのである。したがってこの作品に関する好意的な批評も、辛辣な批評も、すべてローランド・マレットに意識の中心を設定したことから必然的に派生してくるのである。『ロデリック・ハドソン』は単にアメリカの若き芸術家の挫折の物語ではなく、ジェイムズ自身が序文で語っているように「ローランドの意識」の物語であることを改めて確認しておく必要があろう。

この小説が出版された時の批評は、おおむね「わたしたちは知的に関心はそそられるが、おそらく生体解剖の医学の授業と同じくらい感動しない。何が欠けているかというなら、もっと人間の感情で語られるべきだということだ[8]」という批評に凝縮されている。それ以後の批評にしても、積極的に評価するものはさほど多くはない。特に後期のジェイムズの作品を高く評価したF・O・マシーセンはこの作品を「習作」として片づけているし[9]、F・W・ドュピーにいたっては「中心が死んでいるので、博物館に陳列されてしかるべき作品[10]」とかなり手厳しい。これらの批評はすべてローランド・マレットという人物の意識を語りの中心に据えたということに起因している。ローランドの意識が、物静かで、感情をあまり外に表わすことがなく、対象と一歩距離を置いたようによそよそしく、優しいが近づきがたい、丁重であるが冷たいとの印象を与えるからであろう。

確かにこの作品にはこのような指摘にとどまらず、最初の長編であるだけに、目立った欠点がいくつかあることは否定できない。たとえば第一章において、ローランド・マレットに関して次のような記述に読者はぶつかる。

That Mallet was without vanity I by no means intend to affirm; but there had been times when, seeing him accept with scarce less deference advice even more peremptory than this lady's, you might have asked yourself what had become of his proper pride.（Chapter I）（傍線部

筆者）

「マレットには虚栄心がなかったということを、わたしは肯定するつもりはさらさらない」と語る「わたし」はいったい何者なのかという疑問が当然湧くであろう。作品中にこのような正体不明の「わたし」が登場するのは、後にも先にもこの場面のみである。「関心の中心はローランド・マレットの意識であり、ドラマはまさにその意識のドラマなのだ」として、全知の作者の姿をできる限り隠し、ローランドの意識を通して語ろうとしたジェイムズではあるが、心ならずも逸脱をしてしまったのであろうか。作品中に作者が理由もなく介入することを嫌い、「描写の効果を高め、小説はかくあるべきものだという理想に答えるには、どんな方法でも無責任な作者の単に覆面をした威厳よりはましだ」とまで断言したジェイムズにしては、まったくの不手際をしでかしたとしか思えない。作品に統一を与え、「他のいかなる美を犠牲にしても獲得したいと願う美――つまり緊張の美」を実現するために、「無責任な作者の単に覆面をした威厳[11]」を作品から排除することを文学技法上の課題とし、視点という問題を極度に意識して書かれたこれ以後の作品においてはまずお目にかかることのできない作者の不用意な介入であり、逸脱である。

　また、この長編を読み進むにつれて、プロットが偶然性に依存しすぎていることに気づく読者も少なくないと思われる。描写の精緻さに対しては、その執拗さのために当初は反感を覚えつつも次第に圧倒され、やがて最後は感動さえ覚えるようになるであろう。しかしプロットの必然性という点に関しては、少なからず不自然で恣意的な印象を与えることは否めない。この小説のちょうど中間に位置する第十三章は、ロデリックとクリスチーナの仲が予想外に進展していることを読者が知らされる章であるが、コロシウムで逢瀬を楽しんでいるロデリックとクリスチーナの二人を、たまたまそこを訪れたローランドが偶然発見する。二人は会話に夢中になっているあまり、ローランドに気づかない。そこでローランドは二人の会話を盗み聞きすることになる。その結果、二人の会話の内容はすべてローランドを通して読者に伝えられる。

さらに最終章において、ローランドは再度盗み聞きをしている。スイスの山小屋は部屋と部屋のあいだの仕切りが薄いために、ロデリックの母の啜り泣きを仕切り越しに二時間も聞くのである。ローランドの盗み聞きは偶然の産物とはいえ、二度も続くと、ローランドには「盗聴癖」があるのではないかと失笑せざるを得ない。結局、作者はローランドの意識を通して語ることによって物語の統一を図ろうとした結果、逆にローランドのいないところで物語を進展させることは不可能になってしまったのである。ローランドは小説中のあらゆる場面に欠かすことのできない存在であり、作者は彼の立ち会いなしでは何も書けなくなってしまった。したがって本来なら盗み聞きなどという、一見あり得ないと思える手法が使われることになったと推測せざるをえない。この盗み聞きは、『鳩の翼』においても重要な役割を果たしているのであるから、[12]ジェイムズが好んで用いた技法であるとさえ言うことも可能である。しかし、それが偶然性だけに依存して頻繁に使用される時、作者の意図が見透かされ、逆に鼻につくようになるのは避けられない。当然のことながら、作為に走りすぎるとの誇りは免れないであろう。「細部が全体に、全体が細部に有機的に関連している」小説は、細部の歯車がひとたびかみ合わなくなると全体にまでその影響を及ぼす恐れのある、危ういバランスの上に成り立っているのである。

ジェイムズ自身は、序文で述べているように、主人公のロデリックの破滅にいたる経過が急転直下であり、充分に描かれていないため説得力に欠けると考えていたらしい。確かにアルプスの山小屋でローランドから「エゴイスト」と罵倒されたロデリックの精神的な衝撃は大きく、彼の狼狽ぶりは驚くほどであるが、ローランドの指摘によって自分の愚かしさを認識するにいたる経過は、わずか数行で片づけられている。『ある婦人の肖像』の中で、ヒロインのイザベル・アーチャーは過去の自分を振り返り、彼女の置かれている状況を冷静に内省した結果、自らの身勝手さを認識するにいたるのだが、その内省の過程の説明に一章全部が使われていることと比較すると、確かに唐突すぎると思えなくもない。

しかしこの作品の場合、語りをローランドの意識に設定したために、ロデリックの意識に入り込むことは不可能となった。ロデリックの意識に入り込み、長々と内省の過程を描いたとしたら、むしろその時点で不統一が生じてくるであろう。ロデリックの崩壊はむしろその性格に起因するものである。情熱的で理想に燃える若者の心は、感受性豊かであると同時に傷つきやすく、繊細であるが同時にもろく、才気にあふれてはいるが同時に独善的でもあるといった矛盾を抱え、しかも往々にしてそのような不安定な状態を制御できないことがある。ロデリックの気まぐれで衝動的な気質と感情の起伏の激しさは、物語の最初からかなりの説得力を持って描きこまれている。保養地バーデン・バーデンにおいて、ロデリックが気の赴くままに放蕩三昧をした結果多額の借金を残してしまうが、この出来事は来るべき決定的な破局を予感させる。自己を制御するすべを知らないアメリカの天才彫刻家の潜在的に持っているロマン的気質のバランスの悪さは、ロデリックの言動を通して十分に伝わってくる。したがって、クリスチーナがカサマシマ公爵との結婚を決意してからのロデリックの行動に不自然さはまったく感じられない。ロデリックの崩壊にいたる過程は急転直下であるがゆえに、逆に稀有な天才のロマン的気質の危うさと愚かしさを効果的に演出することに貢献していると言えよう。

ローランドとロデリックがまったく相反する性格を持つように描かれているため、ローランドが理性と観察者を、ロデリックが情熱と行動する人を象徴しているとの図式で論じられることがある。さらにそこから、理性と情熱はそれぞれ同一人物の中にも存在する異なった性格上の特質であるため、二人は作者ジェイムズの理性的側面と情熱的側面が強調された結果生まれた、作者自身の二つの側面の具体的な表現であるとの仮説が登場する。(13) ジェイムズは相容れない個性を的確に捉え、図式化するかのごとく併置させて描くのが得意な作家であるが、それはアメリカとヨーロッパという対比にとどまることなく、登場人物の配置においても効果的に生かされている。ローランドとロデリック、メアリーとクリスチーナ、ハドソン夫人とライト夫人などの対比は、いずれも対照的な人物配置の見事な例であると言えよう。この図式に依存し、ローランドとロデリックは相反する性格を持つ人物であるという点を強調しすぎるあまり、二人はそれぞれ作者であるジェイムズ自身の性格の異なった部分を擬人化した姿であって、各々がジェイムズ自身の分身であるとの解釈が生まれてくるのである。しかし、ローランドはそれほど一面的な平板な人間として描かれていないことは、すでに論述してきた通りである。ロデリックにしても、ローランドが語り手としてこの物語を支配している以上、ローランドの意識に映るロデリックの姿が全面的に提示されることになるのは当然の理であろう。小説技法という観点から眺めてみても、ロデリックが一面的に描かれることは、ローランドという語り手のフィルターを通過する以上避けられないことであったと言える。したがって、作者ジェイムズの分身論は、正鵠を射た指摘であるとは言いがたい。

4. ローランドの意識のドラマ

むしろこの小説の最大の問題は、ジェイムズが序文で記した「複雑な主題」を扱った、ローランドの「意識のドラマ」とはいったい何であったのかということである。ローランドの意識に中心が置かれているにもかかわらず、奇妙なことにローランド自身の意識がそれほど前面に押し出されることはない。ロデリックとクリスチーナとの華やかな恋愛、そしてそこから生ずる天才彫刻家ロデリックの苦悩が前景に押し出され、語り手のローランドは観察者に徹したためか後景に退いてしまったとの印象が強く、したがって感情を抑制した、冷静なローランドの語り口からは、少なくとも彼自身の「意識のドラマ」は容易には見えてこないのである。ジェイムズの意図する「意識のドラマ」がただ単に視点をローランドに絞ったことを意味するなら、議論するにさほど値しない問題であるのかもしれない。しかし作者の意図に関わりなく、ローランドに視点を統一したことから、前景に押し出された華やかなドラマの背後でもう一つの重大な意識のドラマが確実に誕生することになった。前景に押し出された天才彫刻家ロデリックと絶世の美女クリスチーナの華麗な恋愛に目を奪われるあまり、肝腎なもう一つのドラマが粛々と、しかも陰湿に進行していることを忘れてはならないであろう。同時進行する二つのドラマの表舞台の主役がロデリックとクリスチーナであるなら、裏舞台の主役はローランドなのである。しかも裏舞台の主役は単に表舞台の解説者であることにとどまらず、表舞台の主役の運命を握っているのである。

この小説が、ホーソーン、ロシアのツルゲーネフ、そしてフランスのアレクサンドル・デュマやジョルジュ・サンドなどから影響を受けているということは多くの評論家によって指摘され、すでに定説になっているとさえ言うことができる。とりわけホーソーンの二つの作品、『大理石の牧神』と『ブライスデイル・ロマンス』の影響が強いことが指摘されてきた。それらの議論を要約するなら、ロデリックに体現された、ヨーロッパにおけるアメリカ人芸術家の宿命といった全体的なテーマに関しては『大理石の牧神』から、ローランド・マレットの意識の物語という点に関しては『ブライスデイル・ロマンス』のカヴァデイルからの影響が強く認められるとの指摘がある。(14) いずれにしても、ホーソーンをして「歴史を持たないがゆえに、陰鬱な悪事を持たない風土」(15)、したがってジェイムズをして「稀薄で空白」[16]と言わせせしめたアメリカにおいて育まれた芸術家が、ヨーロッパという巨大な文化遺産と対峙したことから生じる苦悩という、ホーソーン流のテーマの延長線上で議論されることが多かった。しかしローランドの意識に焦点を絞って筋の展開を追ってみれば、実はホーソーンの『緋文字』に繋がる興味深いもう一つのドラマが並行して進展しているのである[17]。

ローランドが物語の出発点から、ロデリックに対して二つの点で羨望に近い感情を抱いていたことは間違いないであろう。一つはローランドが「自分には才能が欠落している。表現したい欲求はあるのに」と自ら認めているように、彼にとって芸術家としての才能の欠如は、克服できない致命的な欠点だった。彫刻家としてのロデリックの稀有な才能は一種の憧れの対象であり、少なくともそれがローランドの「閉じられたドアの鍵」を開けてくれる可能性があるあいだは、ロデリックの天賦の才能は金銭上の援助の対象となったのである。極言すれば、ローランドはそれまで「中途半端」であると感じていた自分の人生に充足感を与えるために、金でロデリックの芸術上の能力を買ったとも言うことが可能であろう。したがってロデリックがその芸術上の価値を失ってしまえば、当然のことながら投資の対象とはなりえず、重荷以外の何物でもなくなる。そのために、ロデリックの自由を制限してまでも創作活動に専念させようと躍起になる。クリスチーナとの交際に危険なものを感じて、彼女をロデリックから遠ざけようと画策するのは、その具体的な行動の一つである。ロデリックにはメアリーという婚約者がいることをクリスチーナに告げて、彼女をロデリックから遠ざけようとした行為は、必ずしもロデリックの才能の開花を願う、素朴で自己献身的な精神から出たものではなかったのである。

二つ目は、ローランドがひそかに好意を抱いていたメアリー・ガーランドの愛情をロデリックが独占したことである。あろうことか、ローランドが知らないあいだに二人は婚約までしていたのである。メアリーとロデリックの婚約の事実は、ヨーロッパへ向かう船上でローランドに告げられる。ローランドは以後およそ二年間、メアリーに対する想いを胸中に秘め、物語の最後にいたって初めて真相をロデリックに明かすことになる。ロデリックの「想像ですが、いつかメアリーの気持ちが変わるかもしれないと思っているのですか？」との問いかけに、「こんな事は言うべきではなかったのだ。でも君が尋ねるから答えるけれど、その通りです」（第二十五章）とローランドは答える。ローランドが心中ひそかに二人の関係の破局を望んでいたことは間違いない。事実これ以前から、ロデリックに対する嫉妬の感情は、はけ口を見つけることができずに幻想となってローランドの脳裏をかすめるようになっていた。メアリーをめぐる三角関係が、物語の重要な伏線になっていることを見落としてはならない。

このすばらしい若者が、優雅で美しい若者が、霧深い渓谷にまるでダイヴァーのように飛びこんでゆくという幻覚が四十八時間ものあいだローランドの目の前にちらついていた。その渓谷は破滅であり、壊滅であり、死であった。（第十六章）

ロデリックとメアリーの関係を引き裂きたいという嫉妬心が、ローランドの意識の中で、どの段階で芽生えてきたかについては明確に断定しがたいが、[18] 幻想であれ何であれ、少なくともロデリックの死について想像をめぐらせたことは紛れもない事実である。したがってロデリックがクリスチーナに熱を上げるあまり、彼女の後を追いかけるために必要な金銭の工面をローランドに要求し、断られた末、あろうことか許婚のメアリーに旅費を無心したのを知ったローランドは、思わず「抑えがたい感情の動きを感じ、かろうじて喜びの叫び声を押し殺し」て、「とうとうロデリックとメアリーをつなぎとめていた鎖の最後の輪を断ち切った」（第二十五章）と心中ひそかに喝采をおくる。ロデリックが許婚に金の無心をするという、墓穴を掘るに等しい愚行をしでかしたのであるから、二人の仲が破局にいたるのは火を見るより明らかであるとローランドには思えたのである。本来ならローランドは、ここで仕掛けた罠に獲物がかかるのをただ待つだけでよかった。これ以上の策を弄する必要はなかった。

ところがここで、ローランドの計算に誤算が生じる。メアリーはロデリックの意図を知りながら、拒むことなくその金を工面したのである。さらにロデリックからは「メアリーの気持ちがあなたになびくことはないと思う。ぼくを偶像化しているから。二度と会えなくなったとしても、彼女はぼくの思い出を偶像化するだろう」（第二十五章）と告げられ、それまでの淡い期待を完全に打ち砕かれてしまう。メアリーとの信頼関係は微塵も変化することはないというロデリックの自信にあふれる言葉を聞かされた結果、ローランドは最後のとどめの一撃を自ら下さざるをえなくなり、あらん限りの言葉を使ってロデリックを「エゴイスト」として罵倒するのである。不思議なことに、ローランドの指摘を受けるまで、ロデリックは自身が「粗野で鈍感な、繊細な感覚を欠如したエゴイスト」であるとは認識していなかった。ローランドの指摘がロデリックにとってどれほど致命的な打撃を与えたかは、ロデリックが繰り返す言葉に表われている。「ぼくはどうしようもないほど馬鹿だった」「ぼくはぞっとするほど嫌な奴に見えたにちがいない」「ぼくはグロテスクだった」ことを初めて痛切に悟ったロデリックは、最終的に「店をたたむ」（第二十五章）決意をして、インターラーケンに向かう。「店をたたむ」という表現に暗示されるように、人生という店を自ら閉じる決意をしたロデリックの死が自殺でなかったとしたら何であろうか。「一つ方法があるだけだ」との言葉を残して山小屋を後にしたロデリックの胸中に去来したものが死の影であったことは明らかであろう。

ローランドの葛藤、すなわち「意識のドラマ」は、天才彫刻家ロデリックに対する二つの二律背反する願望の衝突から生じている。ロデリックに託した「閉じられたドアを開けてくれる鍵」の役割を果たしてもらいたいという期待と、しかしながら一方ではロデリックの破局を望む気持ちは、愛憎相半ばする関係にある。ロデリックの彫刻家としての才能の開花に託したローランドの希望をアポロ的と呼ぶなら、ロデリックの破滅を望む嫉妬心はディオニッソス的と呼ぶことさえできるであろう。ローランドの意識の中に存在するアポロ的要素と、ひそかに頭をもたげてくるディオニッソス的要素の相克が、ギリシャ悲劇を思わせる重厚な構成に支えられて、見事な「意識のドラマ」を成立させている。最後にローランドを支配したのは破壊的なディオニッソス的願望であったことは、鍵を投げ捨てた行為の中に象徴的に示されている。結局ローランドは途中で痺れを切らし、最後まで待つことはできなかったのである。ロデリックの死後、「本当にぼくが一番忍耐強いと思います」（第二十六章）と、いとこのセシリアに語るこの一言に、弁解がましく自己正当化しようとするローランドの複雑な心理が隠されている。破壊的衝動に身を任せて行動したことに対する悔恨の念が見え隠れしているのである。

ロデリックを自殺に駆り立てた直接のきっかけとなったのは、他ならぬローランドの罵倒の言葉であることを誰よりも認識しているのはローランド自身なのである。言うならば「未必の故意」とも言うべき複雑な心理が、ローランドの心の闇の奥底からその鎌首をもたげてきたことを知る者は、彼自身をおいて他に誰一人としていない。少なくとも表面上ローランドの行為は犯罪として咎められるような筋合いのものではないことは確かである。しかし、だからこそローランドの道義的責任は限りなく重いとも言えよう。その行為は、ホーソーンの『緋文字』に登場する医師ロジャー・チリングワースを思い起こさせる。『ロデリック・ハドソン』は、ホーソーンの『緋文字』のチリングワースを語り手とした「許されざる罪」の物語であり、それがローランド・マレットの隠されたもう一つのドラマなのである。ただ『緋文字』と明らかに異なるのは、「許されざる罪」の意識が、ローランドという語り手本人の意識というフィルターを通して語られている点であろう。しかも、一切が語り手本人によって正当化されて読者に伝えられるために、いっそう複雑で曖昧な様相を呈することになった。ローランド・マレットの「複雑な意識のドラマ」の扉を開く鍵を手にすることができるのは、想像力

のある読者にのみ許された特権でもある。(19)

注

1 マイケル・スワンは、*Henry James*（1967）において「ジェイムズはヨーロッパとアメリカの関係の中に、つまり国際舞台の中にドラマの可能性を初めて見いだした作家である」（p.42）としているが、一方、W・D・ハウェルズは *Discovery of a Genius*（1961）において「ジェイムズは必ずしも国際小説の創始者ではない」（p.181）としている。

2 ジェイムズはニューヨーク版の序文において「常に一方で、対象を自分の全体構図に従わせておきながら、また、対象になるものが、それよりもっと直接的で明瞭な事柄と常に何らかの関係を持つようにしておきながら、その上で対象物のイメージを与え、そのものの意味を実感できるようにすることである。ひとことで言えば対象になるものの実質や表層がこと細かに描かれていなくとも、全体としてそれの意味が感覚できるようにすることだ」と書いている。

3 なぜアメリカの田舎町をマサチューセッツ州ノーサンプトンに設定したかについて、作者は序文において「『ロデリック・ハドソン』の場合、平和な田舎びたニューイングランドの町ならばどこでもよかったので、必ずしもマサチューセッツ州ノーサンプトンでなければならぬというのではなかった」と、当時バルザックに傾倒していたために、バルザック流にアメリカを舞台にした小さな町を実名で登場させるにいたった経過を弁解がましく釈明している。しかしニューイングランド地方のノーサンプトンという田舎町が作品中で使用されたその時点で、読者は作者の意図にかかわりなくその町のイメージを思い描くのであるから、ジェイムズの弁解は的を射たものであるとは言いがたい。作品は完成した時点で作者の意図を離れて独り歩きをはじめるという簡単な事実をジェイムズはどのように考えていたのであろうか。

4 『ある婦人の肖像』において主人公のイザベル・アーチャーは、いとこのラルフ・タチェットに「経験の盃を飲みほしたいのかい」と尋ねられ、「いいえ、経験の盃なんて触れたくもないわ。中に毒が入っていますから」と答えている。（第十六章）

5 Ralph Waldo Emerson, *Nature, Addresses and Lectures* (1979), p.3.

6 Henry James, *Hawthorne* (1966), p.34. ジェイムズがこの評論の中において「君主もいない、宮廷もない、個人の忠誠もない、貴族制度もない、教会もない、聖職者もいない、軍隊もない、外交儀式もない、郷士もいない、宮殿もない、お城もない、荘園もない、ましてや田舎の大邸宅もない、牧師館もなければ、草葺きの小屋もない、ツタのからまる廃虚もない、大寺院もなければ、修道院もない、すばらしい大学もなければ、まともな学校、つまりオックスフォード、イートン、ハロウもない、文学も、小説も、博物館も、絵画も、政界も、賭けに興ずる階級もない、したがってエプソンやアスコット競馬場もないのである」とアメリカに欠けている景観を嘆いた一節は有名である。アメリカの置かれた文化的状況についてのジェイムズの見解に関しては、拙著『デモクラシーという幻想』（悠書館、二〇一八年）において触れているので参照されたし。

7 Henry James, *The American Scene* (1969), pp. 23-26.

8 Leon Edel, *Henry James 1870-1884 : The Conquest of London* (1962), p. 180.

9 F. O. Matthiessen, *Henry James : The Major Phase* (1946), p. 153.

10 F. W. Dupee, *Henry James* (1951), p. 87. さらにJ・W・ビーチはこれを失敗作としている（The Method of Henry James (1918), p.196）。一方F・R・リーヴィスは「きわめて面白い、きわめて優れた小説」として高く評価している

（*The Great Tradition*（1948））。

11 Henry James, *The Art of the Novel*（1962）, pp. 327-328.

12 厳密に言えば、「盗み聞き」と言うにはいくぶん無理があるかもしれないが、『鳩の翼』の第三部第一章に、意識の中心となっているストリンガム夫人がヒロインのミリー・シールをアルプス山中の崖で目撃し、気づかれないように背後から彼女を観察し、ミリーの意識を憶測して語る場面がある。

13 情熱と理性は一人の人間の異なった面であって、それは当然ジェイムズ自身の性格の中にも見られる。ロデリックは経済力を持たないが、芸術作品を生み出す創造力は備えている。一方ローランドは経済力はあるが、芸術を表現する能力を欠如している。したがってローランドとロデリックは一人の完全な人間の分身であるという説はコーネリア・P・ケリーが主張している（*The Early Development of Henry James*（1930）, p. 191）。レオン・エデルはこの説をさらに発展させ、ローランドはジェイムズ自身であり、ジェイムズの中に存在する破滅に繋がるロデリックのような情熱を抑える役割を担っているとしている（前掲 *Henry James 1870-1884*, p. 178）。F・O・マシーセンは、ロデリックとローランドにはジェイムズの創作者としての資質と批評家としての資質が投影されているとしている（前掲 Matthiessen, p.153）。

14 Oscar Cargill, *The Novels of Henry James*（1961）, pp. 19-24. に詳しく整理されている。またピーター・ブテンハウスは *The Grasping Imagination: The American Writing of Henry James*（1970）, pp. 78-82. において、カーギルの説に加えて、『ブライスデイル・ロマンス』の中のカヴァデイルとローランドの類似性を指摘している。

15 Nathaniel Hawthorne, *The Marble Faun*（1961）, p. vi.

16 James, *Hawthorne*, p. 36.

17『ロデリック・ハドソン』にホーソーンの『緋文字』に通じるものがあることをブテンハウスは控え目に数行で指摘している（*The Grasping Imagination*, p. 80）。

18 ロバート・エメット・ロングによれば、クリスチーナがロデリックに興味を持った比較的早い段階において、ローランドがロデリックとクリスチーナを意図的に結びつけようとしたと解釈している。つまりクリスチーナの性格を知った上で意図的に、ローランドはロデリックにはメアリーという婚約者がいることを明かしたのであり、これがクリスチーナの関心をいっそう刺激し、ローランドの思惑通りにロデリックとメアリーの関係は崩れることになるとの説である。さらにロングは、ロデリックの破滅はローランドとクリスチーナの共謀の結果であるとして、二人の積極的な関与を主張している。これは大変面白い解釈であるが、しかし憶測の域を出ない説であろう（*Henry James: The Early Novels* (Boston: Twayne Publishers, 1983), pp. 39-43)。

19 ピーター・シェーファーの *Amadeus* を原作とした映画はテーマといいプロットといい、『ロデリック・ハドソン』に驚くほど類似している。宮廷音楽家サリエリをローランド・マレットに、天才モーツアルトをロデリック・ハドソンに置き換えてみると、登場人物のキャラクター設定からサリエリのモーツアルト殺害の動機にいたるまで、『ロデリック・ハドソン』を下敷きにしたのではないかと思われるほど酷似している。「神を称える情熱は誰よりもあるのに、神は表現する能力を与えて下さらなかった」というサリエリの台詞は、「表現の能力が欠如しているのです。しかし表現したい欲求は残っているのです」というローランドの台詞に見事に合致する。映画 *Wolfgang Amadeus Mozart* の成功の一端が、視点をサリエリに設定した結果であることは間違いない。

第三章　ロマンスとしての『アメリカ人』

――過剰なる想像力の功罪

『アメリカ人』の物語空間を支える基本的な枠組みの一つはアイロニーである。その昔、新大陸発見の端緒を切り開いたクリストファー・コロンブスが東から西へと船出したのに対し、新大陸の諸々の特質を一身にまとった、コロンブスの生まれ変わりともいえるクリストファー・ニューマンは、「ヨーロッパなんか全部ズボンのポケットに入れてしまおう」と西から東へと大西洋を横断する。

このようなストーリーの展開のみならず、作者と作品という観点から眺めてみても、この作品はアイロニカルな作品である。というのも作者ジェイムズは、皮肉なことに、無意識裡に自ら意図した物語とは異なったものを書き上げていたと思えるからである。

『ニューヨーク版序文集』の中でジェイムズは、『アメリカ人』を三十年後に読み直した結果、「そうとは知らずにロマンスを作り上げていた」と記し、続けて彼独自の見地から「ロマンス」と「ノヴェル」について詳細に分析定義を行なっている。フロベールの『ボヴァリー夫人』を初めとしてさまざまな実例を引用し、逐一検証した後にジェイムズがロマンスに下した定義は次の一節に要約されている。

わたしの考えるロマンスの唯一の一般的特質とは、ロマンスの扱う経験が特殊であること、つまり、解き放たれた経験であり、われわれが普通は経験につきものであると知っている諸条件、別の言い方をすれば、経験につきまとう諸々の条件から解放され、その条件に巻き込まれず、かつ束縛されない経験を扱っているということである。関連を持ち、予測できる状態、われわれの俗世間の常識に従わなければならない状況が産み出す諸々の不便さから解放してくれるような条件の中で効果的に作動する経験を扱っていることである。

ジェイムズは自ら定義を下したこのようなロマンスの要素が『アメリカ人』のいたるところに散在することに気づいた結果、初版にかなりの加筆訂正を施してニューヨーク版全集に収録しているのである。ということは、ジェイムズの改訂の意図がロマンスからの脱却であったことは間違いない。ジェイムズが目指したものは社会の諸条件から解き放たれていない経験、あるいは俗世間の常識を逸脱しない物語、すなわちノヴェルの世界であったと言うことができよう。

しかしながらジェイムズは『アメリカ人』を再読し、そこに本当らしさが欠けていることに気づいたが、同時に本当らしさの欠如を補うほどの楽しみも見つけて、「引き起こされた詩的霊感と目の前に提示された物語世界に身をゆだねる楽しいひと時」を持つことができたとも吐露している。序文に示されたこの一節はロマンスを肯定した見解と考えることも可能であろうが、果たしてどこまでがジェイムズ自身の本音を語ったものであるかは疑わしい。というのも、この序文の十年後に書かれた『黄金の盃』の序文において再度『アメリカ人』に触れ、「この作品はさまざまな要素や本質が備わりながら、せっかくの内容がそれにふさわしくない、安っぽい刺しゅうを施した衣裳を着せられて、長い間蓄積された恨みがそれだけ声高らかに鳴り響いていた」と改訂の理由を記しているからである。やはりジェイムズは、『アメリカ人』の初版に見受けられるロマンスの要素に何らかの不満を終生抱いていたと考えるのが妥当であろう。

『アメリカ人』の序文から判断する限りでは、ジェイムズは「ノヴェル」を書こうとしたが知らないうちに「ロマンス」を書いてしまったことになる。いったいこれは何を物語るのであろうか。小説作法を極度に意識していた作家であるだけに、完成した作品が「知らないうちに」ロマンスに転化していたとするなら、作者の意図は達成されなかったことになり、読者の観点はいざ知らず、作者の観点からすれば失敗作と見なすしかないであろう。この作品のいたるところにロマンスの要素が散在するのは、題材そのものがロマンスの原型であるという事実もさることながら、作者ヘンリー・ジェイムズの創作哲学、創作方法と無縁ではないように思える。「知らないうちに」と語るジェイムズの言葉は、作者がロマンス、もしくはノヴェルという分類をさほど意識せずに筆を運ぶ時には、完成した作品がロマンスに傾斜する傾向があるということを示唆している。つまりジェイムズは本質的にロマンス作家の資質を色濃く持ち合わせているのである。

この作品のロマンスの要素、そしてジェイムズのロマンス作家としての資質に言及する前に、まずジェイムズの創作理念に触れておかねばならない。かつてヘミングウェイは『パリ・レヴュー』誌において、アメリカのノンフィクション作家ジョージ・プリンプトンのインタヴューに答えて、自らの創作理念について次のように語ったことがある。

自分はいつも氷山の原理に基づいて書くようにしている。表面に出ている部分に比較して、どの氷山も八分の七は水面下にある。分かっていることは何でも消していい。そうするとそれだけ氷山は強くなってくる。消せば表面に出ない部分になる。もし作家が、知らないという理由で何かを省略すれば、話に空洞ができる。(1)

ぜい肉をそぎ落としてゆくかのように文章を削りに削って、逆に作品の空間に広がりを持たせようとするヘミングウェイの創作哲学が明快に表明されている。八分の一だけを提示することによって、残り八分の七に相当する領域が確実に存在することを暗示し、しかもそれを読み手の想像力に委ねてしまう。つまり、一つの印象を作り出すことによって、その八倍のふくらみを持つ言語空間を産み出すことが可能であることを指摘した示唆に富む比喩であると言えよう。果たしてそれが八倍であるか否かは単なる数字上の比喩でしかないことは断るまでもないことであるが、いずれにしろ多くを語らないことによって多くを語るという、一見二律背反する命題を作品に投影することに生涯の努力を傾注した作家の言葉であるだけに説得力がある。

ところがヘンリー・ジェイムズはヘミングウェイとは表面上まったく対極にあると思われる方法で物語を創造してゆく。空白のカンヴァスを思うがままに塗りたくって油絵を仕上げてゆくかのように、語りに語って小説空間を構築してゆくのがジェイムズの方法の特徴である。彼が一瞬の印象をことのほか大切にし、想像力の助けを借りて細部にわたる精緻な描写をもとに創作してゆくタイプの作家であることは、「小説の技法」の中で「体験が印象で成り立っているとするなら……何事も印象を無駄にしない人間になろうと努力しなさい」と語っていることからして明らかであろう。したがって『創作ノート』においてしばしば言及されている通り、創作のきっかけは想像力を刺激するほんの些細な印象でありさえすればよかった。時にそれが友人たちとの何気ない会話であり、時にそれが伝え聞いた切れ切れの風聞であったとしても、ジェイムズにとっては十分に興味をそそる題材となる可能性があったのである。

ジェイムズの場合、最初に主題があり何を書くかということから出発する。次にその主題をどのようにして発展させてゆくか、つまりどのように書いたら効果的に表現できるかという方法を模索してゆく。まず人物を設定し、性格を与え、人物関係を組み立て、そして中心となる人物をある状況の下に放りこみ、そこで泳がせる。もちろんその状況はジェイムズの精緻な描写によって現実らしく提示されていることは言うまでもない。以上が『創作ノート』から知ることできるきわめて正統的と思えるジェイムズの創作過程の概略である。しかし、想像力に任せてただ言葉を重ねてゆけば、それですぐれた言語空間が成立するというものでもない。ヘミングウェイが極力文章を切り詰めようとした背景には、作品全体の空間を可能な限り広げようとする意図があったわけで、もしここですぐれた作品の条件の一つに作品の持つ世界の広がりという点を挙げるとするなら、ジェイムズはどのようにして作品に重層性を持たせようとしたのであろうか。

ニューヨーク版全集第一巻『ロデリック・ハドソン』の序文において、ジェイムズは「小説芸術は描写の芸術」であり、その描写は「われわれの周囲に、狭まってゆく円ではなく、拡大してゆく円をなして展開される」と語っている。明らかにヘミングウェイとは異なった創作哲学を持っていると思われるジェイムズではあるが、問題は「描写が拡大してゆく円をなして展開される」時、それに比例して作品の持つふくらみも同時に拡大してゆくと素朴に信じてよいものであろうか。描写を増やして作品が拡大することと、ふくらみのある作品世界ということはまったく質の異なる次元の問題なのであるから、ごてごて描写を重ねることで作品に重層性のある空間を織り込むことが可能であるとは考えられない。一切が説明され、ただ単に出来事を詳細にたどった新聞記事が、たとえどんなに細部の描写に忠実であったとしても、すぐれた言語空間を備えているとは言いがたい。またすべてが白日の太陽の下にさらされてしまったような輪郭のはっきりした作品も、やはり広がりのある物語空間は持ちにくい。とすれば、ヘミングウェイのタイプの小説であれ、ジェイムズのタイプの小説であれ、作品の広がりというものは、読み手の側にさまざまな想いをどれだけ抱かせることができるかということによって決定されると考えられる。つまり紋切り型の解釈では収めきれない謎めいた領域の存在が必要不可欠の条件となってくる。

ではジェイムズはどのようにして謎めいた空間を創出したのであろうか。ジェイムズはヘミングウェイとは異なり、描写を増やしてゆく過程で意識的に謎めいた空間を創り出す。その謎めいた空間によって読み手の側にさまざまな想いを抱かせる工夫を施している。ジェイムズの作品が推理小説仕立てと言われるのも、実は謎を意識的に作品の前面に押し出し、読み手を迷路に導くからでもある。ただ推理小説と唯一区別されなければならない点は、ほとんどの推理小説に疑わしい人物が存在するのに対して、ジェイムズの作品は犯人を特に必要としないことであろう。登場人物の意識が紡ぎ出す迷宮においては、意識自体が探偵であり犯人でもあるという、一人芝居的な状況が展開される。

ジェイムズは「視点」に工夫を凝らすことで、この謎めいた空間を産み出そうとしている。たとえば『メイジーの知ったこと』において大胆な実験を行ない、視点をメイジーという六歳の少女に限定しようとした。しかし六歳の少女の視点では複雑な世界を捉えることは不可能であると考え、その試みを断念する。というのも、六歳の少女を語り手とした物語はせいぜいおとぎ話が精一杯であり、たとえどんなにすぐれた知性の持ち主でも幼い子供である限り、すべてを捉えることはあり得ないことで、作品に裂け目や空白を残すことを避けることはできないからである。そこでジェイムズは、六歳の少女メイジーに視点を限定しながら語り手を新たに据えて、メイジーの意識に注釈を加えつつストーリーを展開する方法を採るのである。ジェイムズの巧妙さは、視点を登場人物の一人に限定しつつも、その人物に語り手の役割のすべてを任せようとはしない点であろう。ジェイムズが視点を特定の人物に限定しつつも一人称の語り手を設定しない理由は、「一人称という形式はどうしてもまとまりを欠く運命にある」（『使者たち』序文）との見解を持っていたからに他ならない。ではなぜ全知の語り手に物語を預けようとしないのかといえば、「描写の効果を高め、小説とはかくあるべきものだといううわたしの抑えがたい理想に応えるには、無責任な作者の覆面をしただけの威厳よりはましだ」との見解を持っていたからであろう。ただ単に六歳の少女メイジーを通して見た世界という構図では意図した物語は成立しないと判断し、ジェイムズは作者とメイジーの共同作業の物語を読者に提示することになる。

したがって、ジェイムズの理想とした小説においては、作者と読み手のあいだに「物語の中の出来事―視点となる人物―語り手―（作者）―読み手」という関係が成立することになる。この関係がジェイムズの謎めいた空間を支える基本構造であると考えられる。物語の中の出来事をまず視点の人物が知覚する。この段階で事の真相は視点となる人物の意識を通過するため、その人物の色に染まって語り手に移動する。次に語り手が視点の人物から伝えられた真相らしきものを読者に伝える。物語中のある現象を視点の人物が知覚する段階で、事の真相は視点の人物の性格、知力、感受性等の個性の差に応じて大幅に変化する。その結果、真相は否応なしに歪曲され、真相らしきものに変容してしまうことは当然のことと言えよう。さらに語り手によって視点の人物の意識が説明される時点で、そこに語り手の恣意的な選択が働くことになる。真相は、視点となる人物の認識能力と語り手の恣意的な選択によって二重に屈折して読み手に伝えられることになる。視点となる人物によって実体はぼかされ、語り手の段階でさらにぼかされ、実相は謎となり、謎は謎を産み、混沌たる様相を呈してくる。結局ジェイムズの後期の作品においては、読者は語り手の思うがままに謎めいた空間で翻弄されることになるのである。

以上がジェイムズの意図した言語表現が産み出す、迫真性を備えた物語空間の基本的な構図である。このような観点から『アメリカ人』を眺めてみると、この作品にはいたるところにジェイムズ自身の小説理論にそぐわない亀裂が散在している。長編としては『ロデリック・ハドソン』に続く二番目の作品として、一八七六年から一八七七年にかけてW・D・ハウェルズが編集していた『アトランティック・マンスリー』誌に十二回に分けて連載された比較的初期の作品であるだけに、前述したジェイムズの意図した理想の小説とはほど遠く、随所に裂け目が散在していたとしてもやむを得ないことであったのかもしれない。

『アメリカ人』の最初の問題点は主人公クリストファー・ニューマンの描き方にある。ジェイムズ自身は「小説の技法」の中で、小説は人間の行動を再現し、具体的に描くことにおいては歴史と同様でなければならないと記している。にもかかわらず『アメリカ人』においてジェイムズが描いたニューマンがかなり戯画化されていることに読者は気づくであろう。主人公の名前が、アメリカの発見者であるとされるクリストファー・コロンブスを、そして姓のニューマンが、文字通り新世界の新しいタイプの人間を示唆していることは誰の眼にも明らかであるように、そこに誇張され、戯画化されたアメリカ人の姿を見てしまう。「この男がほとんど理想的と言えるほど完全に国民の型をみたしている」（第一章）としてニューマンを提示する作者の意図は、どうやらアメリカ人の国民性を論じる際に類型化を求めようとする文化人類学者よろしく、一国の国民を一つのステレオタイプを作り出して描くことにあったのではないかと推測したくなる。このように戯画化された主人公は、バーレスクに登場する喜劇の主人公ならいざ知らず、ロマンスではなくノヴェルを書こうとしていたジェイムズの作品に登場する資格があるのかどうか疑わしく思えてくる。ルーヴル美術館の長椅子に横になって登場するニューマンの周辺には、作者が描写を重ねてゆけばゆくほど何かしら胡散臭いおかしさがまとわりついてくることは否定しがたいであろう。ルーヴルの絵画をもらさず見て回った挙句が、「審美的頭痛」に襲われたとあっては吹き出さざるをえない。

D・H・ロレンスが「デモクラシー」の中で、「一なる自我」を持つ人間、すなわちホイットマンの『草の葉』に象徴されるアメリカ人の楽観的な世界観を揶揄しているが、ロレンスの指摘はそのままニューマンへの当てこすりと考えることもできる。ロレンスはこう語る。

ホイットマンは万物の中に一なる自我が宿っていると言う。古くさい教義にすぎない。万物の至高者から流れ出てくるのだ。だから「一なる自我」を共有している。すばらしい。すばらしい。……しかし一なる自我はひょっとしたら本当の自我ではないのではないかという気がしてくる。……ただの別にもう一つ、首の骨でも折らない限りは逃れられないささやかな自我があるのだ。

あぶくさ、「一なる自我」というやつは。

「ぼくはとても信頼できる、とても誠実な男です。」（第一章）と自ら語るニューマンは、ロレンスが揶揄する「一なる自我」を有する人間のイメージと重なり合う。さらに「人間はすべて平等なのだというニューマンの考えは、積極的な趣味でも審美的な理論でもなく、乏しいあてがい扶持《ぶち》を経験したことが一度としてなく……自然で有機的なものであった」（第十三章）とジェイムズが提示する人物は、ホイットマンの讃える民主的アメリカ人の原型を思わせる。

このような特性を備えたアメリカ人ニューマンを創作した作者の意図は、アメリカ対ヨーロッパという図式を際立たせようとした結果であるのはほぼ間違いないように思える。しかし前作の『ロデリック・ハドソン』においては、主人公ロデリックの提示の仕方は友人のローランド・マレットの視点を通してであること、次作の『デイジー・ミラー』のヒロインであるデイジーはウィンターボーンを通してであること、さらに『ある婦人の肖像』のヒロイン、イザベル・アーチャーの場合、語り手が必要に応じて外面描写から内面描写へ、また逆に内部から外面へと自由に焦点を移動させた結果、イザベルは立体感あふれる人物になり得ていることなどから推測すると、ジェイムズの創作した数多いアメリカ人の主人公たちの中にあって、独りニューマンのみが全知の語り手によって外面から、しかもアメリカ的特性がことのほか強調されて描かれているのはいささか奇妙であると言わざるをえない。(2)

ニューマンが戯画化されて提示されているのは、ジェイムズ自身の旺盛な想像力と無縁ではないように思える。「小説の技法」の中でジェイムズは「精神が想像力に富んでいれば人生のいかなるものでも捉えるし、空気の息づかいさえも具体化する」と語っている。さらに続けて、イギリスの女流作家がフランスの新教徒の若者を見事に描いた例をあげ、その作家がほとんどそのような人物に関する知識を持ち合わせていなかったこと、彼女は一瞬の印象から想像力に頼って一人の現実感ある人物を創り上げたこと、そして結局作家に必要な才能は、「一班をもって全豹を推す」能力であることを説いている。このイギリス人女流作家を「天才的」と呼んでいることからして、ジェイムズにとって作家を作家たらしめている資質は、「目に見えるものから見えざるものを推測し、物事の意味を見抜き、形によって全体を判断する能力」であったと言えよう。したがって、以上の創作理念はジェイムズ自身が創作する際の基本的な態度でもあったと考えられる。

実際に知識を持ち合わせていなくとも一瞬の印象を手がかりに具体的人物像を創り上げてゆくことが、作家としてのジェイムズの理念であったとするなら、ニューマンのようなアメリカ西部人についての実際の知識がないにもかかわらず、ジェイムズはニューマンを創作したと推測することも可能であろう。ジェイムズが描くニューマンの姿が誇張された戯画像の域を出ないのは、作者が想像力に依存しすぎてアメリカ西部人のイメージを膨らませた結果であると考えられなくもない。事実、コンスタンス・ロアークは『アメリカ人のユーモア』において、ジェイムズは少年時代にヤンキー笑劇がひんぱんに上演されるバーナム劇場に出入りしていたことを指摘して、次のように語っている。

これらの笑劇は、時に辺境住民や黒人演芸団の団員を登場させ、メロドラマを盛んに活躍させながらアメリカ的伝説のすべてを鮮明に描き出した。『われらアメリカのいとこ』は、ジェイムズが十五歳の時、大成功を収めた。この劇は多くの話題を産み、長年にわたって上演された。ジェイムズの少年時代のニューヨーク市の街路は、複雑なアメリカ的性格を輪郭とする色彩豊かなカリフォルニアの冒険話に満ちあふれていた。(3)

ロアークの指摘している事実から判断する限りでは、ジェイムズがいわゆるマーク・トウェイン風のトール・テイルやら、西部の冒険譚についての知識を、主にヤンキー笑劇を通して誇張された形で得ていたことはほぼ間違いないであろう。『アメリカ人』のいたるところに見られるおかしさは、実はマーク・トウェイン風のユーモアに通じるものであることを指摘しておきたい。ベルガルド侯爵夫人がニューマンの家族について尋ねる件《くだり》は、この辺りの事情を具体的に示している。

「妹の一人は西部で一番大きな弾性ゴムの会社（ハウス）を持った男と結婚しました。」
「まあ、あなたのお国では家まで弾性ゴムでお作りになりますの？　子供が増えるにつれて、家をひきのばしてゆけるというわけね。」（第十章）

西部辺境人に関するジェイムズの知識は、自ら見聞して獲得したものではなく、主に少年時代に通ったバーナム劇場で培われたものであると考えるのが妥当であろう。ジェイムズがアメリカ西部人という特徴をことさら戯画化してニューマンを創作したのは、アメリカ西部に対する少年時代のイメージを想像力に任せて恣意的に膨らませた結果なのである。実際のところ、それまでジェイムズはアメリカ西部を訪れたことすらなかった。アメリカ西部を最初に訪れるのは、二十年ぶりに祖国アメリカを訪れ、『アメリカの風景』を書くためにアメリカ中を旅して回る一九〇五年のことである。

実は同様なことが、この作品中のもう一人の謎めいた人物、ニューマンの求婚者であるクレア・サントレに関しても言うことができる。クレア・サントレは『アメリカ人』が出版された当初からさまざまな議論を引き起こしてきている。『アメリカ人』の連載が終わった一八七七年七月付の『ギャラクシー』誌の書評は、「彼女のパーソナリティは曖昧であり、われわれに個人としての印象を与えない。彼女についてある事は語られるが、しかし実際には彼女はモデル人形にすぎない」と評している。また同年九月の『グラフィック』誌は、「彼女はほとんど影としか言いようがない存在である」と書いている。このような指摘を受けるのは、フランス貴族についてのジェイムズの知識が貧弱であったということも一つの理由として考えられよう。アメリカ西部人についての具体的知識を持ち合わせていないにもかかわらず、少年時代の印象を拠り所としてニューマンを描いたのと同様に、ヨーロッパの貴族社会に精通していないにもかかわらず、ジェイムズは想像力の赴くままにサントレを描いたのである。それゆえに、もう一歩踏みこんで具体性を持って立体的な人物を描けなかったと推測しても、あながち的外れと決めつけることもできないであろう。

オスカー・カーギルは、ジェイムズがベルガルド家の人物たちを創作するに際して、フランス小説に登場する貴族や、当時パリで上演された芝居のフランス貴族社会をもとにしていることを指摘した上で、「クレアのような適齢期にある若い庇護されたフランス女性をジェイムズはまったく知らなかった。ジェイムズの自伝と書簡がこれを示している」[4]と記している。クリストファー・ニューマンもクレア・サントレも現実から遊離し、ある一面のみが強調されて類型化されていることは否定しがたい。ジェイムズが想像力をたくましくするタイプの作家であるだけに、現実に即した知識を持ち合わせていない題材を扱う際に、類型化した人物像を創り上げてしまうのは、特に初期の作品においては避けられないことであったと言えよう。

この作品のジェイムズらしからぬもう一つの点はプロットであろう。アメリカの西部で成功した正義の味方が、ヨーロッパで十六世紀から続いている貴族の家柄の陰鬱な闇に閉じこめられた姫君を救い出すという筋の展開は、騎士道ロマンス以外の何物でもない。アメリカ西部版ドン・キホーテたるニューマンがクレア姫を救わんとして敢然と邪悪な貴族に立ち向かう。ヨーロッパとアメリカを対比するためとはいえ、このようなプロットはジェイムズの作品中もっともジェイムズらしからぬ大袈裟な芝居じみた要素を抱えている。

W・D・ハウェルズは、物語の結末をハッピー・エンディングにして、二人を結婚させてはどうかと助言しているが、ジェイムズはこれに対して「それはあり得ないことであったろう。彼らはあり得ないカップルとなったであろう」と答え、自分がリアリストであることを強調している[5]。メロドラマを否定し、日常起こりうる生活を描くことを目指したリアリズム小作家ハウェルズらしからぬ助言であるが、彼の助言に従っていたなら、おそらく『アメリカ人』の評価は地に落ちていたであろう。ハウェルズの助言に従うことなく、結末において二人を結婚させなかったことは確かに賢明であったと言えるが、しかしそのことによって全体のメロドラマ調の性格が変わるわけでもない。プロットを設定し、人物を配置した出発点から、この物語は作者自身の意図とはまったく異なった方向へ歩み出していた。ジェイムズ自身の言葉を借りるなら、「物語が起こりうるという漠然とした感覚によって制限されない経験」、つまり「ロマンス」へ傾斜していったのである。

ジェイムズはこの作品の序文の冒頭において、物語の着想が最初アメリカの鉄道馬車に乗っていた時に突然わいてきたことを回想し、次のように記している。

舞台は外国で、しかも貴族社会。人物は頑健だが知らぬ間にだまされ、裏切られてしまう同国人。要点は最高の文明を代表し、あらゆる点でアメリカ文化より優れた秩序を持っていると装っている人物たちの手にかかって、そのアメリカ人が苦悩するという点にある。その試練の中にあって、そのアメリカ人が何をするか、どのように立ち直り、あるいは傷をいやすかということだった。

この一節に示された物語の種子は、やがてジェイムズがパリを訪れる一八七五年十二月に突如として具体的に花開くことになる。パリこそが当初の着想にふさわしい舞台と考え、物語の基本構造である「誰が」「何を」「どこで」「いつ」「なぜ」「どのようにして」という問題を一挙に処理してゆく。「最高の文明」をパリに、「あらゆる点でアメリカよりすぐれた秩序を持っていると装っている人物たち」をフランス貴族に、そして「知らぬ間にだまされ、裏切られてしまう同国人」としてアメリカ西部出身の成金、クリストファー・ニューマンを設定する。だがここでわれわれはこのようなジェイムズの創作過程が秘めているある傾向に着目しなければならない。それは作者がアイディアを生かすために、アイディアに合わせて現実を組み替えてしまう危うさを孕んでいるという点である。ジェイムズの場合、アイディアを生かし、意図した効果を実現しようとして現実をアイディアに従属させる。ヘミングウェイが「実際自分の知っていることから人物を作り出せば、非常に厚みができる」との哲学に基づいて創作したのとは異なり、知らないことでも「効果の統一」を目指し、想像力に頼って計算された世界を創造してゆくエドガー・アラン・ポーに通じる気質をジェイムズは持ち合わせているといえよう(6)。

ジェイムズの創作哲学からして、彼の作品は少なからずロマンスに傾斜してゆく可能性を秘めているると言える。ことに『アメリカ人』において顕著に見られる通り、全知の語り手を設定した作品は作者自身の過剰とも思える想像力が、いたるところに「俗世間の常識に従わない体験」を産み出してしまう危険性を内在させているのである。ただ、ジェイムズの想像力が作中の視点となる人物の意識を借りて活動する間は、つまり「鋭敏な感受性」を持つ視点となる人物の意識の表現として提示される限りは、たとえどのように辻褄が合わなくとも問題となることはない。人間の意識自体が秒刻み、分刻みで変化する流動的なものである以上、作者の想像力は視点となる人物の意識の内部において、「経験につきまとう諸々の条件から解放され、その条件に巻き込まれず、かつ束縛されない」状態で活動できることになる。前述した『メイジーの知ったこと』を手始めとする、後期の作品に見られる「事件—視点となる人物—語り手—（作者）—読者」という関係は、作者自身の想像力を自由に駆使できると同時に、語り手を設定したことによってその想像力に抑止力をきかせる機能も併せ持っているのである。してみると「視点となる人物—語り手」という枠組みは、放っておいたらロマンスへ傾斜してしまう作品全体をノヴェルの枠内にとどめておくのにもっとも適した方法ということになるであろう。

『アメリカ人』を、題材、その処理の仕方、そしてジェイムズの創作理念という観点から眺める時、この作品がロマンスの壁を突き破るのはほぼ不可能であり、ジェイムズ自身が序文において吐露しているように、「そうとは知らずにロマンス」をこしらえてしまうのは避けられないことであった。

しかしここで作者と作品と読者という観点から眺めると、『アメリカ人』には「ねじの一ひねり」ならぬもう一つの「アイロニカルな一ひねり」があることを最後に付け加えておかなければならない。現在われわれはこの作品を、ジェイムズのニューヨーク版全集を除けば、J・W・ビーチのラインハート版（一九六〇年）、R・P・ブラックマーのデル版（一九六〇年）、R・H・パースとブロッコリーのリバーサイド版（一九六二年）、レオン・エデルのシグネット版（一九六三年）、そしてJ・W・タトルトンのノートン版（一九七八年）の五つの単行本のいずれかで読むことができる。興味あることに、五人の編集者のいずれもが改訂作業が施されたニューヨーク版ではなく、改訂以前の『アメリカ人』を採用しているのである。J・W・タトルトンは初版採用の理由として「初期の版の持つ率直さと直接性を好む[7]」と語り、またレオン・エデルはその理由を次のように記している。

初期の版は出版された時の新鮮さ、視覚の明晰さ、そしてその時々の感情を伝えている。後の改訂は作家の創作過程を研究する上では何らかの光を投げかけてくれるので面白いかもしれないが、極端に技巧に走りすぎている。ジェイムズの作品の持つ生命よりも技法の問題を再体験している。[8]

五人の編集者がなぜ初期の版を採用したかは、エデルの言葉に集約されているように思える。作者ジェイムズの理想とした小説理念が何であれ、語り古された常套句ではあるが、作品は完成された時点で作者の手を離れて独り歩きを始めるのであり、『アメリカ人』はロマンスであるからこそ生き生きとした生命力を保っていると言えよう。むろん、小説を読む楽しみに手を染める者がロマンスとかノヴェルであるとかの区別をしつつ机に向かうことなど考えられないことであるが、『アメリカ人』の初期の版がジェイムズの意図した物語ではなかったがゆえに、無類に楽しい作品になっているというアイロニーを指摘しておきたい。

注

1 Harold Bloom（ed.）, *Ernest Hemingway*（1985）, p.108.

2 『ワシントン広場』も全知の語り手によって語られる作品であるが、ジェイムズはこの作品をニューヨーク版全集に収録していない。

3 Constance Rourke, *American Humor*（1951）, pp. 237-238.

4 Oscar Cargill, *The Novels of Henry James*（1961）, p.58.

5 Henry James, *Henry James:Letters*, Volume II, ed. by Leon Edel（1975）, pp.1040-47.

6 ジェイムズとポーの創作哲学は小説と詩というジャンルの違いはあれ、驚くほどよく似ている。ジェイムズは『使者たち』の序文で、視点を主人公ストレザーに限定することによって他のどんな規則に従うよりも、この作品が作者の追及する効果を産み出してくれたと語り、その効果とは「統一がもたらす迫真性の美」であると記している。一方、ポーは「詩作の原理」（一八四六年）の中で、詩作においてもっとも重要な要素は「効果の統一」であると述べている。さらにジェイムズが「小説の技法」（一八八四年）で小説を絵画に喩えているのに対して、ポーもまた「ホーソーン論」（一八四七年）の中で作品を絵に喩えている。

7 Henry James, *The American*, ed. by James W. Tuttleton（1978）, p. 315.

8 Henry James, *The American*, ed. by Leon Edel（1963）, p. 333.

第四章　『ワシントン広場』の謎

作者自身の思惑に反して作品が手厳しい批評にさらされることもあれば、逆に予想以上の好評裡に迎えられることもある。また、小説家が読者の批評を強く意識しすぎたために、その批評に振り回されてしまうこともよくあることである。いずれの場合であれ、作家が筆のみで生計を立てようとすればするだけ、皮肉なことに、文学上の信念を離れて読者の顔色をうかがいつつ創作せざるを得なくなることは一面の真実であろう。小説技法を極度に意識し、自己の創作理論に従って次々と作品を発表したような印象を与えるヘンリー・ジェイムズにあっても、以上のようなことは避けられない宿命であったと思えるような節がある。

一八八〇年、ジェイムズは『コーンヒル・マガジン』誌の六月号から六回に分けて、『ワシントン広場』（*Washington Square*）を連載したが、彼自身はこの作品を高く評価していなかった。同年一月三十一日付のW・D・ハウェルズに宛てた書簡の中で、ジェイムズはこの作品に触れ、それが「つまらない物語[1]」（a poorish story）になるであろうと書き記している。これは言葉の微妙なあやから生じるジェイムズ流の謙遜ではない。事実『ワシントン広場』から二十七年後の一九〇七年に、自ら序文をつけて改訂作業を行なったニューヨーク版全集からこの作品を除外していることを考え合わせれば、ジェイムズがこの作品を文字通り「つまらない物語」と考えていたことは間違いない。ハウェルズへの手紙で、彼は続けてこの物語が「まぎれもなくアメリカの物語」（a tale purely American）とも書いている。「つまらない物語」であり、同時にそれが「まぎれもなくアメリカの物語」と語るジェイムズの言葉は、小説題材に関する彼独自の見解を反映したものと考えられる。

ジェイムズの書簡の論点を整理してみると、「まぎれもなくアメリカの物語」であるがゆえに「つまらない物語」になってしまう、なぜならこの作品が結局「道具立ての不足」（the want of paraphernalia）があるからだ、ということになる。ここでジェイムズの言う「道具立ての不足」という言葉の意味するところは、この作品の連載が始まる前年の一八七九年に書かれた評伝『ホーソーン』の中の「君主もいない、宮廷もない、個人の忠誠もない、貴族制度もない、教会もない、聖職者もいない、軍隊もない、外交儀式もない、郷士もいない、宮殿もない、お城もない、荘園もない、ましてや田舎の大邸宅もない、牧師館もなければ、……」とイギリスにあってアメリカの生活に欠けている高度の文明の諸項目を列挙した例の「ないないづくし」に呼応していると推測できなくもない。とすると、ジェイムズが『ワシントン広場』を駄作と見なした背後には、この作品が『ホーソーン』の中で彼が嘆いた、文学に適さないアメリカの風土、複雑な色合いを欠く風土、封建制度も貴族階級もない単調な社会を舞台とした物語であるからだとの意識が働いていたと考えられるのである。

この作品の二年前、一八七八年にジェイムズは『デイジー・ミラー』を書き、新旧両大陸にわたって一躍名を成し、「国際小説」の書き手として華やかな名声を築きつつあった。なるほど、ヨーロッパを舞台とした小説に手を染めて成功したジェイムズが、ニューヨーク市のマンションを背景とした小説であるがゆえに、「道具立ての不足」を感じさせるとの理由で『ワシントン広場』を黙殺してしまうことはありうることかもしれない。しかしこの作品は出版当初から好評であったという事実、イギリスでは『コーンヒル・マガジン』誌、アメリカでは『ニュー・マンスリー・マガジン』誌と英米同時に掲載された最初の小説であったという事実、さらにはこの作品によって次に予定していた大作『ある婦人の肖像』に取り組む時間的な余裕――それは同時に経済的な余裕も意味するのであるが――を作り出すことができたという事実を考慮に入れるならば、当然成功作であったことは疑う余地はない。[2] 現在にいたるまでの多くの論評を眺めても、この作品だけは好意的に扱っているものがほとんどである。

たとえば、H・S・キャンビーは「『ワシントン広場』はジェイムズ自身が考えていたよりも、はるかにすばらしい作品である。主人公のキャサリンはジェイムズの作品の中の挫折する女性たちの中でもおそらくもっともよく描けている女性だろう[3]」と評している。J・W・ビーチは「この作品をジェイムズ自身が忘却の片隅に追いやってしまったように、ジェイムズ愛好家たちもそのようにするとは信じられない[4]」と肯定的見解を述べている。同じくF・W・ドュピーもまた「『ワシントン広場』はジェイムズの初期の作品中、いや、いつの時期であれ第一級の作品である[5]」との賛辞を贈っている。

さらにもう一人紹介すれば、ドナルド・ホールは「誰でもこの作品は好きになる。ジェイムズを貶す者でさえ、この作品だけは誉める。唯一の例外はジェイムズ自身である」(6)といった具合である。些末な欠点を指摘する論評はあるが、全体としてこの作品を否定するものは皆無と言っても言い過ぎではない。

このように考えてくると、ジェイムズがこの作品をニューヨーク版全集に組み入れなかった理由は、まったく別のところにあったのではないか、「道具立ての不足」といった理由以外に作者自身をしてこの作品を黙殺させてしまう原因が他にあったのではないか、との疑問が生じてくる。

ジェイムズは一九一三年に彼の小説を研究しようとしたアメリカ人の要請に応え、読書の手引きとして、①『アメリカ人』②『悲劇の美神』③『鳩の翼』④『使者たち』⑤『黄金の盃』の五作を順番に読んでゆくべきだとする手紙を書き送っている。(7)これら五作を眺めてみると、なるほど舞台はいずれもヨーロッパであり、社交界であり、さらには貴族も登場している。だが、舞台がヨーロッパで貴族が登場すれば小説を書く条件がすべて揃ったとは誰しも考えないであろう。ましてやジェイムズ自身が、ヨーロッパであれば良い小説が書けると単純素朴に信じていたなどということは、およそあり得ないことである。ジェイムズが推薦した五つの作品と比較してみて、やはり『ワシントン広場』には「道具立ての不足」のほかに、作者自身がこだわらざるを得ない問題があったと考えざるを得ないのである。しかも、前述した通り、この作品が読者および評論家のあいだではすこぶる好評であったことを考えると、その問題とはひとえに作者の意識の中に、すなわちジェイムズの創作理念の中にあったのではないかと考えるのが妥当であろう。

ジェイムズの創作理念を表明した「小説の技法」の中で、ジェイムズは「精神が想像力に富んでいれば人生のどのようなものでも捕らえるし空気の息づかいさえも具体化する」と語っている。さらに続けて、イギリスの女性作家がフランスの新教徒の若者を実に見事に描いた例をあげ、その作家が実はほとんどそのような人物に関する知識を持ち合わせていなかったこと、彼女は一瞬の印象から自己の想像力によって一人の現実感あふれる人物を創り上げたこと、そして結局作家に必要な才能は、「一班をもって全豹を推す」能力であることを説いている。このイギリス人の女性作家を「天才的」と呼んでいることからも推察できるように、ジェイムズにとって作家を作家たらしめているものは「目に触れるものから見えざるものを推測し、物事の意味を見抜き、形によって全体を判断する能力」だったのである。

とすると、当然のことながらジェイムズにとって、豊かな想像力を完全に発揮しえなかったと彼自身が感じている作品は劣悪なものということになる。ジェイムズの作品評価の基準は、完成した段階での作品の出来栄えもさることながら、それ以上に創作過程において想像力をいかに自由に駆使できたかという点にあると言えよう。作品を外側から判断するのではなく、実作者としてのジェイムズが一つの印象からどのような有機的な想像の世界を創り上げることができたかという点にあると言い換えられる。彼の審美上の基準はそこにあった。

『アメリカ人』の序文で、ジェイムズはこの作品の着想がどのように湧いてきたかについて触れ、次のように述べている。

思い出してみると、ある物語のテーマと舞台について夢中になって考えている自分に突然気がついたのは、アメリカの鉄道馬車に乗っている時だった。舞台は外国で、しかも貴族社会。人物は頑健だが知らぬ間にだまされ、裏切られてしまう同国人。要点は最高の文明を代表し、あらゆる点でアメリカ文化より優れた秩序を持っていると装っている人物たちの手にかかって、そのアメリカ人が苦悩するという点にある。その試練の中にあって、そのアメリカ人が何をするか、どのように立ち直り、あるいは傷をいやすかということだった。(8)

この一節の意味するところは、想像力と作品という観点から考えるならば、ほんの些細な着想からジェイムズの恐るべき想像力によって『アメリカ人』という長編が生み出されたということである。明確に意識にも上らず脳裏をかすめてしまうような事象から、想像力を駆使して物語に仕上げてゆくジェイムズ流の創作理念を具体化した典型ということになろう。ジェイムズの場合、創作にあたって小説の種となるものが存在していることが多い。それが伝え聞いた風聞であったり、友人たちとの何気ない会話であったりすることは、創作ノートからも明らかである。『アメリカ人』にあっては彼の想像力は遺憾なく発揮され、馬車の中で思いついたアイディアの胚芽を育てるように大きく膨らませたのである。彼がホーソーンをアメリカ最初の天才作家として高く評価するのも、ホーソーンの卓越した想像力を高く評価していたからであるという事実を思い起こせば、前述した五作の第一番目に『アメリカ人』を推薦したという理由も、どうやらこの辺りにあったと推察できるのである。
他方、『ワシントン広場』がどのように創作されるにいたったかについては、一八七九年二月二十一日付の創作ノートの次の一節から具体的にうかがい知れる。

ケンブル夫人が昨晩、彼女の弟のH・K氏がT嬢と婚約したことについて話してくれた。H・Kは若い軍人で、大変美男子であるが、贅沢好みで、利己的で、自分の金などびた一文ない人間である、と彼女は語った。一方、T嬢は凡庸な、不美人の、月並みな女性で、ケンブリッジ大学の学寮長の一人娘であった。相当な資産があり、それは年四千ポンドにもなった。彼女はH・K氏が好きになったが、父親は強く婚約に反対し、もしH・K氏と婚約したら、びた一文遺産は残さないと通告した。H・K氏が関心を持っていたのは彼女の金銭だけであった。楽な生活と自分の楽しみを可能にしてくれる金持ちの女性がお望みであったのだ。T嬢は悩んだ末にケンブル夫人に相談を持ちかけた。ケンブル夫人は決して彼女の弟とは結婚しないようにと、次のように諭して聞かせた。「あなたのお父さんが結婚に反対したことを後悔し、あなたが遺産を得て裕福になるなら、弟はあなたにとって優しい夫になるでしょう。もし万事がうまくゆくならばね。でも、もしお父さんがそうしなければ、あなたは貧乏になるのだし、悲惨な運命をたどらなければならなくなるでしょう。その時わたしの弟はひどい相手となり、あなたに不満と失望をぶつけてくる

ことになるでしょう。(9)（以下略）

以上のように、ケンブル夫人の話が続いてゆくのであるが、彼女が語った内容と『ワシントン広場』のストーリーの展開を比較すると、驚いたことに、両者のあいだに相違はほとんど見られない。登場人物に関して言えば、T嬢はヒロインのキャサリン・スローパー、父の学寮長は医者のスローパー博士、ケンブル夫人はモンゴメリー夫人とアーモンド夫人の二人に、H・K氏はモリスへと移し替えられている。ジェイムズの想像した唯一の登場人物はペニマン夫人のみである。大筋の展開にいたってはまったく一致しているのであるから、作者ジェイムズがケンブル夫人の話をそっくりそのまま拝借して『ワシントン広場』を創作したことは紛れもない事実である。ここでケンブル夫人がT嬢を諫める際に使った言葉「しかし、もしお父さんがそうしなければ、あなたは貧乏になるのだし……」という文言さえ、ジェイムズは第二十三章で同じ内容をアーモンド夫人に語らせているのである。ここに作者の自由な想像力が入り込んだと思える余地はほとんどない。

かくして、『アメリカ人』と『ワシントン広場』の差は歴然となる。前者はジェイムズの旺盛な想像力の産物であるが、一方、後者は他人の話を登場人物から筋の展開にいたるまで、いわばでき上がった物語の焼き直しなのである。ジェイムズが「つまらない物語」と考えたその背景には、作者自身の想像力がほとんど生かされていないという自責の念があったのかもしれない。一瞬の印象から有機的な想像の世界を創り上げる能力を作家に不可欠の才能と信じていたジェイムズが、「一班をもって全豹を推す」どころか、全貌を示されてそれが豹であると表明することが何を意味するか当然悟っていたことは間違いない。審美的な基準を強く意識する作家にとって、あるのは作家としての資質への疑念と屈辱だけである。

ジェイムズが『ワシントン広場』に対して感じていた欠点は、この作品の単調さと語りの平板さであったことは、多くの論者の指摘を待つまでもない。『アメリカ人』も含めた前述した五つの作品と比較すれば、この作品の単調さが「視点」の技法と密接に関係していることが明確になるであろう。スローパー博士、その娘キャサリン、叔母のペニマン、そして求婚者のモリスといった主要登場人物四人の意識はそれぞれ語り手を通して語られるために、人物間の緊張状態が欠落している。ジェイムズの作品には珍しく、いわゆる全知の語り手が一切を支配しているのである。すべてが読者の前にさらされるために、後期の作品に見られるような謎めいた人間関係が消失してしまっている。その結果、ジェイムズの面白さの要素の一つである推理小説を読むような独特の緊迫感がこの作品には見られない。読者は、主要人物のそれぞれと等距離を置くことを余儀なくされるために、結局誰の意識の中にも深く入り込むことはできない。その結果、主人公であるキャサリンに憐憫の情を感じつつも、読者の心はさほど痛まないのである。ジェイムズが元来ホーソーンと同様に、どんな些細な出来事からでも想像力を働かせて文学空間を創り出すタイプの作家であることを考えると、登場人物の視点を一切利用しなかった小説、それゆえに謎めいた空間を生み出せなかった小説は、彼にとって致命的な欠陥を抱えた小説と思えたのは当然のことであったのかもしれない。

『ワシントン広場』と『アメリカ人』の主人公の描き方を比較してみると、すでに論じてきたジェイムズの想像力と作品の関係はいっそう明らかになる。キャサリンは第三章で次のように描かれている。

As a child she had promised to be tall: but when she was sixteen she ceased to grow, and her statue, like most other points in her composition, was not usual. She was strong, however, and properly made, and fortunately, her health was excellent.

（子供の頃、彼女は背が伸びると思われていた。しかし十六歳になった時に成長が止まってしまった。彼女の姿は、身体の構造の他の部分と同様普通ではなかった。しかし彼女は頑健であったし、体つきはちゃんとしていたし、幸運なことに健康状態は申し分なかった。）

キャサリンの描き方は外面の描写が中心であり、作者は主人公の内部世界には踏みこんでいない。にもかかわらず具体性があり、キャサリンがいかなる女性であるかは明確に伝わってくる。

一方、『アメリカ人』の主人公クリストファー・ニューマンは次のように提示されている。

Frigid and yet friendly, frank yet cautious, shrewd yet credulous, positive yet skeptical, confident yet shy, extremely intelligent and extremely good-humoured, there was something vaguely defiant in its concessions, and something profoundly reassuring in its reserve.（第一章）

（冷淡だがしかし愛想がよく、開けっぴろげであるが用心深く、抜け目がなさそうでだまされやすく、信じやすいが疑ぐり深く、大胆でありながら内気で、極端に知的かと思うと極端に愛想がよく、譲歩してもその譲歩には反抗的なものがあり、遠慮深さには深く人を安心させるものがあるのだ。）

ニューマンの場合、性格描写が主であり、人物の複雑性を示す効果があるが、逆に描写が抽象化され具体性を書いている。ニューマンがいったいどのような人物なのか、想い浮かべようとすればするだけ、そのイメージはますます遠のいてゆくばかりである。特にこの一節の特徴は、二つの相矛盾する言葉を結びつけている点である。これは作者が主人公ニューマンを、できるだけ矛盾を抱えた、複雑で現実感あふれる人物に仕立て上げようとしたからにちがいない。相矛盾する要素が存在することを印象づけることによって、E・M・フォスター流にいえば、「平板」な人物から「立体的な」現実味ある人物へと移し替えようとした作者の努力の表われと考えられるのである。

ジェイムズが、ホーソーン同様、「想像力」を自由に羽ばたかせて創作するタイプの作家であり、またジェイムズ自身が「想像力」を作家に不可欠の資質と考えていたことはすでに指摘した。ジェイムズがホーソーンを高く評価するのも彼の卓越した想像力のためであるのだが、逆にそのためにホーソーンの作品に現実性の欠如も見てとったのである。リチャード・チェイスが『アメリカ小説の伝統』の第四章「ホーソーンとロマンスの世界」の中で、「作中の人間たちは生きた人間であるよりも精神のある一つの状態をあらわす」と評しているが、妥当な見解であろう。想像力の行き着くところが空想となり、究極的に現実遊離となりやすいことは否定できない。それゆえ、ジェイムズがホーソーンの作品を「現実性の欠如と空想的要素の乱用」の産物であり、ホーソーンの作品を「きわめて絵画的に配置された、ただ一つの精神状態の表われ[10]」と見なしたのである。しかしジェイムズ自身も同じ轍を踏む可能性があったと言わなければならない。ホーソーンの欠点であったものは、裏返せばジェイムズ自身の欠点にも通じる。ニューマンを相反する言葉で描写し、矛盾を内包するふくらみのある人物に仕立て上げようとする作者の努力は、この作品がホーソーンのいう「ロマンス」に陥りやすい傾向があることを意識した結果、ロマンス的要素を極力排除し、「ノヴェル」の方向に近づけようとしたためであると考えられる。

もちろんジェイムズ自身は、「ロマンス」とか「ノヴェル」とかの分類は、実作者の側からは意味のない評価が作り上げた「拙劣な分類」と規定している。しかし、ニューマンの描き方は明らかに「実在感」ある人物の創造という点を目標としているからには、『アメリカ人』が豊かな想像力の産物であるがゆえに「ロマンス」に傾斜してゆく要素を抱えていたとも言えるのである。

ホーソーンの場合であれ、ジェイムズの場合であれ、一瞬の印象から想像力を自由に駆使してでき上がった物語が、ロマンス的色彩を濃くしてゆくのは否めない。ところが、ジェイムズは「小説の技法」の中で、「小説の唯一の存在理由は、まさに人生を再現しようとすることであるのだ」と言明している。とすると、ジェイムズの創り出す世界は、「想像力によるロマンスの世界」を筆力によってノヴェルの世界に引き戻そうとする努力の上に成り立っていると言えよう。両者の微妙な緊張関係の上に、ジェイムズの世界は存在しているのである。

『ワシントン広場』は、ジェイムズにとって、想像力をさほど必要としない物語であった。事実が、それも細部にいたるまでの現実の出来事がすでに存在していたのであるから、この作品に関する限り「ロマンスの世界」から「ノヴェルの世界」に引き戻す努力など無用なことであった。ジェイムズがこの作品を拒むもう一つの理由はこの辺りにあったと言えよう。

ジェイムズは、『ワシントン広場』を「つまらない物語」になるであろうと執筆前から予告していた。W・D・ハウエルズへの手紙は一八八〇年一月三十一日付であるから、この作が『コーンヒル・マガジン』誌に掲載されるおよそ五ヵ月前のことである。とすると、ジェイムズはこの作品が駄作になると知りつつ、また実際に完成したものが駄作であると思いつつ発表したことになる。「つまらない物語」と感じながらも発表した理由はただ一つである。『信頼』（*Confidence*, 1879）、『ホーソーン』（*Hawthorne*, 1879）、そしてこの『ワシントン広場』（*Washington Square*, 1880）の三作で四千ドルを手にしたのである。[11]功成り名を遂げた後、ニューヨーク版全集に『ワシントン広場』を採用しなかったジェイムズの真意を確かめるすべはない。しかしこの作品を削除したという事実の中に、自己の創作理念に忠実であろうとしたストイックな作家の屈辱と良心を読み取るのは情緒的すぎるであろうか。

注

1 Percy Lubbock, *The Letters of Henry James, Volume I*（1970）, p.73.

2 Edel, *The Conquest of London:1870-1881*(1978), p.398.『ワシントン広場』は前作『信頼』の二倍ほど売れた。

3 H.S. Canby, *Turn West, Turn East*（1951）, p.153.

4 J.W. Beach, *The Method of Henry James*（1954）, p.232.

5 F.W. Dupee, *Henry James*（1974）, p.56.

6 Donald Hall, "Afterward" *to Washington Square*（1964）, p.181.

7 Leon Edel, *Selected Letters of Henry James*（1955）, p.137.

8 Richard P. Blackmur, *The Art of the Novel*(1962), p.21.

9 F.O. Matthiessen & Kenneth B. Murdock, *The Notebooks of Henry James*(1961), pp.12-13.

10 James, *Hawthorne*（1956）, p.90.

11 Edel, p.402.

第五章　『ある婦人の肖像』論（1）
――自由なる自我の破綻そして描かれなかった結末

1. 物語の終わり方

物語をどのように終えるかということは、どのように始めるかということ以上に重要な意味を持っている。物語が展開するにつれて徐々にクライマックスに達し、劇的な結末を迎えて一挙に完結するといった古典的な終わり方は、ギリシャ時代から現代にいたるまで過去の作家たちがいかに結末に腐心したかということの具体的な表われであろう。読者にどのような印象を与えるか、泣かせるのか、笑わせるのかは結末次第であり、そこがまさに作者の腕の見せどころでもある。読者に与える感動の強弱は、ある意味で作者が結末をどのように匙加減するかという点にかかっているとすら言えるかもしれない。

結末がいわゆる大団円で終わる古典的なパターンを踏襲していない場合、読者は後味の悪さを感じつつ、釈然としない不安感の中に取り残されることになる。二十世紀のモダニズム文学は、このような漠然とした不安感を効果的に利用することで、作品の持つ言語空間を広げてきたといえる。たとえばシャーウッド・アンダーソンの短篇「なぜだか知りたい」は、競争馬の世界に憧れを抱く少年の物語である。少年は、敬愛する騎手が勝利を手にした後、いかがわしい酒場で女たちを膝の上に乗せて戯れるのを窓から目撃する。競馬場ではあれほど清潔で男らしく思えた騎手がどうして女たちと戯れるのか、少年には理解できない。そしてこの短篇の結末は「なぜだか知りたい」という少年の言葉で終わる。少年の心の揺れに関して事実のみがさりげなく伝えられるだけで、語り手が少年の内部世界に入り込み、逐一その理由を探り、読者に説明することはない。語り手は当然その理由を知っているのであるが、あえてそれを語ろうとはしない。読者と物語のあいだにきわめて意識的な語り手が存在しているのであり、その語り手が一歩後景に退き、語りを控えることによって、ある効果を狙ったことは明らかであろう。少年が知りたいと思っているその理由を読者に語らないがゆえに、読者は否応なしに想像力を駆使せざるを得なくなる。言うならば、判断の根拠を随所にさりげなく提示しておくだけで、最終的な決定を読者の想像力に委ねてしまう。読者の想像力を喚起するこの手法は、作品の持つ言語空間を大きく広げることになる。結果として多くを語らないことによって、いっそう多くを語ることが可能となるのである。

かつてヘミングウェイは、『パリ・レヴュー』誌において、アメリカのノンフィクション作家ジョージ・プリンプトンのインタヴューに答えて、自分の創作理念について次のように語ったことがある。

自分はいつも氷山の原理に基づいて書くようにしている。表面に出ている部分に比較して、どの氷山も八分の七は水面下にある。分かっていることは何でも消していい。そうするとそれだけよけいに氷山は強くなってくる。消せば表面に出ない部分になる。もし作家が、知らないという理由で何かを省略すれば、話に空洞ができる。[1]

ヘミングウェイの「氷山の理論」は、モダニズム文学の神髄を比喩的に表現したものと言うことができる。八分の一だけを読者に示すことによって残りの八分の七に相当する領域が確実に存在することを暗示し、しかもそれを読者の想像力に委ねてしまう。敷衍すれば、一つの印象を作り出し、それが読者の意識の中で八倍に膨れ上がることを期待しているのである。それが八倍であるかどうかは、単なる数字上の比喩でしかないことは断るまでもないことであるが、ヘミングウェイの創作理念は、アンダーソンの作品「なぜだか知りたい」の結末を見事に説明してくれる。このように意図的に語らないことによって謎めいた空間を作り出し、読者の想像力を鼓舞するという手法は、アンダーソンやヘミングウェイに限らず、フォークナーにも通じる手法である。おそらく十九世紀の小説であれば、全知の語り手がいたるところに姿を現わし、少年の心理を懇切丁寧に分析し，逐一解説を加えた上で作者の意図した方向に読者を導くであろう。

ヘンリー・ジェイムズは、十九世紀を代表する作家であり、しかもヴィクトリア朝の小説家よろしく、描写に描写を重ねて物語の空間を拡大してゆくタイプの作家である。彼の小説はアンダーソンやヘミングウェイとは異なり、明らかに描写の数の多さに支えられている。描写の数を減らすことを最大の眼目としたヘミングウェイとはまったく異なった創作理念を持っていたように思えるが、実は意外なことに、ジェイムズは描写の数を増やしてゆく過程において、二十世紀モダニズムの作家たちが意図したものと同じ効果を上げる工夫をしているのである。

ジェイムズの小説が、その終わり方に特徴があることは、『アメリカ人』や『ある婦人の肖像』を一読すれば明らかであろう。『アメリカ人』の主人公クリストファー・ニューマンは、結末においてベルガルド家に対する復讐を突如として断念し、アメリカに帰国する。しかもこの場合に限ってニューマンの意識が一切説明されないために、読者は主人公に何が起こったのか、釈然としないままに物語を読み終えなければならない。また『ある婦人の肖像』の結末の場合は、『アメリカ人』よりもさらに徹底して作者が意図的に解説を放棄している。イザベルがローマに戻る決意をする心理は、「どこに向かってよいか分からないでいたが、今は分かった。非常に真っ直ぐな道があったのだ」（最終章）と、わずか二行であっさりと片づけられている。第四十二章全体が、暖炉の前で明け方まで内省するイザベルの心理描写のみに費やされている事実と比較すると、これはどう見ても、「唐突なジェイムズ流撤退」と呼んでしかるべきと思えるほど意表を突く結末としか言いようがない。イザベルがローマに戻る決意をするにいたるまでの心の動きが逐一報告されるであろうと予測しつつ読み進んできた読者の期待は、見事にここで裏切られることになる。

おそらくその意外な結末に対して、釈然としないまま本を閉じることになる読者も多いと思われる。しかし、この終わり方は読者の想像力を喚起するための計算された手法であって、読者を物語の中に引きこみ、主人公イザベルの運命に読者の関心を再度向けるための効果的な役割を果たしているのである。結末はイザベルの新しい物語の始まりであって、それをどのように解釈するかは読者の想像力次第ということになる。いわゆる「オープン・エンディング」で終了したこの物語の続編を書くのは、想像力のある読者に委ねられた仕事なのであり、その後のイザベルの運命は読者が握っていると言うこともできよう。『ある婦人の肖像』は、結末の二行が物語のすべてを決定していると言っても過言ではない。

2．語りの二つの声

では、このような結末を持つ物語とはいったいどのような物語なのであろうか。ジェイムズはこの作品の序文において「小説というものは、本来の性質から言って、一つの騒ぎであり、何かについての騒ぎであり、小説の主人公が大きければそれだけ騒ぎも大きくなる」と語っているが、この作品の「騒ぎ」の中心となる主人公イザベルという女性はいかなる人物で、またこの人物が引き起こす「騒ぎ」とはいかなる騒ぎなのであろうか。

物語は、イギリスの上流階級の庭園から始まる。冒頭の描写はこの作品中の白眉であろう。映画撮影のカメラアングルのように庭園からお茶会の場面へ、次に描写は家から人物に移り、そして最後に登場人物の内面に入り込む。視点は全体から細部へとその対象を変えつつ、流れるようにそしてなめるように移動してゆく。伯母のタチェット夫人に連れられてロンドンにやってきたイザベルはこの庭園に初めてその姿を現わす。母親も父親もなくしたイザベルは、両親がそれほど資産を残さなかったため経済的に恵まれているとは言いがたい。ただ彼女は「いろいろなことに一家言持つ若い女性であり、その想像力は目立って活発」なヤンキー娘である。知性は人並み以上に優れ、新しい知識への好奇心は旺盛であるため、同年代の仲間たちは「学問の天才であるとか、翻訳によってではあるが古典ギリシャ、ラテンの作家たちを読んだ」などという噂を流したこともあったという。イザベル自身も自分自身を次のように考えていた。

世間の人が自分を優れた人物として扱うのは正しいという漠然とした感情を持っていた。彼女が本当に優れているかどうかはとにかく、人びとが自分を優れていると思うのなら、敬意を払ってくれるのは正しいにちがいない。イザベルは、自分の頭の回転が周囲の人より素早いと感じることがよくあり、それが苛立ちとなって現われ、苛立ちは優越性と混同されることがよくあったのである。

ここまでイザベルを紹介してきた語り手は、ここで突如として次のように付け加えている。

ここで急いで確言しておくが、イザベルはうぬぼれの罪に陥る傾向が多分にあった。自分の性質を反省して自己満足な気分によくなったし、わずかしか証拠がないのに自分を正しいと決めこむ傾向があったし、時々自己賛美のためにうっとりすることがあった。その一方、彼女の誤りと妄想はしばしばかなりひどいものであったから、主人公の威厳を損なうのを恐れる伝記作者は明確に述べるのをためらうであろう。彼女の頭の中には漠然とした考えが無秩序に詰まっていたが、それらは権威を持って語れる人びとの判断によって修正されたことがなかった。（第六章）

語り手はいわゆる全知の語り手であるが、明敏な読者ならこの語りの前半と後半では異なる二つの声が存在していることに気づくであろう。一つはイザベル紹介の前半を担っている声であり、これはイザベルの意識を中心とした声である。当然のことながら、イザベル本人の意識は自分の長所（と彼女が信じている部分）しか見ていない。もう一つの声はここで急いで付け加えられた声で、イザベルを突き放して客観的に眺める役割を担っており、これは彼女を取り巻く外部世界を中心に語りを進めてゆく声である。したがってこちらは必ずしもイザベルに好意的であるとは限らない。

語り手のこれら二つの異なった声は、物語が進行するにつれてイザベルの意識を映し出す役割と、彼女を取り巻く現実を映し出す役割へとはっきり分化してゆく。つまりこの物語はイザベルの意識を中心とした語りと、外部世界を中心とした語りとの二つの異なる語りによって支えられているのである。この作品が成功したのはイザベルの意識に焦点を絞ったからであるという指摘があるが[2]、必ずしもそのように断言することはできないであろう。むしろ視点をイザベルの意識とイザベルの外部世界との二つに分けた結果であると考えた方が自然で分かりやすい。イザベルの意識の物語が進行する一方で、外部世界の物語が同時に並行して進行するという形式を採用した結果、読者はイザベルが気づかないことを知ることが可能となる。イザベルの思考が現実との接点を徐々に失い、やがて彼女自身の想像力の中に幽閉されてゆく様を目の当たりに眺めることができるのである。

もし読者がイザベルの意識のみに焦点を絞って一方の声だけに耳を傾けるなら、イザベルの行為はすべて正当化されることになり、彼女は周囲の邪悪な姦計の餌食になった悲劇の主人公となるであろう。しかし第二の声を中心に物語をたどるなら、必ずしも事はそれほど単純でないことが判明するであろう。少なくとも、悲劇の原因の一端はイザベル自身にあることが見えてくるという構造になっているのである。イザベルは伯母のタチェット夫人に連れられてロンドンにやってくるのであるが、タチェット夫人が何気なく漏らす「アメリカ娘はみんなそうだけど、あの子も世間をよく知っているつもりでいるのよ。もちろん間違っているわ。……今もあの子は自費で旅行しているつもりでいるのよ」（第五章）という言葉は、物語の冒頭からしてすでにイザベルの意識が現実から逸脱していることを示している。

イザベルの意識を中心に語る声が、イザベルのロマンティックな想像力が紡ぎ出す架空の物語を中心に展開しているとするなら、もう一方の異なった声やいとこのラルフ、伯父のタチェット夫妻、イギリス貴族のウォーバトン、ヘンリエッタ、マール夫人、オズモンドなどの意識を中心とした語りは現実の物語であると言うこともできる。イザベルの意識は、不思議なことにその知性が折り紙付きであるにもかかわらず、自分自身の心の内部はおろか、彼女を取り巻く人たちのあいだで進行している現実の物語にまったく気づかない。一方、現実の語りはイザベルの意識を修正しつつ、彼女の「ロマンティックで観念的な、独断的で思い上がった」想像力の危険性を読者に伝える役目を担っているのである。

友人のヘンリエッタはその典型的な役割を果たしており、いみじくも次のように忠告する。「あなたにとっての危険は、あなたが自分の夢の世界に入り込みすぎていることね。つまり現実との接触が不足する恐れがあるわ」（第二十章）と。またラルフは事あるごとにイザベルの想像力を現実の世界に向けようとして、マール夫人については「世間ずれしているどころか、彼女は大きな世間そのものですよ」（第二十三章）とその危険性を示唆し、オズモンドについては「オズモンドについて美しい説を思いつくと、彼が実際に持っている特質によってではなく、名誉のように装われている貧しさによって（イザベルは）彼を愛する」（第三十四章）のだと警告を繰り返す。しかしイザベルの類まれなロマンティックな想像力は、現実からの干渉をことごとく拒絶してしまう。イザベルが結婚の相手としてオズモンドを選択する際に、これら二つの声は完全に乖離する。二つの声が相互に背を向け極端に離反する時、イザベルの行動は現実との接点を見失い、現実から遊離したものとなるのである。当然、その時点から悲劇が始まることになる。現実との接点を失った意識は単なる観念もしくは妄想にすぎず、現実と対峙した時、その間隙を埋める手立てがないまま崩壊する運命をたどらねばならないからである。

3．意識と形式の分断

ジェイムズが、ニューヨーク版全集を刊行するに際して、かなりの加筆訂正を施していることは周知の事実であるが、F・O・マシーセンは加筆訂正の意図の一つは、イザベルのロマンティックな気質をいっそう強調すること、つまり読者に「イザベルの救いがたいほどロマンティックな人生観」を印象づけることであったと結論を下している(3)。おそらく作者の意図は、イザベルのロマンティックな気質を一方で強調しておくことによって、そのような気質がもたらす危険性、すなわち現実との落差を際立たせることにあったと思われる。イザベルの気質と主義主張は、マール夫人との会話の中に象徴的に示されている。

「人間には皆、殻があってその殻を問題にしなければならないことが分かるわ。殻というのは人間を包んでいる環境全体のことよ。環境から孤立した人間といったものはないのだから、わたしたちは一人一人が付属品の寄せ集めよ。わたしたちの自我を何て呼んでもいいわ。どこからそれは始まるの。そしてどこで終わるの。それはわたしたちが持っているもの全部に流入し、そして流れ出すのよ。わたしのかなりの部分が、わたしの選んだ衣服の中に出ていることは思っているわ。ものって大事よ。人の自我といっても、他の人から見たら外に出ていなければ見えないわ。家とか家具とか服とか、読んでいる本とか、交際する友人とか、そういうものすべて意味があるのよ。」（第十九章）

イザベルは、マール夫人のこの見解に強く反論する。

「わたしは違うと思います。自分以外のものは、一つとして自分を表現しないと思います。わたしの付属品は何ひとつわたしを測る尺度にはなりません。わたしが着たいと思っている衣服、これはわたしを表現していません。……着ている物で判断されたくないのです。衣服はそれを作った洋服屋を表現するかもしれないけれど、わたしのことは表現しません。この衣服を着ていることはわたしが選択した結果ではないのですから。それは社会によって押しつけられた物です。わたしが選んで着ている服などからわたし自身を判断して頂いては困ります」（第十九章）

マール夫人の見解は、衣服（表出した形）は自己（意識）の表現であり、両者は不可分であり、相互に密接に関連しているということである。さらに自我といっても、どこまでが自分で、どこまでがそうでないのか明確に決定できるようなものではないのであるから、結局、環境の生み出したものであると主張する。これは作者ジェイムズの見解を代弁していると考えられるのであるが、ジェイムズの兄ウイリアム・ジェイムズの「個々の自我、それは自我と呼ばれるにもっともふさわしい唯一のものであると思えるのであるが、それは経験した世界の一部なのである[4]」という見解と比較すると、その類似性に驚かざるを得ない。J・C・ロウは「ウィリアム・ジェイムズは自我とそれが知覚する他者との相互作用を通して、人間の意味がどのように生じてくるのかを示そうとした[5]」と指摘しているが、まさしくマール夫人の主張の核心を的確に言い表わしている。経験した世界を超越する自我は存在せず、関係性の中においてその存在が意味を持つという見解は、その後の現象論の到来を思わせるが、ヘンリーが兄ウィリアムの哲学の影響を少なからず受けていた事実を考えると、両者の類似性にも納得がゆく。

一方明らかにイザベルは、衣服は自己の表現とはなりえず、単なる仮の姿にすぎないと信じている。彼女のこのような認識は、イディアはそれにあずかる諸物体から離れて天上かどこかに存在する独立の実体であり、しかもこれが真の実在であって、諸物体はその影であり、仮象であるとするプラトンの『パイドン』の中に示されているイディア論に驚くほど酷似している。ここでイディアをイザベルの言う「わたし自身」に置き換えるとそのままイザベルの反論となる。またイザベルが「ドイツ思想史の索漠たる平原を忍耐強く進んでいた」（第三章）ということは、ドイツ観念論の影響を当然受けていたということを暗に示している。とするとイザベルは、プラトン哲学とドイツ観念論の強い影響の下に、アメリカのピューリタニズムの土壌に花開いた超越主義の体現者ということになる。ジェイムズがイザベルに超越主義に相通じる気質を投影したことは多くの論者の指摘するところでもある。(6)

このようなイザベルの気質は、自由に対する考え方に如実に反映されている。「わたしは自由にしているのが一番好きですわ」（第二章）、「自由が制限されると考えただけでも、今のイザベルには特に不快になった」（第十三章）、「結婚生活に縛られたくないと思うことが、なぜ悪いのか分からないわ」（第十五章）。自由であることに対するイザベルの強い愛着の結果、イギリス貴族ウォーバトンの求婚を、ヨーロッパの貴族階級を代表しているがゆえに彼と結婚することはその世界へ引き入れられることになり、必然的に自由が制限されると考えて拒否することになる。同様にボストンの実業家グッドウッドをも、「事に当たって柔軟に対処できない」と思える精神の硬直性が自由な精神を脅かすと感じてはねつける。最後にイザベルが選択した人物は、「財産も、貴族の称号も、名誉も、邸も、土地も、地位も、名声も、どんなすばらしい所有品もない」（第三十四章）がゆえに、社会規範に拘束されることのない真の自由を享受しているとイザベルが思い込んだオズモンドであった。

しかし、イザベルの主義主張は、どうひいき目に見ても確たる根拠に基づいた首尾一貫したものであるとは言いがたい。マール夫人に対する反論にしても、反論のための反論ではないかと思えるような節があることは否定できない。というのも彼女は「自分の衣服は自分を表現しない」と一方では主張しつつ、他方ではグッドウッドを判断するに際して「彼がいつも同じ服装をしているのも気に入らなかった。一着の服ばかり着ているのでないのは明らかで、それどころか、彼の服は新調したてだという様子が歴然としていた。それなのになぜか常に同一の服を着ているようだった。型も服地もうんざりするほど陳腐なのだ」（第十二章）と、衣服によってその人物を判断するという矛盾した行動をとっているからである。他者がイザベルを判断する時には「着ているもので判断してもらっては困る」と強く反論しながら、他者を判断する時には着ているもので判断するというこの身勝手な論理をどう理解したらよいのであろうか。主義主張を自分に都合のよいように変えて公然と主張し、しかも何ら臆することも恥じ入ることもないイザベルにはただ唖然とするしかない。

この厚かましさ、身勝手さはロデリック・ハドソン、さらにはデイジー・ミラーを彷彿させるのであるが、イザベルの場合はロマンティックな空想が充満した、支離滅裂でつむじ曲がりのヤンキー娘としか言いようがない。ロデリックやデイジーと比較すると知的ではあるが、彼女の中に首尾一貫した体系的な主義主張などそもそも初めからなかったのである。彼女の中には「漠然とした考えが無秩序につまっていたが、それらは、権威を持って語れる人びとの判断によって修正されたことがなかった」（第六章）がために、さまざまな主張を持っているにもかかわらず、首尾一貫した形として表出するものとはならなかったのである。イザベルの意識が野放図のままで、洗練された形式の洗礼を受けていないことは明白であろう。

「権威を持って語れる人びとの判断」の洗礼を受けたことのないイザベルは、ある点でデイジー・ミラーを思わせる。デイジーの家族は経済的な豊かさにもかかわらず、教育や躾という点においてはまったく寛容である。デイジーの母親は子供たちに対して親としての権威を行使できない。九歳になる弟のランドルフは真夜中まで起きているし、姉のデイジーがそれを咎めると、母親は叱るどころか「まだ九歳だから」と弁護する。当のデイジーはといえば、たまたま知り合ったウィンターボーンと夜中にボートで漕ぎ出そうとして、それをたしなめる母親の言葉に耳を貸そうとすらしない。結局母親は従僕のユージニーに「行ってはいけないと言っておくれ」と頼む始末である。事のいきさつを眺めていた語り手のウィンターボーンは「親の歴史が始まって以来、他に例を見ない[7]」との印象を強くする。デイジーとイザベルの共通点は一切の束縛を排除しようとする態度であり、それは十九世紀中葉以降のアメリカ民主主義社会の寛容さと自由な風潮によって生み出されたと言うべきであろう。躾や教育が文化の一部であり、同時に自我を規制する社会規範の一部でもあることなどデイジーもイザベルも爪の垢ほども理解してはいない。

オズモンドの家を初めて訪問した時、そこでイザベルはある不安を感じている。

彼（オズモンド）はわたしのことを実際以上に頭が良く、理解力があり、意欲的だと思っているのだろう。マール夫人がほめすぎたのかもしれないが、いずれ真実が露見するに決まっているのだから迷惑な話だ。それに彼が自分の誤解に気づいた段階では彼女の頭のよさをなかなか正当に評価してくれなくなってしまうのではないか。イザベルが疲労を覚えたのは、一つには、マール夫人がオズモンド氏に吹聴したらしく思えるほど頭が良いのだと、自分を良く見せようとしたからであり、もう一つには彼女の実体が露顕するのを恐れたためである。（第二十四章）
周囲の評価に応えようとして彼女自身をひとかどの女性に思わせるために、イザベルには絶えず背伸びをする傾向が見受けられる。したがってオズモンドの姿に、因襲に束縛されない自由な精神の理想的な姿を見て取ったと信じているイザベル自身の意識の中に、他者への虚栄、自己欺瞞と思い上がりが隠されていることを見落としてはならない。何物にも制限されない、自由な精神の自発的な選択と本人が思い込んでいる意識のその背後に、利己的でつむじ曲がりの自己耽溺とも呼べるナルシストが潜んでいるのである。このようなイザベルの実体を見抜いた友人のヘンリエッタは、いみじくも「自分をいつも喜ばせてばかりいるわけにはいかないわ。時には他人を喜ばせなければならないわ」（第二十章）と鋭く指摘する。
経験によって自己を取り巻く世界への認識が深まるとするなら、イザベルの世界観は現実体験を欠いているために、観念的で屈折がなく直線的である。しかも一直線に突き進む理念を阻む対立理念というものが彼女の思考形態には存在しないため、イザベルの理念は独り歩きを始め、やがて時として経験を追い越してしまう。経験によって認識が深まるのではなく、理念が先行する結果、理念が逆に経験を規制するという理念先行型の思考形態をイザベルの言動の随所に見ることができる。彼女が事に当たって必ずといってよいほど、さまざまな理由を（むしろ理屈といった方が適当であるが）並べ立てるのは、先験的に存在すると思い込んでいる理念に従って、眼前に展開する現実を理解しようとする観念論者の気質の具体的な表われと言えよう。「経験の盃を飲み干したいのだね」と言うラルフの問いかけに対し、「いいえ、経験の盃とやらには触れたくもないですわ。毒杯ですもの。ただ自分の目で見たいのよ」（第十五章）と答えるイザベルの言葉には、現実世界に足を踏み入れて悪戦苦闘するよりは、一歩距離を置いて観察しようとする、理論家の性向が色濃く反映されていることは確かであろう。

4．自由の絶対化

イザベルの主張する自由が、どのような意味を持つにせよ、強制する者もなく、指示を下す者さえおらず、語りかけるべき相手もいないといった孤独の中に暮らす時、人は果たして自由を享受していると言えるのであろうか。確かに「山林に自由あり」と感じた詩人はいたかもしれない。しかし山林の中でひとり思いめぐらす自由でさえ、市井の窮屈な生活を前提としているのであって、現実生活の不自由さがあって初めてありがたみが分かる自由であろう。つまり個人に制約があるから人は自由を感じるのであり、自由を希求するのである。自由に制約を課す社会という枠組みを取り払った時、果たして自由という理念は存在するのであろうか。イザベルは自分の求める自由が実は不自由の上に成立するものであることに気づかない。彼女の思考形態に欠落しているものは、社会規範は一つの形式であり、それは何らかの意識の反映であるということ、そしてそのような社会規範から解き放たれた経験はあり得ないという認識である。

自由という理念が、すべての制約を取り去った状態で純粋に思弁的に語られる場合、それは他者との関わりを持たないがゆえに問題となることはない。しかし、このような自由の理念を現実社会において実現しようとすると、他者の存在がまず問題になる。他者、もしくは社会の規範が何らかの制約を加えるため、自由は必然的に相対的になる。イザベルの信奉するような絶対的自由は思弁の世界においてのみ純粋理念として語られるべきものであって、現実生活において存在を許されることはまずあり得ない。言い換えれば、完全な自由は虚構であり、文字通り文学という虚構の中で、もしくはイザベルのロマンティックな想像力の中でのみ存在を許される類の概念なのである。

理念は純粋であればあるほど美しく輝き、人の心を捉えて放さない。「完全なロマン主義者とは破滅していった詩人たちである」と言われる所以はここにある。破滅は手に入れることが不可能なものを追い求めたがゆえの当然の代償なのである。それがロマンのロマンたる所以であることは論ずるまでもない。純粋理念はあくまでも虚構であり、したがってそれが現実社会に持ち込まれた時、それを狂気と区別することはほぼ不可能となるであろう。イザベルやデイジー・ミラーなどのヤンキー娘は、現実生活における自由が、社会という因襲の枠を前提とした相対的価値しか持たないことに気づかない。その結果、超越主義者ソーロウのように、社会規範をほとんど無視して自由を追い求めることになる。

では、このアメリカ娘を中心とした「騒ぎ」とはいったい、いかなるものなのであろうか。ジェイムズはこの「騒ぎ」を作り出すにあたって、彼独自の手法を遺憾なく発揮している。表面上は少なくとも事件らしい事件は何も起こっていない。イザベルがイギリスの伯母の家に連れてこられ、そこでイギリスの庭園の雰囲気を体験することから始まり、結末におけるラルフの死の床に駆けつける場面にいたるまで、いわゆる従来のアメリカ小説に見られるような印象に残る大事件は何ひとつ起きていないのである。ここに社会を揺るがす姦通事件があるわけでもないし、大海原で巨大な鯨が出現するわけでもない。ましてや大河を流れる筏に乗った冒険旅行があるわけでもない。これは考えてみれば、はなはだ奇妙なことである。しいて大きな事件として挙げることができるものは、伯父であるタチェットの死、いとこのラルフの死、そしてイザベルの結婚といったところであろう。しかし、これとても老衰による死と病死であり、イザベルの結婚にしてもごく普通の恋愛による結婚であって、特筆に価する出来事であるとは思われない。イザベルとオズモンドとのあいだに生まれた子供の死は、イザベルにとって大事件のはずであるが、作者ジェイムズが一行で片づけているのはむしろ不自然でもある。このように考えてくると、ジェイムズにとって事件は何でもよかったのである。なぜなら騒ぎを意識の中に設定してしまえば、つまり「意識の騒ぎ」としてしまえば、当然騒ぎの種は何気ない仕草の中にも存在することになる。「意識の騒ぎ」に焦点を絞る限り、表面上の騒ぎだけが大きい、仰々しい事件などまったく意味のないものとなることは明らかであろう。

「騒ぎ」が「意識の騒ぎ」であるとすれば、意識の中心となる人物の感受性がすぐれて鋭敏であれば必然的に騒ぎは大きくなり、反対にきわめて鈍感であれば騒ぎはまったく起こらないということになる。したがってジェイムズの小説に登場する主人公は、何よりもまずきわめて感度の高いアンテナを所有していることが条件となる。「騒ぎ」の大きさは、事件の華やかさや異常性ではなく、主人公の意識の質とその広がりによって決定されることになる。主人公が感応力を備えていない場合は、途方もない事件を起こすか、尋常ならざる背景を設定しなければ、当然「大きな騒ぎ」が成立することは難しくなる。しかし、「俗世間の常識に従わなければならない状況が生み出す、諸々の不便さから解放された条件(8)」、分かりやすく言えば、市井の生活からかけ離れた、現実に起こり得ないような体験、つまりロマンスを生み出すような条件を嫌い、単なる表面的な騒ぎをジェイムズは意識的に遠ざけた。その結果、主人公がバランスの取れた感応力を欠く場合、主人公ではなく語り手に鋭敏な感受性を与えたのである。つまり、主人公に代わって語り手を引き受けた人物の鋭敏な感性の中で「騒ぎ」を作り出そうとしたのである。『デイジー・ミラー』のウィンターボーンや、『ロデリック・ハドソン』のローランド・マレットは、このような役割を担った代表的な語り手である。ただし、これら二つの作品の主人公たちは、デイジーにしろロデリックにしろ、アンテナの感度が悪いためか、周囲の危険性を察知することなく、バランスを崩して破滅に向かうことも付け加えておかなければならない。

以上の観点からイザベルを眺めてみると、彼女の意識を読者に伝える最初の声は、彼女が感受性と想像力の優れて豊かな女性であることを物語っている。「ロマンティックな想像力、理想主義、自由を希求する独立心」という観点から見る限りにおいては、イザベルの意識はジェイムズの作品に登場する主人公の中でも第一級の人物である。したがって、イザベルのロマンティックな想像力が引き起こす騒ぎは第一級の大きな騒ぎとなる。

しかし前述した第二の声と周囲を取り巻く現実の声は、彼女の想像力が他者との関係性の中で自己を把握するという点に関しては稚拙であることを示している。端的に言うなら、イザベルの意識は「騒ぎ」を大きくするに足るほど十分感性が豊かではあるが、同時に悲劇的結末を運命づけられても仕方がないほど鈍感な部分も併せ持っているのである。したがって、作者ジェイムズはイザベルの偏った想像力が一方的で危険な騒ぎになるのを避けるために、第二の声および現実世界の声を設定して、イザベルが破滅に向かうことを回避しようとしたのである。その結果、イザベルのロマンティックな想像力を中心に語る主観的な第一の声と、現実世界を語る客観的な第二の声は、第四十二章において合流することになる。つまり、イザベルが自分の長所として積極的に評価していたロマンティックな想像力の背後に潜む致命的な欠陥、すなわち第二の声がこの物語の当初から警告を発していたイザベルの想像力に内在する危険性を、イザベル自身が悟るのである。この章でイザベルは結婚生活を内省することによって初めて自らの愚かしさ気づいた結果、夫であるオズモンドを冷静に分析することが可能となったのである。前述したイザベルの長所ばかりを語る第一の声と、客観的にイザベルを語る第二の声がここで初めて統合したと言えよう。イザベルは次のように思いめぐらせる。

二人が知り合った頃、彼女は自我を抑え、自分を女らしく見せ、実際以上に自分が従順な女であるふりをしたのだ。……そうだわたしは偽善的だったのだ。……結婚前は彼女はこういうものを隠していて、彼がそれに気づいたのは、いわば背後からすべての戸を閉められて、それと相対する立場に置かれてからだった。……けれども、もっとしばしば怖くなることがあった。というのは、前にも述べたが、自分は最初彼を欺いたのではないかという考えがよく襲ってくるからだった。(第四十二章)

語り手が、イザベルの意識とそれを取り巻く現実世界のあいだを自在に行き来することによって、『ある婦人の肖像』は緊張感を保つことに成功したと言える。イザベルの稀有な想像力によって「意識の大きな騒ぎ」を作り出すことができたのであるが、同時にそのようなイザベルの意識を客観的に眺める声を配置することによって、その「意識の大きな騒ぎ」が、実は現実から遊離したロマンティックなイザベルの想像力が生み出したものであることを示そうとしたのである。この作品は、放っておいたら止まるところを知らずに突き進む想像力と、それを現実に引き戻す力の相反するヴェクトルを持つ二つの語りの均衡の上に成り立っていると言える。

5．沈黙する自我

この物語のアイロニーは、作者自身が『創作ノート』に記しているように、「自由と気高さを夢見た少女が、先まで見通した、心の広い、当然のことをやったと本人は信じているのだが、そのような哀れな少女が実は因襲の碾《ひ》き臼で碾かれていたことに気づく(9)」というものである。自発的な選択が「自由と気高さ」の具体的な行為であると信じたイザベルは、自らの運命を自らの力で切り開いた上に、他人にも善行を施したと信じていたのだが、実は運命を選択するどころか、二人の人物に運命を決定されていたのである。一人はいとこのラルフ・タチェットであり、もう一人はマール夫人である。イザベル自身が「彼（オズモンド）に代わって船を出してあげよう、彼を導く神になってあげよう、……自分に財産がなかったら、きっと結婚をしなかったのではなかったか、と彼女は今思った。……彼ならその財産を、彼女が財産家であってよかったと思うような形で使ってくれ、また予想外の遺産をもらう幸運に伴なうある種の俗悪さを消してくれるだろう。……自分が財産を立派に使うために、もっともらしい理屈を設けて結婚したのが真相ではないだろうか」（第四十二章）と内省しているように、彼女の運命を左右することになる直接の原因は、七万ポンドの遺産を相続したことであった。その相続はラルフによって計画されたのであるから、ラルフが間接的にイザベルの運命に大きく関わっていたことになる。したがって、ラルフは臨終の床においてイザベルに「あんなことさえしなければ――ぼくが君を破滅させてしまった」（第五十四章）と謝罪するのである。

マール夫人は、イザベルの運命を決定した二番目の当事者であるが、イザベルとオズモンドの結婚生活がもし順調に進展していたと仮定するなら、マール夫人が月下氷人の役割を果たした人物として、それ以後のイザベルの生活に大きな影響力を持つことになったであろう。しかし現実の結婚生活が破綻寸前であるために、結果としてマール夫人の計画はイザベルにとって陰湿で、忌まわしい、邪悪なものとなったというだけのことなのである。遺産を分与したラルフの計画と、それを利用しようとしたマール夫人とのあいだに大きな差があるとは思われない。なぜなら、ラルフは自分の想像力を満足させるために、つまり自分の楽しみのためにイザベルの遺産の半分を譲るのかと父親に尋ねられ、「はい、そういう面は大いにある」と答えているからである。それに対して父親のタチェット氏は「それは不道徳なことのように思えるのだ」（第十八章）と何気なく漏らしている。マール夫人は実の娘であるパンジーのためにイザベルの財産に関心を示したのであるが、いずれも自分の興味を満足させるためにイザベルを利用したという点において、ラルフとマール夫人のあいだにさしたる違いはない。

では、紙一重の差にもかかわらず、二人のあいだには埋めることのできないほどの大きな落差があるように思えるのは何ゆえであろうか。それは与える者と奪う者の違いであろうか。倫理的観点からすると、そこに愛が存在したかどうかという点以外に、イザベルの運命を操作した二人を区別する手だてはないように思われる。

確かにオズモンドは、イザベルを取り巻く人物たちから、イザベルの結婚の相手としてはふさわしくないと思われている。しかも「自己中心主義が花咲く堤にひそむヘビのように隠されていた」（第四十二章）とのイメージが先行するために、邪悪な悪役を演じる役回りとなっている。しかし動機が何であれ、オズモンドがイザベルをだまして結婚したという証拠は見当たらない。だますどころか、オズモンドは「自分は慣習そのものである」とイザベルに告げているのである。彼がイザベルに関心を持ち、そしてその結果彼女を好きになったから結婚したことは改めて確認しておかなければならない[10]。もちろん、オズモンド自身がマール夫人の計画の共同謀議者であることは否定しがたい事実ではあるが、審美上の明確な基準を持つオズモンドは女性に対しても当然はっきりとした好みを持っている。したがって、財産だけを目当てに結婚したとは必ずしも断定はできないであろう。明らかにオズモンドとイザベルは、少なくとも結婚当初は相思相愛の仲であったことは間違いない。問題は、イザベルにとってもオズモンドにとっても結婚生活が期待していたものとはならなかったということである。オズモンドはイザベルが結婚前に考えていたような人物ではないことが判明し、オズモンドが当然そうなるであろうと考えていたような望ましい妻にイザベルがならなかったというだけのことである。二人の結婚生活の破綻は、当世風に言うなら二人の性格の不一致というしか他に言いようがない。

作者ジェイムズにかなり近いと思われる第二の声は、この物語の早い時期にイザベルの運命を予言している。

オールバニーからやってきたこの素朴な若い娘が、イギリスの貴族がまだ正式に求婚もしないうちからそれを受け入れるべきかどうか迷い、総合的に判断して、断る方がよさそうだと決めていることを笑わないで頂きたい、と重ねて申し上げる。彼女は非常に誠実な人間であり、彼女の知恵に多くの愚かさが含まれているにしても、彼女を手厳しく批判する人たちは、後になって彼女が、哀れみを誘わずにはおかぬような愚かしい行為という代価を払って、ようやく一貫した賢明さを身につけるようになったのを知って満足を覚えることであろう。（第十二章・傍点部筆者）

彼女の愚かさが如何なるものであったのかは、もうすでに論述してきたことからして明らかであろう。「愚かしい行為という代価を払って」彼女が獲得した「賢明さ」は、人間は否応なしに関係性の中で生きることを運命づけられているのであり、その関わりの中で相対的に意味が決定されるのだという認識である。

ラルフの臨終の床において、イザベルはラルフに語る。

「わたしのことを何とお思いになったことでしょうね。でもわたしにどうしてそれが分かったでしょうか。わたしには何も分かりませんでした。今日になってやっと分かったのですが、わたしみたいに馬鹿でない人たちがいたためです。」（第五十四章）

現実世界の諸物体から離れて、天上のどこかに神のごとく存在する絶対自我は存在しないのであり、自我は相対的な存在にすぎないということを認識した時、イザベルに新しい道が見えてきたのである。イザベルがローマのオズモンドの元に戻る決意をしたのは、このような認識を得たからであろう。自らの意志で自らの運命を選択して生きていたと信じていた女性が、実は運命を他人に握られ、生かされていたのだと悟った時の衝撃は想像に余りある。「どこに向かってよいか分からないでいたが、今は分かった。非常に真っ直ぐな道があったのだ」という結末の二行がその衝撃の大きさを物語っている。自己の愚かしさを悟ったイザベルは何も語れず、沈黙するしかなかった。

したがって、その後のイザベルの人生を決定するのはあくまでも読者の想像力であり、読者はローマにおけるイザベルの、いわば第二の人生の物語を書くことを要求されているのである。彼女がローマに戻る決意をした部分がわずか二行で示されているということは、作者自身がイザベルのその後の運命を書くことを読者に望んでいることを示している。イザベルの意識の書かれなかった空白を埋めることは、読者の想像力に委ねられた仕事なのである。想像力はイザベルだけの特権ではなく、読者の権利でもある。ただイザベルのようにあまりにもロマンティックな想像力に頼りすぎるなら、読者もイザベルと同じ轍を踏むことになることを蛇足ながら付け加えておかなければならない[11]。

注

1 Bloom, p. 133.

2 Cargill, p.108.

3 Mathiessen, p. 155.

4 William James, *Essays in Radical Empiricism and A Pluralistic Universe*, ed. Ralph Barton Perry（1967）, p. 170.

5 John Carlos Rowe, *Henry Adams and Henry James*（1976）, p. 37.

6 フィリップ・ラーヴはエマソンの随筆「超越主義」から次の一節を引用し、マール夫人に異議を唱えたイザベルの主張との類似性を指摘している。

"You think me a child of my condition. Let any thoughts of mine be different from what they are, the difference will transform my condition and economy. ......You call it the power of circumstances, but it is the power of me." *Image and Idea*（1957）, pp. 62-70.

マシーセンは "She is a firm granddaughter of the Puritans, not in her thought but in her moral integrity" と記して、イザベルの「倫理的高潔さ」をピューリタンの気質としている（Mathiessen, p.182）。ブルームもまたイザベルに超越主義者エマソンの影を見ている一人である（*Henry James's The Portrait of a Lady*（1987）, pp. 7-14）。

7 Henry James, *The Novels and Tales of Henry James*（1937）, p. 80.

8 ジェイムズはニューヨーク版『アメリカ人』の序文で次のようなロマンス論を展開している。

「わたしが考えるロマンスの唯一の一般的特質とは、ロマンスの扱う経験が特殊であること、つまり、解き放たれた経験であり、われわれが普通は経験につきものであると知っている諸条件、別の言い方をすれば、経験につきまとう諸々の条件から解放され、その条件に巻き込まれず、かつ束縛されない経験を扱っているということである。関連を持ち、予測できる状態、われわれの俗世間の常識に従わなければならない状況が生み出す諸々の不便さから解放してくれるような条件の中で効果的に作動する経験を扱っていることである。」

9 Henry James, *The Complete Notebooks of Henry James*. ed. by Leon Edel and Lyall H. Powers（1987）, p. 13.

10 Dorothea Krook, *The Ordeal of Consciousness in Henry James*（1962）, pp. 39-60. クルックはオズモンドの意識を精緻に分析し、彼が明らかにイザベルを好きになったから結婚したことを導き出しているが、妥当な見解である。

11 イザベルのローマに戻る最後の決断、そして彼女のその後の人生に関しては、論者の数ほど多くの解釈があると言える。ウォルター・F・ライトは、イザベルが描いた自分自身に対する理想像を実現するために、自由な選択の一つとしてローマに戻るとしている（*The Madness of Art*（1962）, p.148）。

マシーセンは、オズモンドが財産を獲得すれば自由にしてくれるかもしれない、それでパンジーのために主人を見つけてからイザベルはオズモンドの家を去ることになるだろうと想定している（Matthiessen p.185）。

フェルハム・エドガーは、イザベルはパンジーと約束したからではなく、結婚の誓いの中にある義務を守ることが彼女の精神的な誇りだと考えているから、その精神的な誇りのために戻るのであるとしている（*Henry James:Man and Author*（1956）, pp. 250-255）。

クウェンティン・アンダーソンは、パンジーはイザベルが戻ってもどうなるものでもないことは明らかであり、したがって彼女は自分自身との戦いのために戻るのだとしている（The American Henry James（1957）, p. 188）。

ライオール・H・パワーズは、イザベルのローマに戻る行為を「責任と知恵」の結果であるとしている。パンジーへの責任を果たすことによって彼女はラルフによって示された無償の愛に目覚め、その過程で宗教的な「再生」の行為を実践するという説である（"The Portrait of a Lady:　The Eternal Mystery of Things," *Nineteenth Century Fiction, XIV*（1959）, pp.143-155）。

第六章　『ある婦人の肖像』論（2）
――ジェイムズはなぜラルフを死なせたか？

1.　自伝的要素と想像力

荒唐無稽なＳＦ小説やおとぎ話ならいざ知らず、文学作品である限り、それが作者自身の体験に根ざしており、作者の生活、思考の一部を間接的に反映していることを否定する者はまずいないであろう。たとえばヘミングウェイの『陽はまた昇る』は、パリ滞在期間にヘミングウェイを取り巻いていた人物たちを登場させた、いわゆる「モデル小説」であることは早くから知られていた。また二十世紀版恋愛悲劇の傑作としての名声を確立している『武器よさらば』にしても、ヘミングウェイがイタリア戦線において負傷し、ミラノの病院において治療を受けた際、手厚く看護してくれたアグネスという看護婦との恋愛がその骨子となっていることは周知の事実である。

しかしながら、われわれは『陽はまた昇る』であれ『武器よさらば』であれ、これらの作品をヘミングウェイの「自伝」と呼ぶことはない。というのも、「自伝」と呼ぶにはあまりに多くの虚構が織り込まれているからなのであろう。もとより"Autobiography"と銘打った数多くの自伝においてさえ、作者の自己正当化、自己美化、さらには意識的、無意識的な事実の歪曲などが起こりうるのであるから、小説が事実をどのように歪めていようとも非難されるべき筋合いのものではなかろう。小説家が虚構を作り上げることによって生計を立てる人種であることを考えると、小説の中に事実を求めようとする態度こそ、本末転倒として排除されなければならない。

ヘミングウェイとアグネスの恋愛は、アグネスが意識的にヘミングウェイから遠ざかりイタリア人の恋人を作ってしまったことで決着している。客観的に見て、ヘミングウェイの恋が失恋という結果で終わったことは一目瞭然である。しかしヘミングウェイは『武器よさらば』の中において、彼の分身とも思えるヘンリー中尉に失恋という苦汁をなめさせはしなかった。それどころか、恋愛を成就させた上で、スイスへ愛の逃避行という大冒険を敢行させている。結末において帝王切開の結果、恋人のキャサリンを死なせることによって、ヘンリーを悲しみの中で苦悩する悲劇のヒーローに仕立て上げているのである。このことは、作者と作中人物とのあいだにはひと筋縄ではいかない微妙な関係が存在することを具体的に示していると言えよう。端的に言うならば、ヘミングウェイは実際にありもしなかったことを作品の中で実現し、想像力によって「あらまほしき自画像」を描いたと考えられなくもない。実際、ヘミングウェイが恋愛を繰り返すたびに創作意欲が昂揚し、次から次へと作品を完成させていったという事実を重ね合わせると、ヘミングウェイにとって恋愛は想像力を刺激する一種の興奮剤であり、書くという行為は一種の代償作用を伴った、いわば精神の自慰行為なのではなかったかと思えるほどである。

作者は、ある着想をもとに事実に想像力を働かせて虚構化してゆく。その虚構化の過程において、事実を意識的に、あるいは無意識裡に変造してゆく。したがって、作者の生涯に起こった出来事を取り上げ、それが作品中のストーリーの展開と類似している点のみを指摘し、その作品が自伝であるとか、事実に基づいて書かれた作品であるとかの議論を戦わすことは、さほど意味のあることとは思えない。もし作者の生涯と作品の類似点を指摘し、ある作品が自伝的要素を備えているという結論で事足りるとするなら、この世に自伝にあらざる作品はまったく存在しなくなるであろうし、文学作品はすべて自伝であるというようなはなはだ奇妙な事態を引き起こしかねない。とするなら、もしわれわれが「自伝」という観点から作品に接触しようとするなら、ただ単に作者の生涯の出来事を作品の中に見いだすことに精力を傾けるのではなく、作者が事実を作品中においてどのように変造したか、何を書いて何を書かなかったかいう点に関心を払った方がはるかに生産的なのではないか。作者の虚構化の過程、すなわちどう変えたのかというその変造のプロセスの中に想像力の秘密が隠されているように思える。これはとりもなおさず作者の内部世界に足を踏み入れることであり、作者の心の真実に触れずして自伝的要素は語れないことになる。

平川祐弘は、『夏目漱石』の中で、作品の自伝的要素と作者の内部世界という観点から精緻な分析を行ない、示唆に富む見解を導き出している。漱石が「博士」の学位の問題に執拗な関心を示して、何度となく作品の中で繰り返し言及している点に着目し、それが果たして従来から言われているように、漱石の道徳的気骨の表明、もしくはアカデミズムを離れて創作家として立って行こうとする決意の表明であるのか疑問を投げかけ、次のような推論を展開している。少々長いが引用してみよう。

しかし漱石はしつこくこだわった。『虞美人草』は漱石が明治四十年、朝日新聞に作家として一人立ちして発表する作品であるだけに、本人にとってはすこぶる重要な意味を持つ作品なのだが、漱石はその話を構想した際に、かねがね自分の心中に黒くとぐろをまいていた博士号問題を、その小説の本筋にからめようと考えたのである。長編小説のキー・ポイントに博士号などという問題を据えるのはどう見ても奇妙な設定だが、しかし過去数年来の漱石の博士号に対する異常なこだわり方をその書簡の中に読んでくると、漱石がそのような不自然な設定をあえてした心理もまたおのずから了解される。漱石の心中で火を噴いていた心的エネルギーは、『猫』の中で博士号問題を戯画化したことや、後ろ足で砂をかけるような恰好で大学を辞めたことくらいでは、解消しそうにもなかった。それだから博士号に執着する金田鼻子夫人やその娘の富子は、今一度なんらかの別の姿で作品中に引き出され、その上であらためて漱石によって筆誅を加えられねばならなかったのである。(1)

　ここで指摘されている「筆誅」という行為と、「しかし漱石はしつこくこだわった」というそのこだわりの執拗さは、作家の想像力を考える上で大変興味深い。というのも、漱石に限らず作家の中には、前述したヘミングウェイも含めて、多かれ少なかれ現実生活において果たすことができなかったことを作品中において実現し、そうすることによって留飲を下げるといった、いわば「筆誅」同然のことをやっているからである。またある一つのことに執着するこだわりが作家に欠かすことのできない資質であることも一面の真実を含んでいると言えよう。執拗なこだわりがなければ、想像力を産み出すエネルギーは持続することなく雲散霧消し、潰えてしまうことにもなる。創作意欲を喚起し、想像力を作品として結晶化し、具体化する一種の凝固剤の役割を果たしているのが執拗なこだわりであると考えられる。平川は次のように結んでいる。

そのような病的な体質の持ち主であったからこそ、漱石は自分の心に受けた傷に異常なまでにこだわり――ということは、漱石には長編心理小説を書く資格があるということになるのだが――その傷をいわばライトモチーフとして、自分の内心の声に耳を傾けつつ次々と作品を書いていったのである。(2)

2. 自伝的要素とヘンリー・ジェイムズ

漱石の「奇妙で執拗な偏向」が創作意欲の源泉となり、「長編心理小説」を可能にした点が指摘されているのであるが、「奇妙で執拗な偏向」と「長編心理小説」の関係は、作家の体質と創作された作品に関する示唆に富む指摘であると言える。「長編心理小説」では二十世紀心理小説の先鞭をつけ、漱石をして難解極まれりとつぶやかせたヘンリー・ジェイムズにもまた、漱石同様の「奇妙で執拗な偏向」があったと思われるからである。ジェイムズも作品の中で「筆誅」なる行為をひそかに果たしていたと思われる節がある。

レオン・エデルは、ヘンリー・ジェイムズの伝記全五巻の中で、幼年期から青年期におけるヘンリーと兄ウィリアムとの兄弟関係に幾度となく言及している。周知のように、ヘンリー・ジェイムズには一歳違いの兄ウィリアムがいた。兄は後にハーヴァード大学の教授になるのであるが、エデルによれば、ウィリアムは弟のヘンリーと正反対の性格を持ち、社交的で積極的、行動力あふれる青年であった。ヘンリーは、このような兄に対してほとんどあらゆる面で遅れを取っていると感じていたらしい(3)。

またヘンリーは、自伝『息子と兄弟の覚書』の中で「わたしより十六ヵ月早く世に出たことで、兄ウィリアムは少年期、青年期を通してずっとわたしが追いつくことのできない利点を持っていたのです」と記している。兄ウィリアムの持っていた利点とは、具体的に何のことであるのか明確に示されてはいないが、この一節はジェイムズが次男であったがゆえにどうしても補うことのできない不利益をこうむり、兄の後塵を拝さざるをえなかったという屈折した思いの表明と考えることができる。二人の確執とはいっても、それはどうやら一方的に弟のジェイムズだけが感じていたらしい節が見受けられるのであるが、ヘンリーは少年時代からウィリアムに対して常に競争心、そしてその結果生じる劣等感を持っていた。実際、凡庸な兄ならともかく聡明さにかけてはヘンリーを凌ぎ、性格の点でもはるかに積極的で社交的な兄であったから、ヘンリーの競争心も空回りせざるをえない。兄弟ともに絵画を習うが、兄ウィリアムは一時期、絵筆によって身を立てることも考えるほどの腕前であったらしく、到底ヘンリーの及ぶところではなかった。

したがって、ウィリアムがハーヴァード大学において医学の勉強を開始していたからには、ヘンリーもまた兄と伍するために当然、大学において何かを学ぶ必要があったのである。ところがヘンリーは将来について明確な目標を持っているわけでもなく、大学において何を学ぶべきか暗中模索であったらしい。やむなく将来に進むべき道を消去法によって選択した結果、ヘンリーに残された選択肢は法律だけであった。もっとも当時のハーヴァードの人文学は、現在とは比べものにならないほど選択の幅は限定されており、教授三十名、学生千名、宗教学を除けば修辞学かスペイン語かフランス語であったらしいが、悩んだあげくジェイムズは法学部に一八六二年に入学手続きをすることになる。消去法という将来の決定の仕方にもヘンリーの人生に対する消極的な態度が表われているように思われる。しかしヘンリーは悩んだ末に選択した法学に自分の身を託す気にはなれず、結局二年後に退学することになるのである。

ヘンリー・ジェイムズの青年期を考える上で忘れてならないことは、彼が健康に自信が持てなかったという事実であろう。ヘンリーは背中の痛みに絶えず悩まされていた。この痛みは彼が青年期を過ごしたニューポートの町で自衛消防隊に参加した際に被った傷であるが、便秘と相まって終生彼を苦しめることになる。この背中の痛みのために、ヘンリーは生涯独身で通したとの仮説を唱える批評家もいるほどである。その真偽のほどは定かではないにしても、この痛みがヘンリーから行動力を奪い、社会と積極的にかかわってゆくよりも、むしろ冷ややかに眺める態度をとらせるようになったことは確かであろう(4)。

不思議なことに、この背中の痛みは一時期、兄との心理的葛藤によって大きな影響を受けていた。一八八六年、ウィリアムがブラジル探検から戻ってくると同時にヘンリーの背中に痛みが走り、翌年の春ウィリアムがドイツに旅立つや否や、その痛みが消え去ったというエピソードをエデルが伝記中で紹介しているが、この出来事はどう理解したらいいのであろうか。その後ヘンリーはドイツに留学中の兄のもとに、「あなたが出帆してからわたしはすっかり元気になりました」と手紙を書き送っているのであるから、ヘンリー自身も背中の痛みが兄ウィリアムへの複雑な感情によって引き起こされていることに気づいていなかったらしい。ウィリアムは一八八八年の秋にドイツから帰国するが、すると途端にヘンリーの背中の痛みが再発し、執筆を続けられなくなったという出来事は、単なる偶然と見なすにはあまりにできすぎている。ヘンリー自身も気づかない無意識の領域に潜む屈折した思いが、身体への無言の重圧として何らかの影響を及ぼしたと考えた方が理屈が通るであろう。同時にこのことは、ヘンリーの精神と肉体がどれほど繊細で傷つきやすいものであったかを物語ってもいる。

兄への複雑な感情を、ヘンリー自身が果たしてどれほど意識していたか定かではないが、ヘンリーの初期の作品の中に兄弟関係に関して奇妙な扱い方が見られるものがある。最初の長編である『ロデリック・ハドソン』の主人公ロデリックはヴァージニアの農家の出身であり、彼には兄が一人いた。兄のスティーヴンは南北戦争に北軍兵士として参加し、戦死したという設定である。その兄は「不細工な顔の、頑健な、実利的な男で、弟とかなり違っていた」（第二章）と描かれている。一方、弟のロデリックは芸術を好む気質のせいか数学やギリシャ語に関心を示さず、小説やビリヤードに熱中してしまい、三、四年前に大学を退学して、その後、一日に一ページの割合で法律書を読んでいるが、「たとえ開業したとしてもわたしは自分の仕事を任せる気にはなれない」青年として登場する。ここでロデリックをヘンリー自身と置き換えて読んでみるとその類似点は明白であろう。したがって、作中の兄スティーヴンに対する「不細工な顔」「実利的な男」という表現は、兄ウィリアムに対する無意識の屈折した心理の表出と解釈できないこともない。

さらに例をあげるなら、『アメリカ人』に登場するフランス貴族のベルガルド家の二人の兄弟の扱い方にも、『ロデリック・ハドソン』同様の弟びいきが顔をのぞかせている。弟のヴァレンティンは愛と勇気に価値を求め、決闘でいさぎよく死んでゆくという、いかにもヨーロッパの騎士道精神を体現している人物としてその「陽」の側面が強調されている。一方、兄のマーキス伯爵には虚偽と奸計が渦巻く「陰」の世界を代表しているかのような臭気が漂っているといった具合である。

以上二例が何を示唆するかは、おおよそ察しがつくであろう。ヘンリー・ジェイムズがどれほど意識していた上のことであったのか断定することは不可能であるが、兄ウィリアムと弟ヘンリーの関係を作品中に投影した具体例と考えることができる。漱石が『虞美人草』において金田鼻子夫人に筆誅を加えたのと同様、ジェイムズもまた作品中において、兄ウィリアムに対する複雑な感情を吐露しているのである。

3.『ある婦人の肖像』とイザベル・アーチャー

ヘミングウェイであれ、漱石であれ、そしてジェイムズであれ、作者が何らかの形で作品中に自己を投影する具体例を見てきたが、その方法や投影の程度は作家個人の資質によって大きく異なっていることは言うまでもない。ヘンリー・ジェイムズの場合、作中人物への自己投影の方法は複雑で、どの人物に作者自身が投影されているのか容易に判断できかねる場合が多い。中でもジェイムズ自身が『使者たち』に次いでもっとも均整のとれた作品として評価している『ある婦人の肖像』はそのような作品の典型である。同時にこれは、ヒロインのイザベル・アーチャーのモデルが誰であったのかに関してさまざまな議論を引き起こしてきた作品でもある。

ヒロインであるイザベルが、どのようにして産み出されるにいたったかについて、作者は『創作ノート』に次のように記している。

全体の着想は、自由と気高さを夢見ていた女性が、寛大な、あたりまえの、先見の明のあることを成し遂げたと信じているのであるが、実際には因襲という碾き臼ですりつぶされている自分に気づくということである。

この着想をもとに、作者は人物を設定し、筋を構成してゆくのであるが、ニューヨーク版全集に添えた序文においては、執筆当時を回顧して次のように記している。

物語の萌芽は、ある特定の人物、特定の魅力的な若い女性の性格と外観が頭に浮かんだことにある。この若い女性に主題および背景の通常の要素が付け加えられて初めて小説の人物となったのだった。……以上ずいぶん回り道をしたけれど、『ある婦人の肖像』執筆に際してわたしがどのようにおぼろげながらも第一歩を踏み出したかを述べるための前置きであった。その第一歩とは、まさに一人の人物をわたしが把握したことであった。どのようにして把握するにいたったかは、ここでは触れることはできない。とにかくわたしが一人の人物を完全に――とわたしには思えたのだが――把握し、かなり長い間その状態にあり、そのためにその人物はわたしにとって身近な存在となったけれど、それだからといってその新鮮な魅力は少しも薄れなかったということ、それからその人物がわたしに催促するように、しつこく迫ってくるような態度で動き出し、いわば推移してゆくところを見たということを述べれば十分であろう。ということは、わたしは頭の中の人物がその運命に立ち向かうところをわたしが見たということになるのだが、その運命がさまざまな可能性の存在する中で、どのようなものであったかがまさに問題なのである。こうしてわたしは鮮明な一人の人物像を得たのである。

『創作ノート』の中で、「自由と気高さを夢見る女性」と記している女性と、序文の中の「運命に立ち向かう」女性はもちろん同一人物であって、それがイザベル・アーチャーとなって結実したことが、ジェイムズ自身によって執拗に説明されている。しかし、作者自身が繰り返し創作過程を語れば語るほど、ヒロインの具体的なイメージが鮮明に浮かび上がるどころか、逆に不鮮明になって遠ざかってしまうような印象を強く受けるのはわたしだけであろうか。もちろん想像力の軌跡をたどり、その過程を逐一解明することなど至難の業なのであろうが、それにしてもジェイムズの序文は独りよがりの抽象的な解説に終始しているように思えてならない。結局ジェイムズはイザベルのイメージについて何ひとつ具体的なことは語っていないのである。わたしたち読者が知りたいのは、「一人の人物を把握」するにいたったその具体的なプロセスであるが、ジェイムズはその核心ともいえる部分を「ここでは触れない」と避けてしまっている。少なくともジェイムズの『創作ノート』と序文から判断する限り、イザベルと実在の人物を結びつける手がかりは何ひとつ得ることはできない。

一九二〇年に『ウィリアム・ジェイムズ書簡集』が、ウィリアム・ジェイムズの息子のヘンリー・ジェイムズによって刊行された。前述したようにウィリアム・ジェイムズはヘンリー・ジェイムズの兄であるが、ウィリアムは自分の息子に弟ヘンリーのファーストネームを与えている。またヘンリーという名は父親の名でもあった。この書簡集の中に小説の二人のヒロインのモデルに関して興味ある記述がある。それは「ヘンリー・ジェイムズはミニー・テンプルのイメージから二人のヒロインを描き出した。その二人とは『鳩の翼』のミリー・シールと『ある婦人の肖像』のイザベル・アーチャーである」という記述である。これ以後イザベルとミリー・シールのモデルは、ヘンリー・ジェイムズの父方の叔母の娘であるいとこのミニー・テンプルであると考えられてきた。

『鳩の翼』の場合、ヒロインであるミリー・シールが、ミニー・テンプルの印象をもとに創作されたことは、ジェイムズ自身が自伝の第二巻『息子と兄弟の覚書』の中で、ミニー・テンプルの手紙を引用しつつ彼女の死について次のように言及していることからしてほぼ疑問を挟む余地はない。

死は最後までミニーにとって恐ろしいものであった。彼女は生きるためなら何でもしたであろう。この印象がその後長くわたしを捉えていたのであるが、悲劇の中心的なイメージとなると思えた

ので、わたしはずっと後になって特別な機会に恵まれた時、芸術の美と威厳に包んでその亡霊を鎮めようとした。(5)

ミニー・テンプル（Minny Temple）とミリー・シール（Milly Theale）という名前の類似性といい、いずれのM・Tも若くして病に倒れてその短い生涯を終えているという単純な事実だけから類推してみても、両者の関係は一目瞭然である。

しかし、『ある婦人の肖像』にイザベル・アーチャーの場合、事はさほど単純でない。この作品はミニー・テンプルの死後十年経過した一八八〇年に『アトランティック・マンスリー』誌上で連載が始まっているが、ジェイムズ自身ヒロインのイザベルについてミニー・テンプルを思わせることは何ひとつ語っていない。唯一手がかりとなるものといえば、ジェイムズがグレイス・ノートン宛に出した未公刊の手紙であり、レオン・エデルはこの作品の解説の中でそれを引用し、自説の根拠としている。

ミニー・テンプルについてあなたは当たってもいますし、間違ってもいます。わたしは彼女を念頭に置いていていました。ミニーの非凡な性質へのわたしの印象が物語のヒロインにかなり投影されています。しかしそれはまったく同じ肖像画ではないのです。哀れなミニーは本質的に不完全でした。それでわたしはヒロインをもっと膨らませ、もっと完全なものにしようとしたのです。(6)

だが、オスカー・カーギルはエデルのように素朴にイザベルをミニー・テンプルに結びつけて考える見解に異議を唱え、ここで引用したジェイムズの手紙を綿密に検証している。

このジェイムズの手紙は、一八八〇年十二月二十八日にイギリスのファルマスから投函されているのであるから、グレース・ノートン夫人は『アトランテイック・マンスリー』誌に連載された第二話までを読んだにすぎず、イザベルの全体像を把握していなかったと推論している。したがってノートン夫人に宛てた前述のジェイムズの手紙は、この段階で作品に下された憶測に対するジェイムズ流の丁重な弁明の手紙なのであり、それでジェイムズは「あなたは当たってもいますし、間違ってもいる」という曖昧な表現に訴えざるをえなかったと分析している。結局、カーギルは「イザベルすなわちミニー・テンプル説」は根拠が十分あるとは言えないとして否定し、そのモデルは実在の人物でなく、ジョージ・エリオットの『ダニエル・デロンダ』に登場するグウェンドレン・ハーレスであるとの結論を導き出している。(7)

一方、レオン・エデルは青年期からヘンリーはミニー・テンプルに恋をしていたが、それは心の内部に秘められたものであって外部に表出する類の恋ではなかったとし、ミニーに対するそのような印象が、デイジー・ミラーからイザベル・アーチャー、そしてミリー・シールにいたるジェイムズが創造したアメリカ女性に投影されていると論じている。「イザベルすなわちミニー・テンプル説」を主張するエデルではあるが、ただ単純にイザベルとミニーを結びつけているわけではない。作者と作中人物の関係はわれわれ読者が思い描くより複雑で、「イザベルとオズモンドはそれぞれ相違点はあるが、同じ硬貨の表と裏である。つまりエゴティズムに関する二つの研究成果であり、二人を作り出した作者自身のエゴティズムなのだ[8]」として、イザベルの中に作者ジェイムズの一部が投影されているし、さらには結婚相手のオズモンドにも作者自身の一部が注入されていると分析している。

F・W・ドュピーにいたっては、「もし実際にヘンリーがミニー・テンプルと結婚することになったとしたら、ヘンリーがなっていたかもしれない夫の姿がオズモンドなのである」として、イザベルとオズモンドの関係を完全にミニーとヘンリー自身との関係に移し替えて解釈している[9]。

4. ラルフ・タチェットの死

オスカー・カーギルの説であれ、レオン・エデルの説であれ、要は想像力の軌跡をたどることは、読者が考えるほど簡単な作業ではないということだろう。しかしながら、ここでわれわれは『ある婦人の肖像』に登場する、目立たないがきわめて重要な鍵を握る人物の存在を忘れてはならないであろう。その人物とは、イザベルの可能性を最大限生かすために、そして何物にも束縛されることなく自由に彼女自身の人生を生きることができるようにとの配慮から、受け取る遺産の半分をイザベルに譲ったいとこのラルフ・タチェットである。ラルフは物語の展開上、積極的に表舞台に出ることはなく、いわばイザベルの後見人として後景に退いた役割を演じ、物語の結末近くで肺結核のために息を引き取る。

ラルフ・タチェットに言及しているのはアーネスト・サンディーンで、次のように語っている。

> ラルフは厳密な意味で自伝的な人物ではないが、作者と密接に関係がある。イザベル・アーチャーに関して言うなら、ジェイムズが物語の外部から彼女を操作しているように、ラルフは物語の内部から彼女の運命を操作している。(10)

サンディーンの主張は、二つの点で重要である。一つはラルフがジェイムズの分身であることを指摘した点。ラルフは父親に遺産の半分をイザベルに譲る理由を尋ねられ、自分の「想像力を満足させるため」であると答えているが、これは作者が想像力を駆使して描く行為と似ている。またラルフは臨終の床において「あんなことさえしなければ――ぼくが君の身を破滅させた」とイザベルに向かって語るが、イザベルの運命を決定し破滅させたのは実はジェイムズ自身でもある。ラルフが想像力を満足させるためにイザベルの人生に機会を与える行為は、作者ジェイムズがイザベルの運命を決定することと重なるのである。

第二に、ラルフは厳密には「自伝的な人物ではない」と指摘した点であるが、サンディーンのこの指摘が物語の結末近くでのラルフの死を念頭に置いてのことであるなら、果たしてその通り自伝的人物とは言えないであろう。しかし作家が常に自己の体験を忠実に文章化するとは限らないことは、すでに述べてきた通りである。とするならラルフの場合、自伝的人物ではない虚構の人物であるがゆえに作者自身の分身であるという考え方も当然成立するのである。結末近くでラルフを肺結核で死なせたというストーリーの展開の中に、作者の意識、無意識の事実の変造の秘密が隠されているように思えてならない。

ラルフが父親にイザベルと結婚しない理由を尋ねられ、作者ジェイムズは「一つには一般的に言っていいとこ同士は結婚しない方がいいこと、もう一つは肺病が進んでいる者は結婚しない方がいいということです」とラルフに返答させている。ラルフが作者に非常に近い人物であり、イザベルはミニー・テンプルの印象を念頭に置いて書かれたとの想定から出発するなら、ここで一つの疑問が生じてくる。なぜ作者は自分の分身であるラルフを肺病という設定にし、結末において死なせたのであろうか。現実にはミニー・テンプルが肺病で亡くなったという事実と、どのようにかかわっているのであろうか。

ヘンリー・ジェイムズは、母からミニー・テンプルの死について連絡を受けた三日後、一八七〇年三月二十九日付で兄のウィリアム宛に比較的長い手紙を書いている。この手紙はヘンリー・ジェイムズの心境をよく表わしており、またミリーの死を悼むヘンリーの気持ちが随所にあふれている。同時にヘンリー自身が病気がちであったこと、ミニーが象徴していたような若さとは縁遠かったことを述懐している。

彼女の死が引き起こす悲しい思いの中で、わたしたちの関係が徐々に変化し、ひっくり返ってしまったという見解ほど悲しいものはありません。わたしは病弱で、活発に動けず苦しんでいる状態から脱して、力強く健康で希望に満ちた状態へと向かいました。それなのにミニーは若さと輝きの状態から肺病、死の淵へと沈んでいきました。……彼女はわたしがどれほどひどく心配していたかを知りませんでした。わたしはいつも一番ひどい状態の自分を分かってくれると思っていました。わたしは本来の積極性を発揮して、少なくともわたしの方から親交がもっと活発で男性的になる日が来ることをいつも心から楽しみにしていたのです[11]。

ミニー・テンプルが亡くなったこの時期、ヘンリーは宿痾の「背中の痛み」とひどい便秘から解放されつつあった。このような持病に苦しめられ、陰うつな暗い影におおわれていた青年期を脱し、徐々に体調を回復しつつあったこの時期、ミニーの病死という予期せぬ事件が突如として起こったことに対する狼狽と悲しみが手紙には込められている。その悲しみは、本来ならばヘンリー自身がたどるべき運命をミニーが背負ってしまったとの思いに起因しているのである。病弱な身体を自ら認識していたヘンリー、若さと活力の象徴であったミニー、両者のこの運命の逆転をどのように考えたらよいのであろうか。

この手紙の終わり近く、「わたしが人生を開始しようとしていたちょうどその時、彼女が人生を終えてしまったという考えを捨て去ることができないのです」とヘンリーは兄ウィリアムに訴えている。また一八六九年六月三日付で、ミニー・テンプルはニューポートからヘンリーに手紙を書き、その中で「親愛なる人よ、あなたが恋しいです。でもあなたが元気で生活を楽しんでいるのを知って本当にうれしいわ。わたしもそちらに居たらよかったのに。もしあなたがわたしのいとこでなかったら、わたしと結婚して一緒に連れていって下さいと手紙に書いて頼むでしょうに」と切実な想いを吐露している。ミニー・テンプルは一八七〇年三月八日に亡くなっているので、死を迎える十カ月前のことであった。あふれる活力と希望を胸にヨーロッパ旅行を計画していたミニーこそが、本来の人生を生きて当然であったとの思いがヘンリーの頭をよぎらぬはずはない。ヘンリーはミニー・テンプルの死後十年をして、本来であればそうなっていたかもしれない自分自身とミニーの姿を『ある婦人の肖像』で虚構化したのである。

あるいは、こう考えることもできよう。ラルフが死の床で交わすイザベルとの対話は、「そうなっていたかもしれない」ヘンリー・ジェイムズの姿であると同時に、肺を病んでいる者に対するジェイムズ自身の本音を吐露した表現であると。つまり肺病のミニーとは結婚しない方がよいとの考えがジェイムズの脳裏をかすめていたのである。だからこそ三十二年後に再度『鳩の翼』においてミニー・テンプルを取り上げ、「芸術の美と威厳に包むことによってミニーの亡霊の鎮魂」を試みることになったのである。だが、鎮魂の前にまず贖罪がなされなければならなかった。自伝の第二巻『息子と兄弟の覚書』は次の言葉で終わっている。

ウィリアムもわたしも共にミリーの死はわれわれの青春の終わりだと感じた。[12]

青春への訣別の意味でも、そして病弱なヘンリー自身への訣別の意味でも、そしてまた愛するいとこのミニー・テンプルへの贖罪の意味でも、ラルフを死なせる必要があったのである。

注

1　平川祐弘『夏目漱石』講談社文庫、一九九一年、二六八頁。

2　平川、二九八頁。

3　レオン・エデルによる伝記は、特に下記の三巻を参考にした。*The Untried Years:1843-1870*, *The Conquest of London:1870-1881*, *The Master:1901-1916*.

4　エデルは、ジェイムズのそのような態度が反映された作品として"Poor Richard"(1867) をあげている（前掲 *The Untried Years:1843-1870*, pp. 229-238)。

5　Henry James, *Notes of a Son and Brother* (1914), p. 515.

6　Edel, "Introduction," *The Portrait of a Lady* (1956), pp. xiv-xv.

7　Cargill, pp. 79-86.

8　Edel, *The Conquest of London:1870-1881*, pp. 421-430.

9 F. W. Dupee, *Henry James* (1956), p. 98.

10 Ernest Sandeen, "*The Wings of the Dove and The Portrait of a Lady* :A Study of Henry James's Later Phase," *PMLA* 69 (1954), p. 1061.

11 *Henry James Letters Volume I*, pp. 223-229.

12 James, *Notes of a Son and Brother*, p. 515.

第七章　『鳩の翼』論――複数の視点が織りなすドラマ

『鳩の翼』は従来多くの批評家によって、若きイギリス人ジャーナリストであるマートン・デンシャーを主人公とする道徳劇として扱われることが多かった。たとえば、ヘンリー・ジェイムズの後期の作品を早くから評価した一人として知られているF・O・マシーセンが「デンシャーは死んだ娘の忘れがたい思い出によって生まれ変わった。偉大な悲劇の主人公たちと同じように、経験の道徳的意味を理解するにいたった[1]」と記して以来、批評の多くはこの作品をほぼ道徳劇として捉える傾向にある。

クリストフ・ウェジジェリンもマシーセンとほぼ同様の見地から、「蛇のような狡猾さから脱して鳩の英知をデンシャーが悟ったことはまちがいない。『鳩の翼』は『使者たち』と同様に改心の物語である[2]」と記して、ミリー・シールの死に崇高な魂の美しさを読み取ったデンシャーの改心の物語との結論を下している。

なるほど、ミリーの死、そしてその死がおよぼした影響力の中に何らかの意味を見いだそうとしてこの物語を読み進むと、われわれは必然的にマシーセンやウェジェリンと同じ見地にたどり着かざるを得ない。しかし、ジェイムズがこの作品において意図した狙いと、ジェイムズ自身の創作理念・創作技法とを絡めた上で読み直すと、事はさほど単純ではないように思えてくる。鳩としてのミリー、そしてデンシャーの改心という構図に沿って読むことは、作者が敷設したレールの上を作者の思惑通りに一直線に進ませられることになるのではないか、俗な表現を使えば、読者は作者にまんまとハメられてしまうことになるのではないかとの疑念が生じてくる[3]。

『鳩の翼』の最終章は、ケイト・クロイとマートン・デンシャーという恋人同士の象徴的な会話で終わっている。


「いいかい、ぼくは今すぐにでも君と結婚するつもりだよ」

「昔のままで?」

「そう昔のままで」

しかしケイトはドアの方に向かって首を振った。これが最後だった。

「わたしたちは決して昔のようにはなれないのよ」


ケイトの語る「決して昔のようにはなれないのよ」ということの言葉から、即座にフィッツジェラルドの作品のある場面を思い起こす読者も少なくないと思われる。『偉大なるギャツビー』の語り手であるニック・キャラウェイはギャッツビーに向かって、「過去は繰り返せないのだから」と忠告する。それに対してギャッツビーは「いや、繰り返せる」と反論する。過去は繰り返せると主張してはばからないギャッツビーは「理想的な観念を神とする神の子」として提示されている。ということは、ギャッツビーは自己の内部規範に合わせて現実を規定してゆく気質を色濃く持ち合わせている人物ということになろうか。現実に合わせて自己の行動を修正してゆくタイプの人間なら、おそらくギャッツビーのような言葉を口に出すことはまず考えられないであろう。しかし、理念が先行し、その理念が行動様式から世界観にいたるまでの一切を決定する気質の人間にとっては、過去を繰り返すことは可能なのである。愛は不変であり永遠であるという理念に従って世界を理解している限り、時間の壁、空間の壁などいささかの障害ともなりえない。

「昔のようにはなれない」と諭され、「ミリーの思い出に恋をしている」とケイトに指摘されるデンシャーも、実はギャッツビーに相通じる気質を備えていると言える。結局ケイトとデンシャーの恋は成就せずに破局を迎えるのであるが、破局の萌芽はミリーの死にあったというよりも、お互いの恋心が芽生えたそのスタートの時点から、二人の世界観の微妙なズレにあったように思われる。

ケイトとデンシャーに限らず、登場人物全員の関係の中に、対象を見る者の意識と対象として見られる者の意識のズレ、あるいは語る者と聞く者とのあいだに言葉の解釈に関して微妙なズレが存在している。登場人物同士の意識のあいだに横たわるこのようなズレが謎を作り出し、その謎が物語の展開に果たしている役割を考えると、この作品を支える基本的な枠組みは、自己の意識と他者の意識のズレ、つまり他者を認識する自己の意識と第三者の認識のズレにあると言うこともできよう。登場人物間の認識の食い違いから生じる微妙なズレのアイロニーともいうべき構造を備えているのである。

しかも、登場人物間に見られるこのような認識のズレは、複数の視点を設定したがゆえに生み出されているのであるから、作者によって意図的に創り出されたと推測できる。たとえばミリーはロンドンにおいてラウダー夫人のパーティに招待された時、その印象をマーク卿に「ラウダー夫人は理想主義者です」と告げるが、それに対してマーク卿は「ほう、あなたには理想主義者に見えるのですか」と訝しがられる（第四部）。ラウダー夫人は理想主義者どころか、この物語の中で一番の現実主義者であることがやがて判明するのであるが、ミリーとマーク卿のあいだの見解の相違が謎を生み、われわれ読者もミリー同様にその謎と共に引きずり回されることになる。

第一部はケイト・クロイの意識を中心に描かれ、ケイトの置かれた状況が克明に描写されている。第二部はケイトの恋人マートン・デンシャー、第三部はミリーの相談相手でもあるストリンガム夫人、そして第四・五部はミリー・シールに視点が設定されている。第六部はデンシャー、第七部は再びミリーに戻り、第八・九・十部はデンシャーの意識に再度戻るといった具合に、視点となる人物が目まぐるしく変化している。ジェイムズの数ある作品の中で、視点がこれほど変化している作品は他に見当たらない。整理してみると、全十部のうちデンシャーの意識を中心にしているものが五部、ミリーが三部、そして残り二部がそれぞれケイトとストリンガム夫人の意識を通して語られている。このように変化する複数の視点を設定した作者の意図は、序文から判断する限りでは、ミリー・シールを間接的に描くことにあったことがうかがえる。

ジェイムズは『鳩の翼』の序文において、次のように記している。

わたしが繰り返し気づくのは、直接的な描写をほとんど用いていないということ、すなわちミリーを直接的に描写することは、ほとんどないということである。ミリーを描くためにわたしは、できればいつも何か優しい、慈悲深い間接描写に頼っている。それはまるで汚れを知らぬ王女に遠回りに近づこうとしているか、何者かを介して接しようとしているかのようでもある。作者は、いわば他の登場人物たちが彼女に寄せる関心という連続した窓を通してしか、彼女を見守ることができないかに思われる。ちょうど王女たちを観察する場合に、宮殿に向かい合った遠くのバルコニーや有料の拝観席から、大広場に登場する金ぴかの馬車の中の神秘的な姿を見つめるように。

ミリーを間接的に遠回しに描くことによって、直接描写によっては得られないある種の神秘性、近寄りがたい高貴な雰囲気を創り出そうとしたことがうかがえるのであるが、その主要な狙いはミリーに高貴な王女としてのイメージ、純真無垢な鳩のイメージを与えることであったことは、ほぼ間違いないであろう。

　ではジェイムズは、このようなイメージをどのようにして読者に印象づけようとしたのであろうか。ジェイムズの創作理念がこの点を明らかにしてくれるので、彼の小説技法について触れておかなければならない。

ジェイムズが、小説は描写の芸術であると考えていたことは、「小説の技法」(一八八四年)の中でつまびらかに披歴されている。描写が迫真性を持ち、「芸術的な素質を持った読者を作者が呼び出したイメージによって幻覚状態にみちびき、読者がそれらのイメージに気づき、それに似たものを読者が心の中に読者自身の芸術によって作り出す」(『黄金の盃』序文)時、作者の狙いは達成されたことになるとの見解を持っていた。同時にジェイムズは、体験とは主観でもあると考えていた。したがって、小説家が言葉によって作り出した対象を、そっくりそのまま読者の心に中に浮かび上がらせることができるとは信じていない。言葉が生み出すことができるものはイメージであって、「それらしきもの」、つまり、ある印象を喚起することだけなのであるとも言えよう。小説の価値とはジェイムズにとって「それらしきもの」、すなわちジェイムズが「人生の幻影」と称したものが、いかに巧みに強化されて作品中に投影されているかにかかっているのである。

では具体的に「それらしきもの」はいかにして迫真性を持ちうるのであろうか。ジェイムズは世界を外部から客観的に描写して、その描写を読者に客観的に伝達することが可能であるとは信じていない。当然のことながら、外部からの客観描写が小説のすべてであると考えていないことは、『ニューヨーク版序文集』を一読すれば明らかである。前述した通り、小説家が最大限なしうることはイメージの強化であるから、「ある程度事件から離れて、それでいて事件に対して、主としてある程度批評と解釈を与えるような証人の感受性」(『黄金の盃』序文)を必要としたのである。証人を設定することによって、たとえ遠回しの見方が全体を支配するようになったとしても、「描写の効果を高め、小説はかくあるべきものだという理想に応えるには、どんな方法でも無責任な作者の単に覆面をした威厳」よりはるかに作品に統一を与えることができると考えていた。そうすることによって「大きな統一」がもたらされ、その統一が「他のいかなる美を犠牲にしても獲得したいと願う美、つまり迫真性の美」（『使者たち』序文）をもたらしてくれるとの創作理念を持っていた。

とすると、『鳩の翼』において複数の証人を設定することによって、読者に伝えるイメージの強化、つまり「迫真性の美の統一」を図ろうとしたことは間違いないであろう。この作品の題名が示しているように、薄幸の美女ミリーに鳩のイメージを繰り返し増幅して付与してゆくことによって、最終的にミリーが鳩に転化し、翼を広げた鳩の持つ象徴的な意味を読者の心の中に喚起しようとした作者の意図が見えてくる。

ミリーは第三部において初めてその姿を読者に見せるが、ここでは主にストリンガム夫人の意識に映ったミリーの描写が中心となっている。スーザン・シェパード・ストリンガムという一風変わった名前が、貞節な教師兼人生の案内人の役目を暗示しているように、このボストンに住む未亡人は以後、ミリーの忠実な相談相手を務めることになる。元来持っていたストリンガム夫人のロマンティックな想像力は、ミリーとの出会いによって火をつけられる。薄幸の美女ミリーとの出会いによって想像力を掻き立てられた結果、彼女は積極的にミリーの案内役を買って出て、学生時代に三年間学んだことがあるヨーロッパへミリーと共に旅立つのである。

ストリンガム夫人がミリーから受ける印象と、夫人が自分自身に課した役割を、作者ジェイムズは「伝統的な悲劇に登場する王女に対し、個人的な感情を抱くことを許された相談役」（傍点部筆者）と書いている。さらに、アルプス山中の見晴らし台に立って景色を眺めるミリーの姿を発見した時のストリンガム夫人の心の動きを、「ミリーが見下ろしていたのは地上のさまざまな王国であった。……王国のどれかを選んでいたのだろうか。それともすべての王国を選んでいたのだろうか」と描写している。ストリンガム夫人の意識を通して、ミリーを「悲劇の王女」に仕立て上げようとしていることは一目瞭然であろう。この相談役の女性が「生まれつき二枚舌や複雑な関係にまったく向いていない」（第三部）、正直な信頼に値する女性として提示されていることから、われわれ読者はミリーに対するストリンガム夫人の印象に全幅の信頼を置き、否応なしにミリーを「悲劇の王女」と思い込むことになる。しかしながら、ストリンガム夫人の「個人的な感情」とジェイムズが記していることを見落としてはならないであろう。「悲劇の王女」としてのミリーは、ストリンガム夫人の「個人的な感情」から生み出されたイメージなのである。

ミリーは全編を通して四度、「鳩」と結びつけて語られる。ミリーを最初に鳩のイメージと結びつけるのはケイトである。ケイトは、手遅れにならないうちに彼女たちと縁を切った方がよいのではないかとの忠告をミリーにした後で、その理由を「なぜかって言うなら、あなたが鳩だからよ」（第五部）と語る。ケイトに鳩であると告げられたミリーの心の揺れを作者は次のように書いている。

まるでミリーが、指にとまらせることもできる鳩であると同時に、礼儀正しくかしずかれるべき王女でもあったかのように、礼儀正しく、冷たく押し当てられたケイトの唇は、ミリーを鳩と呼んだ言葉に押す認印であった。その上自分が鳩だという考えはミリーの耳に霊感のように響いた。それがわたくしの問題であったのだ。自分は鳩だったのだ。まさしく鳩だったのだ。

第八部のミリーが主催したパーティの場面では、ケイトは恋人のデンシャーに次のように語りかけている。

「彼女は鳩なのよ」とケイトは言葉を続けて言った。「人はなぜか宝石を身に飾った鳩というものを想像できませんが、でもあの真珠の首飾りは一分のすきもなく彼女に似合っているわ」

また、ラウダー夫人もまたデンシャーとの対話の中でミリーを鳩として言及している。

「するとケイトの言うわたくしたちの愛すべき鳩は、そのすばらしい翼をたたんだのですね」
「そうです、翼をたたんだのです」

そして最後にミリーが鳩として語られるのは、結末の第十部において、ケイトとデンシャーがお互いの意思を最終的に確認しようとする場面である。

「鳩とわたしは愚かにも、ほかによい考えが浮かばなかったので、彼女をそう呼びました。彼女は翼を広げたのです。彼女の翼はわたしたちを覆っています。」

このように、ミリーを取り巻くストリンガム夫人、ケイト、ラウダー夫人そしてデンシャーといった主要な登場人物によって、ミリーは「悲劇の王女」「無垢な鳩」として語られている。ミリー本人でさえ、ケイトの指摘を受けて自分が鳩であったと認識するにいたっている。複数のさまざまな視点を通して鳩のイメージが繰り返し読者に提示されることによって、読者は漠然とした悲劇的な雰囲気の中に引きこまれ、ミリーの姿に「純粋、無垢、聖なるもの」といった鳩にまつわる象徴的な意味を当然のこととして読み込んでしまうことになる。

ミリーの病名が一切不問にされ、最後まで具体的な病名が分からずじまいであるということも、読者の想像力を喚起することに一役買っている。具体的な病名を明かさずに、謎を残した漠然とした雰囲気が「悲劇の王女」の印象をいっそう強化し、迫真性を伴って読者に迫ってくることになる。

さらに、ケイトとデンシャーが相思相愛の仲であるという事実をマーク卿から知らされた後、ミリーは「壁に顔を向けてしまった」とされている。これはストリンガム夫人がミリーの状況をデンシャーに伝える際に使った言葉であるが、この出来事があってからミリーは物語から姿を消してしまう。

これ以降、ミリーに関する情報はすべてストリンガム夫人を通して、またミリーの死後は周囲の人びとの回想として間接的に語られるにすぎない。これは明らかにミリーの神秘性を強調し、精神の高潔さを描き出すための方策であろう。死は悲惨であるが、しかしそれだけでは悲劇とはなりえない。悲劇性を高める効果は死すべき運命に直面して、なおかつその運命に対峙しようとする意志の力であるとするなら、ミリーの死にゆく姿を赤裸々に描いたとしても誰もが悲劇性を感じるわけではない。ジェイムズ自身が序文において記しているように、瀕死の状態にありつつも生きようとする意志を示すことこそ、しかもそのような意志をロマンティシズムで淡く包んでこそ悲劇性は高められる。

ミリーが第九部以降、完全に姿を消し、第十部ではケイトとデンシャーの回想によって読者はミリーの置かれた状況を知るだけである。読者の想像力は回想という間接的な方法によって逆に喚起されることになる。ミリーは、何も語らぬことによって神秘性をたたえた淡い存在となり、そのイメージは蜉蝣のようなはかなさと相まって、徐々に「鳩」が暗示する象徴性を読み手の心の中に焼きつけてゆくのである。作者の狙いはまさしくこの点にあったと言えよう。作者の喚起したイメージを読者が読者自身の想像力によって再構築してゆく時、作者の意図は達成されることになるとの理論を唱えていたジェイムズにとって、ミリーが姿を消したヒロイン不在の空白部分に、鳩の象徴する道徳的影響力を読者が想い描くことこそ願ってもないことだったのである。

しかしここで出発点に戻って、ミリーを「悲劇の王女」として想い描いたストリンガム夫人、「鳩」と呼んだケイト、ラウダー夫人、そしてデンシャーの意識を精緻に検討してみると、ミリーを眺めるそれぞれの見方が、各自の個性の反映であって、鳩としてミリーを捉える登場人物の見方はそれぞれの思惑によって歪曲されている事実が見えてくる。

たとえば、ストリンガム夫人は稀有なロマンティックな想像力を有する女性として描かれている。彼女の想像力は「幾世代にもわたる清教徒の飢渇を癒して余りある」ほどであるという（第五部）。その結果ミリーに対する印象を膨らませ、ストリンガム夫人が彼女自身の物語を創作し、その中にミリーを位置づけようとしていることは間違いないであろう。

自由奔放な先祖、今は亡き美男のいとこたち、悲劇的な伯父たち、消え去った美しい伯母たち。……このような無数の人びとが咲かせた最後の類まれな一輪の花がミリー・シールであった。これこそ詩であり、そして歴史でもあった。（第三部）

この一節は、作者ジェイムズがミリーを直接に描写したものではなく、ストリンガム夫人の想像力がミリーの置かれた境遇の中に読み取った印象の表現であることを確認しておかなければならない。夫人には見るものすべてを、また出会う人すべてをロマンティックな想像力というオブラートに包みこんでしまう傾向がある。つまりミリーこそが、夫人の想像力を楽しませ満足させてくれるメーテルリンクやペイターの書物に匹敵する生きた書物なのである。したがってアルプス山中の見晴らし台に立つミリーが「悲劇の王女」と提示された件《くだり》も、ストリンガム夫人の意識に映ったミリーの印象として理解しなければならない。夫人の稀有なロマンティックな想像力、つまり彼女の「個人的な感情」が無意識裡にミリーを「王女」に仕立て上げてしまったことは明らかであろう。

　ストリンガム夫人は、想い描いた「悲劇の王女」の物語を自ら完成させようとして、スイスで過ごした学生時代に特別な親交のあったモード・ラウダー夫人に手紙を書くことになる。この時のストリンガム夫人の行動は必ずしも純粋にミリー本人のためにだけなされた行為であるとは言いがたい。「今にして思えばモードの結婚後、自分は心もち見下されていたのだ、この頃の言い方で言えば、差別されていたのだ」と思いめぐらすストリンガム夫人の意識が、ミリーを使ってかつての学友の鼻を明かしてやりたいと願う中年女性の歪んだ自己満足感に裏打ちされていることは明らかである。

　一方、ストリンガム夫人によって「悲劇の王女」に仕立て上げられてしまったミリーは、夫人の思惑とは無縁に、沈着冷静に周囲の人物を観察している。ラウダー夫人に紹介されるなり、「二人のかつての友情の鎖がすっかりちぎれてしまっている」ことに気づく。またケイトがストリンガム夫人をまったく取るに足らない人物とみなしていることも明敏に見抜いている（第四部）。忠実なる召使いと案内人の役を買って出たストリンガム夫人であるが、彼女の想像力は彼女を取り巻く状況などお構いなく独り歩きを始めてしまっていることが見えてくる。他者の思惑も考慮した上で事実を客観的に把握するのではなく、そうあって欲しいとの願望が実体をわずかながら歪める結果、逆に虚像が実像に取って代わっていることは、ストリンガム夫人の心の揺れをたどってみれば容易に見てとることができる。実は、ラウダー夫人とデンシャー、ケイトとデンシャーのあいだにも、ミリーを「鳩」として捉えているものの、その「鳩」が象徴するものという点になると微妙なズレが見受けられる。前述した通り、ミリーは四回「鳩」として言及されている。その中でも特に第八部のパーティーの場面において、ケイトの目に映る「鳩」は富の象徴として提示されている点に注目しなければならない。ケイトがミリーの首に輝く真珠を見つめるその視線の激しさにデンシャーは驚き、次のように告白する。

ミリーは確かに鳩であった。それが彼女にふさわしい形容だった。もっともこの形容はミリーの精神にふさわしいものであったけれども。（傍点部筆者）

この一節は、デンシャーの目に映ったミリーの印象として提示されているのであるが、ケイトとデンシャーのあいだには明らかに「鳩」の象徴するものという点に関してズレが存在する。前述したように、鳩という言葉の表面上の意味に関する限り、二人のあいだに齟齬《そご》をきたすようなものは存在しない。しかし鳩というイメージが二人の心の中に喚起するものはまったく異なっているのである。ケイトにとってミリーが喚起するイメージは真珠に象徴されている物質的な豊かさであるが、デンシャーにとって鳩としてのミリーは精神世界の豊かさの象徴なのである。

「鳩」の象徴するものに対する二人の見解の相違は、この物語の最初から運命づけられていたように思える。この物語の第二部がデンシャーの意識を中心に書かれていることはすでに指摘したが、そこでは「二人が愛し合うようになったのは、正反対の性質の持ち主たちが互いに心惹かれ合うという、あのすばらしい法則が強く働いた結果」と描かれ、二人が水と油のごとく相容れない性格の持ち主である点が強調されている。さらに「デンシャーは精神の世界に属するものを代表していた」のであるから、作者はケイトに物質的な世界を代表させ、デンシャーの精神世界と対比させていることは明らかであろう。したがって、結末においてケイトの計画を拒否するデンシャーの行為を、マシーセンが主張するように、「改心の行為」として見なして道徳的な意味をそこに読み込んでもいいものやら少々疑念が残るのである。

確かにこの物語は、マシーセンが指摘しているように「技法を検討すればするほど、わたしたちはおとぎ話の雰囲気がかもし出す作者の狙い[4]」に目を奪われてしまう。しかしこのような雰囲気を作り出している直接の当事者は、実はメーテルリンクとペイターを愛読し、自らも創作活動にいそしみ、短編小説を一流の雑誌に寄稿しているストリンガム夫人であることを思い起こす必要があろう。夫人の稀有な想像力が「悲劇の王女」のメルヘンを生み出したことはすでに指摘した通りである。

してみると、『鳩の翼』は、作者ジェイムズの手になる大きな物語の中に、ストリンガム夫人の想像力が創り出した「悲劇の王女」のメルヘンがもう一つ存在するという二重の構造を持っていることになる。もちろん「悲劇の王女」というタイトルを持つメルヘンの読み手は、ラウダー夫人、マーク卿、ケイトそしてデンシャーであることは断るまでもない。この場合、ストリンガム夫人の創作した生きたメルヘンを、ケイトに代表されるように現実的に読んでゆくか、それともデンシャーに代表されるように想像力豊かに読んでゆくかという問題に帰着する。デンシャーのように目に見えない世界の存在を想像力によって感知しうる人間にとってのみ、ストリンガム夫人の虚構は意味を帯びる。しかし、目に見える世界以外は信じようとしない人物たち、それは想像力を欠如しているラウダー夫人、現実重視のケイト、世事にたけたマーク卿たちであるのだが、彼らにとっては、ミリーの物語は崇高な精神的な美の世界であるどころか、大金持ちの若いアメリカ女性の単なる病死としか映らないことは確かであろう。

ストリンガム夫人創作の「悲劇の王女」の物語をどう読むかという問題は、ただ単に物語の中の問題にとどまらない。作者ジェイムズと読者の観点からすれば、「悲劇の王女」の物語を包みこんでいる大きな物語『鳩の翼』をどのように読むかという問題でもある。換言するなら、ミリーの行為に形而上的意味を見いだしたデンシャーのように、読者がデンシャー自身の結末の行為を改心の行為、すなわち精神美の世界への回帰と考えるか、あるいはケイトやラウダー夫人たちがストリンガム夫人創作の「悲劇の王女」というメルヘンを現実的な観点から捉えたように、読者が『鳩の翼』をストリンガム夫人の過剰な想像力のもたらした悲劇と読むかということになろう。

デンシャーがミリーの行為に崇高な精神の美を見てとったように、デンシャーの行為に道徳性を読み込むことを作者ジェイムズが期待していることは、ジェイムズ自身が、この物語はデンシャーの物語であると書いていることからしてほぼ間違いない。(5) しかし、ただ単にデンシャーの改心の物語として作者の思惑通りに読むには、複数の視点の物語はいささかの問題を孕んでいるように思われる。マシーセンが指摘しているように道徳劇として読むか、あるいは論述してきたように想像力のズレが生み出した悲劇として読むかは、読者の想像力の質の相違、読み手の気質の差によるものとして簡単に片づけることができないほど、複数の視点は複雑な問題を抱えている。「ミリーを直接的に描写することはほとんどない」と語り、「ミリーを描くためにできればいつも何か優しい、慈悲深い間接描写」に頼ったジェイムズが、複数の視点を設定し間接描写に語りを預けた時点で、その功罪をどれほど意識していたかは、むろん定かではない。

注

1　Matthiessen, p.76.

2　Christof Wegeline, *The Image of Europe in Henry James* (1958), p.121.

3　ジェイムズは一八九四年十一月七日付の創作ノートの中に、登場人物に若干の異動はあるものの、物語の概略を書きつけている。それによれば、若い男性がフィアンセと共謀して、不治の病におかされて死を運命づけられた資産家の女性をだますが、その女性は死を前にしてだまされたことを知りつつも、愛した男性にかなりの遺産を残す、若い男性はそのような無私の行為によって「精神の美の世界」の存在を知らされる、といった内容である。

4　Matthiessen, p.59.

5　ジェイムズは、一九〇二年九月九日付の手紙に、『鳩の翼』の主題はデンシャーとケイトの出来事が中心であって、ミリーは単にその出来事に巻き込まれたものにすぎない、と記している（*Henry James Letters 1985-1916 Volume IV*, 1984）, p.239）。

第八章　語りの構造とヒーロー

1. 演技する精神と語りの構造――エイハブそしてギャツビー

何年前のことであったろうか、グレゴリー・ペックがエイハブ船長に扮する映画『白鯨』を見る機会があった。船室の床を「コツコツ、コツコツ」とエイハブ船長の義足が規則正しく叩く音の不気味さ、そして反響する音に耳を傾ける乗組員の緊迫感が異様な雰囲気をかもし出していた。陰鬱な、重苦しい雰囲気が全体を貫く基調音になっていたのであるが、とりわけエイハブ船長の芝居がかった、大仰な言動が妙に印象的であった。乗組員全員を甲板に集め、モービー・ディックを仕留める誓いを宣言させる場面のエイハブの独りよがりの仰々しさに対して、何か場違いのおかしさ、単なる仰々しさを超えた滑稽ささえ感じてしまったことを思い出す。

その後七〇年代後半になって、映画『華麗なるギャツビー』を見る機会があった。ロバート・レッドフォード扮するジェイ・ギャッツビーの仕草、とりわけ真夜中に灯台を凝視し、灯りに向かって手を差し伸べる姿は、即座にエイハブ船長を思い起こさせるに充分な、劇的な何かを漂わせていた。ただギャッツビーの挙動があまりに大袈裟で思わせぶりであるために、こちらもエイハブ同様に何か胡散臭いものを、いや胡散臭さを通り越して苦笑を誘うような滑稽な印象を受けたことは否めない。オックスフォード大学での体験をニックに語るギャッツビーは、他人の思惑など完全に無視した、独り自分だけの世界に酔いしれたナルシストの権化、あるいは他人の思惑などまったく意にかける気配もない夢想家ではないかと思えるような雰囲気に包まれていた。ではなぜ、ギャッツビーの挙動はエイハブ船長を連想させたのであろうか。自己過信とも思えるギャッツビーの独善性がエイハブの強烈な個性を呼び起こしたのであろうか。それともギャッツビーが友人のニック・キャラウェイに向かって語る「過去は繰り返せる」という印象的な台詞が、二人の人間性に関して共通の特性を想起させるような方向に働いたのであろうか。

いずれにせよ、エイハブ船長を思わせるギャッツビーの大仰な立居振舞いには、人を辟易させると同時に、しかしただ笑って済ませることのできない何かがあると感じたのも事実であった。エイハブとギャッツビーという二人の主人公の芝居がかった挙動が滑稽な印象を与える一方で、単なる滑稽さに堕すことなく、観ている者の心に忘れがたい刻印を残すことも認めねばならなかった。自らの生命を賭けて巨大な鯨に敢然と挑むエイハブ、「過去は繰り返せる」と信じて昔の恋人デイジーを強引に取り戻そうとするギャッツビー、二人の行為は通常の社会規範からすれば明らかに常軌を逸した狂気の沙汰と映るにちがいない。しかし、独り勇猛果敢に風車に突撃するドン・キホーテの姿が奇矯でかつ喜劇的である反面、喜劇的であるがゆえに心を揺り動かす感動的な側面も併せ持っているように、アメリカ文学に登場するこれら二人の主人公たちも、奇矯であるがゆえに、人の心を捉えて放さない悲劇的な魅力を秘めているのである。二人の行為それ自体は、現実を無視した無謀なものであるとしても、結末においては、ドン・キホーテのパターンを踏襲することによって、心の真実に殉じたロマンあふれるヒーローの地位を獲得することに成功しているのである。二人の現実無視の暴挙とも思える行為が、現実の原則に従うよりは、あえて心の真実の原則に従うことを選択した結果であるという前提に立つなら、その時二人は単にアメリカ小説のヒーローであるだけではなく、アメリカという空間を越えて、世界文学においてドン・キホーテと肩を並べる、普遍性ある悲劇のヒーローの地位を占める可能性を秘めていると言うことさえできるであろう。

　ではエイハブとギャツビーが悲劇のヒーローの地位を獲得することに成功した共通の要素とは、いったい何なのであろうか。二人の芝居がかった仰々しい言動が単なる茶番に陥ることなく、悲劇的に響いてくるのはなぜなのであろうか。その解答がどうやら「語り」にあるらしいことは、原作を繙けば容易に察しがつくであろう。二人のヒーローには「わたし」という語り手が、すなわち二人の行動の解説者が存在していることに着目しなければならない。エイハブの白鯨追跡の物語にはイシュメイルという目撃者が存在し、エイハブの一挙手一投足はこの目撃者によって読者に伝えられる。したがってこの物語は、エイハブの物語を語るイシュメイル、そしてその語りを聞きながらエイハブを思い描く読者という、二重の枠組みによって支えられているのである。ギャッツビーの場合もこれとまったく同様に、デイジーの愛を取り戻そうとするギャッツビーの試みは、語り手であるニック・キャラウェイの「わたし」というフィルターを通して読者に伝えられる。したがってギャッツビーはニックという語り手兼観客を、そしてニックは彼自身が語る物語に耳を傾ける読者を観客として持っていることになる。

もし人生が舞台であると考えるなら、そして、人はそこで一回限りの演技をするべく運命づけられた存在であるとの認識を持つなら、その演技を固唾をのんで見守る観客を前にして、白鯨に銛を打ち込み、なおかつ「地獄のただなかから突き刺し、ただ憎しみから最後の一息をたたきつけるぞ。……呪われた鯨め、わしは、きさまに縛りつけられたまま、きさまを追跡し、そして粉々に砕けるのだ。さあ、この槍をくらえ」(1)と叫ぶエイハブの台詞が、おのれの行為を劇的に完結しようとする者の最後の叫びでないとしたら、いったい何なのであろうか。ここで当然のことながら、エイハブの台詞はイシュメイルの語りの一部ではないかとの反論が予想されるのであるが、厳密に言えば、確かにそのような反論に異議を唱えることは不可能であろう。しかし、たとえそれがイシュメイルの語りの一部であるとしても、イシュメイル自身におのれの物語を読者の眼の前で見事に完結させようとする意識、いわば今度はイシュメイル自身の中で読者に観られているという意識が働いていることは否定できないであろう。

『華麗なるギャッツビー』において、主人公であるジェイ・ギャッツビーは、その桁外れのロマン的想像力のために、時計の針を反転させ、失われた過去を昔のままで取り戻すことが可能であると信じ込む。「過去を繰り返すことはできないよ」というニックの言葉に対して、「過去は繰り返せないだって？　もちろん繰り返せるさ」[2]と答える。もちろんギャツビーの台詞を、単なる狂気の沙汰として片づけてしまうことは簡単である。しかし失われた過去を取り戻そうとするギャツビーの意識の中に、エイハブ同様におのれの行為を劇的に完結しようとする強烈なロマン的心情が宿っていることは明白であろう。語り手のニックにしても、ギャツビーの一連の言動の顛末を読者に伝える語りは、ある意味においてニックの価値観を色濃く反映した、ニック自身の物語を完結させようとする行為であって、そこにはやはりイシュメイル同様、読者の前で演技していることを、たえず意識している形跡が見え隠れしているのである。

　してみると、物語の主人公であるエイハブであれギャツビーであれ、さらにはそれぞれの物語の語り手であるイシュメイルやニックであれ、観客を意識することによって、自らの行為を、あるいは自らの物語を劇的に演出することが可能になったと言えはしまいか。エイハブとギャツビーに共通するものは演技する精神であり、自己の描いたシナリオを劇的に演出し、完結しようとするロマン的心情である。演技する精神は観られていることを意識することによって成立するとするなら、語り手のイシュメイルやニックはまさしく観客として欠かすことのできない存在であると言えよう。事実イシュメイルは、エイハブがモービー・ディックと共に海中深く消え去ったのを見届けたあと、「劇は終わった」[3]として自らの語りを閉じているし、またニックにしても「今にして思えば、この話は、結局、西部の物語であった」[4]と述懐して物語を終えている。イシュメイルとニックの語りの閉じ方は、二人が共に観客でもあった証左となろう。これら観客兼語り手の存在は、主人公たちの行為に意味づけをする機能を担っており、しかもその意味づけの行為（語る行為）によって、本来なら狂気として一笑に付されかねない領域から主人公たちは救い出されているのである。

2．視点と語りの構造――ロデリック・ハドソンとクリストファー・ニューマン

さて、今まで述べてきたような「語り」という観点からヘンリー・ジェイムズの作品を眺めてみると、興味ある事実が浮び上がってくる。ジェイムズは、周知のように「視点」という技法を極度に意識して創作活動を続けた作家であるが、ジェイムズの代表作『ロデリック・ハドソン』（一八七五年）、『アメリカ人』（一八七七年）、『使者たち』（一九〇三年）の三作品を主人公と「語り」という観点から眺める時、ジェイムズの創作理念が「解き放たれた経験であり、われわれが普通は経験につきものであると知っている諸条件、すなわち経験につきまとう諸々の条件から解放され、その条件に巻き込まれず、かつ束縛されない経験」[5]を扱う物語を意図していたこと、つまりロマンスから脱却して人間社会において現実に起こりうる物語、いわゆるノヴェルを目指して視点の技法を洗練深化させる方向に向けられていたことは明らかである。視点に工夫を凝らしてノヴェルの世界を追い求めた結果、ジェ

イムズの作品から『白鯨』や小説『偉大なるギャッツビー』に見られるような「語り手」が姿を消し、代わって外界の事象を、何ら注釈を加えずに意識の中に反映するだけの「映し手的人物」が登場するようになる。

最初の長編である『ロデリック・ハドソン』の語り手は、一見すると『白鯨』や『偉大なるギャッツビー』の語り手とは一線を画しているようにも思える。そのような印象を与えるのは、イシュメイルもニックも共に物語の中に登場する、実在の「物語るわたし」であるのに反して、『ロデリック・ハドソン』の語り手はいわゆる「局外の語り手」であり、しかも物語の外にいて、人格化されていないからである。しかし仔細に検討すれば、この局外の語り手の役割は本質的にイシュメイルやニックのそれと大差がないことが判る。『ロデリック・ハドソン』における語り手の役割は、「わたし」の語る一人称の物語の場合と同様に、物語の保証人そして案内役を務め、主人公の名前、出自、性格など、物語の展開に不可欠と思える重要な情報を読者に提供することである。またジェイムズ自身が『カサマシマ公爵夫人』の序文において、「物語の語り手は、第一に物語の聴き手であり、物語の読み手でもある[6]」と記しているように、語り手は時にはイシュメイルの役割を担い、時には読者の役割も果たしつつ、きわめて意識的に語るという行為を展開してゆく。F・シュタンツェルは「作品の語り手たちは、語りつつ物語行為を主題化しているばかりではなく、彼らが公衆、すなわち読者の前で演技していることをたえず意識することによって、物語行為そのものにも常に反応している[7]」と述べているが、示唆に富む指摘といえる。

『ロデリック・ハドソン』では、第一章において、ヴァージニア州生まれの天才彫刻家ロデリック・ハドソンのスポンサーとなるマサチューセッツ州出身のローランド・マレットの紹介を長々と済ませた後で、語り手はその全知の特権をローランドの意識の中に限定してしまう。主人公のロデリック・ハドソンがいかなる人物で、どのような行動をするかということを含めて、以後、一切がローランドの意識というフィルターを通して読者に伝えられる。ではなぜジェイムズは、作中の三人称語り手も局外の語り手も、その役割において大差はないと認識しながらも、語りの全権を局外の語り手に委ねなかったのであろうか。ニューヨーク版『ロデリック・ハドソン』に付け加えた序文の次の一節は、この辺りの事情を知る上で貴重な示唆を与えてくれる。

> 結局のところ、わたしは本質的に、ひとつの劇的な行動を扱っており、しかもどんな劇的な行動も、ある種の人為的な手を加えた上で凝縮性を出すのでなければ、物語として歴史的な推移があざやかに表わせない。……劇的な行動を扱っているのであるから、劇作家の全体性の一部、つまり迫真性を借りることができるかもしれない。われわれ小説家は、劇作家のその点をそれ自体幸運なこととしてうらやましく思うのである。(8)（傍点部筆者）

ジェイムズがここで語っている「人為的な手を加えた上での凝縮性」あるいは「迫真性」という言葉は重要な意味を持っている。というのもジェイムズは、小説は「描写の芸術」であり、その描写が

「迫真性」を持ち、読者の心を「作者が呼び出したイメージによって幻覚状態に導き、読者がそれらのイメージに気づき、それに似たものを読者自身の芸術によって作り出す[9]」時に、作者のねらいは達成されると考えていたからである。ジェイムズにあっては、小説の価値は「それらしきもの」、すなわちジェイムズが「人生の幻影」と呼んだものが、いかに巧みに強化されて作品中に投影されているかによって決定されることになる。このために、「ある程度事件から離れていて、それでいて事件に対して批判と解釈を与えるような証人の感受性」を必要としたのである。証人を設定することによって、遠回しの見方が作品を支配するようになったとしても、「描写の効果を高め、小説はかくあるべきものだという理念に答えるには、どんな方法でも無責任な作者の、単に覆面をした威厳よりはるかに統一が保てる[10]」との厳格な創作理念を実践した結果、語り手と主人公ロデリックのあいだにローランド・マレットを設定することになったと推測できる。たとえて言うなら、ローランド・マレットという人物の意識をいわばカメラのレンズとすることによって、読者の意識というフィルムに人為的な手を加えて凝縮された、鮮やかなロデリックの姿を映し出そうとしたのである。

したがって、イシュメイルやニックの果たした役割は、『ロデリック・ハドソン』においては「局外の語り手」と視点となるローランドが、それぞれ役割を分担して担うことになる。そうすることによって、物語の劇的効果を損なうことなく、物語全体に信憑性を加味することが可能となる。つまり、ローランド・マレットのような、視点となるべき人物を語り手と主人公のあいだに配置し、物語はローランドが語る物語であるとの印象を強めることによって、ただ単に局外の語り手による必然性のない空疎な物語ではないことを強調し、語りの動機と物語のあいだに現実味あふれる関係を作り出そうとした[11]。局外の語り手は後景に退いて黒子役に徹し、ローランドを前景に押し出して語りの中心はローランドであるとの錯覚を読者に抱かせることによって、全体に実在感と臨場感を生み出そうとしたのである。アメリカの若き天才彫刻家ロデリック・ハドソンのアルプス山中での謎めいた死は、黒子役に徹した巧妙な語り手と、その傀儡であるローランドの両者によって演出された結果であると考えられるのである。

しかしながら、ロデリックがエイハブやギャッツビーほどの存在感を持って読者に迫ってこないのはなぜなのであろうか。ヴァージニア州出身のロデリックの無邪気な自己過信、独善性、ハドソンという名前がハドソン川を連想させるように、アメリカという新大陸の風土に育まれた類まれな才能を持つ天才、しかし同時に彼は社会慣習を無視した傍若無人な若者でもあるのだが、ロデリックにまつわるこのような評価は、彼がアメリカ文学を代表する悲劇のヒーローとして名を留めるに充分すぎるほどの条件を備えていると言っても言い過ぎではないであろう。ロデリックがエイハブやギャッツビーと比較しても何ら見劣りすることのない稀有な精神構造を持っていることは、彼の一挙手一投足が歴然と示している。しかしエイハブやギャッツビーの稀有な精神構造が、「わたし」という主観的な語り手の存在によって強烈な光彩を放つことになったのに対し、ロデリックは局外の語り手とその相棒である視点の役割を担ったローランドによって、客観的に信憑性のある存在として提示されたために特異な個性はいくぶん弱められ、常人の住む世界へと引き戻されてしまう。この作品の結末において、ロデリックは彼がどれほど非常識で、かつ他人の感情に無頓着であったかをローランドに指摘され、過去の行動に思いをめぐらした結果、「自分はおそろしくいやな人間であったにちがいない。本当にぞっとするような。……自分はとてつもなく馬鹿だった[12]」ことに初めて気づく。創造力の枯渇という試練に直面し、挫折を体験して初めてロデリックは自己と他者との関係を客観的に把握することができるようになったのである。

しかし同時に、このような自己認識、言うならば客観的現実把握こそが、ロマンあふれる創造力には命取りになることなど、ローランドですら思い至らない。ロデリックは、エイハブやギャッツビーたちが住む稀有な世界の住人になる直前に、その一歩手前で現実世界に引き戻されてしまった。小説技法という観点から言えば、この作品は確かに興味深い作品であるが、しかし読者の情緒的な反応という観点から見れば、『白鯨』や『偉大なるギャッツビー』ほどの力強さと迫力が伝わってこないのである。ロデリックが、アメリカ文学を代表する悲劇のヒーローになりうる資質を十分すぎるほど備えていたにもかかわらず、エイハブやギャッツビーほどの圧倒的な存在感と迫力を感じさせない理由の一端は、この辺りにあるということも可能であろう。

ジェイムズの次の長編『アメリカ人』の語りは、「局外の語り手」に支配されているが、『ロデリック・ハドソン』に登場するローランド・マレットに該当する人物は見当たらない。『アメリカ人』の冒頭の書き出しが、『ロデリック・ハドソン』の場合と同様、主人公の素性に関して客観的情報を読者に提供し、そのイメージを定着させておこうとする意図のもとに書かれていることは間違いない。

作品冒頭部分は、当時のアメリカ人一般を描いたものとしては傑出した描写であるので、少々長いが引用してみよう。語り手は次のように語り出す。

一八六八年五月、うららかに晴れ上がったある日のこと、ルーヴル美術館のサロン・カレと呼ばれる真四角な部屋の中央に、その頃はまだ置かれてあった堂々とした円形の長椅子に、一人の紳士がもたれかかるようにゆったりと座っていた。……彼はふだん疲労と心安くしているたちでないことは明らかで、現に背が高く、痩せてはいるが筋骨たくましいところは、世間で、普通タフであると言っている種類の活力を思わせるものがある。ところが、他ならぬこの日は、体の使い方が平素のそれとは違っていたもので、これまでにすばらしい力業をしばしば平気の平左でやってのけたことがあるのに、ルーヴルの中を心静かに歩き回るというだけでかえって疲れてしまった。どのページも細字でびっしり印刷してある、恐るべきベデカー案内書を手にしながら、星印のついている絵という絵を一つとして見落とすことなく見て回ったのだが、何分にも緊張のしづけだったし、それに目がチカチカして審美的な頭痛をおぼえて腰をおろしたのだった。（第一章）

語り手は、主人公クリストファー・ニューマンの描写を、ヴィクトリア朝の小説よろしく長々と続けてゆく。クリストファー・ニューマンなる人物の姓、ニューマンが文字通り新世界の新人類を表わし、名のクリストファーが新大陸発見者のクリストファー・コロンブスのファーストネームと同じであることから、語り手がこのアメリカ人をいくぶん諧謔的に扱おうとしていることは容易に察しがつく。ニューマンはアメリカ西部で財産を築いた人物であるが、その富を武器にして世界で第一級のものをすべて見て回り、ついでに一流の女性を娶り、アメリカに連れ帰ろうと計画する。彼はルーヴル美術館を訪れるが、そこの展示品に圧倒され、瞬く間に「審美的頭痛」を覚えたとあっては読者は吹き出さざるをえない。何者にも妨げられることなく成長した樹木のような自我、すべてが白昼の太陽の下に照らし出された新大陸の風土に似て、人の心に屈折した暗黒の闇が存在することなど微塵も疑うことのない善良さ、素朴で率直で楽天的な、過信とも思える自己信頼、R・W・エマソンが賛美したアメリカ人のこのような特質を、文字通りニューマン（新人類）は体現しているように思える。ロデリックに相通じるアメリカ的特質の体現者としての側面が強調されていることは一目瞭然であろう。ニューマンはまさしく、新大陸アメリカの申し子として提示されているのである。

物語が進展するにつれ、やがて語り手はその全知の特権を主人公ニューマンの意識の中だけに限定するようになる。ことにニューマンがベルガルド家に対する報復を決意し、そして突如としてその計画を断念する結末にかけては、ニューマンの意識の揺れが語りの中心になり、彼を取り巻く人物たちの心の動きが語られることはない。主人公の意識のみが前景に押し出され、それ以外の人物たちは後景に退いてしまうのである。ベルガルド家の人びとや召使いなどの意識が読者に明かされることがないために、ニューマン以外の人物には謎が残り、彼らの不可解な側面が強調されることになる。したがってこの物語に対して、推理小説仕立てであって面白く読めるとの批評が多いのも当然のことであろう。ただ、主人公ニューマンの意識が一切説明されてしまうため、彼自身に関して謎が残ることはない。その結果、ニューマンの非凡性や稀有なロマン的気質が強調されるどころか、むしろ平凡な側面、つまりわれわれ読者と何ら変わることのない悩める姿のみがことさら強調されているとの印象を読者に与えることになる。結末において、ベルガルド家に対する復讐を突如として断念するという現実との折り合いのつけ方が、いかにも分別をわきまえた、則を越えることのない、訳知りなアメリカ人との印象を読者に抱かせてしまうのである。

意図していた復讐の底が、突然抜け落ちてしまったのだ。果たしてそれがキリスト教徒の愛からであったか、それとも途方もない善良な性質からであったか――彼の背後にあったものが何であったか――あえて言うつもりはないが、ニューマンの最後の考えはベルガルド家の連中を許してやろうということにあった。（最終章）

つまり、語り手が主人公の意識に視点を移した時点で、ニューマンがエイハブやギャツビーのような特異な個性を売り物にする主人公として、物語の中に留まることはもはやできない相談となる。この時点で、エイハブやギャツビーに共通する狂気にも似たロマン的気質をニューマンに求めることは不可能になったとも言えよう。ニューマンはアメリカ文学史上、神話的なヒーローになりうるアメリカ人特有の稀有な資質を備えていたのであるが、結末において語り手が主人公の理性と分別に頼りすぎたために、語りの行為を劇的に演出できなかった。ニューマンの意識に視点を集中した時点で、ニューマンに自己を完結する演技を期待することはできぬ相談になったとも言えよう。作者の意図が、ロマンスではなくノヴェルを書くことであったとはいえ、物語の劇的なヒーローという観点からすれば、作者が自己の創作理念に忠実であろうとしたがゆえに、ニューマンを手際よく、小さな世界のヒーローに納めてしまったように思えてならない。ジェイムズの多くの作品中、『アメリカ人』は比較的ロマンスの要素を色濃く反映した作品であることを作者ジェイムズ自身も認めてはいるが、語り手が主人公の意識の中に入り込んだその瞬間から、ニューマンに劇的な演技をさせることを断念せざるを得なかったと断定してもあながち的外れでないように思える。

3. 沈思するヒーローと語りの構造――『使者たち』とランバート・ストレザー

さて、ジェイムズの後期の作品を代表する『使者たち』の主人公ランバート・ストレザーは、ロデリック・ハドソンやニューマンとは大いに異なる人物である。主人公ランバート・ストレザーはアメリカ人の雑誌編集者で、「感覚とか情熱、衝動、さまざまな歓びを味わうという意味では、これまでただの一度も生きたことのない初老の男」として登場する。マサチューセッツ州の田舎町ウレットからイギリスのチェスターに着いたストレザーの心の変化が、何の予備知識もなくいきなり第一章から語られてゆく。

ホテルに着いた時、ストレザーがまず尋ねたのは、友人ウェイマーシュのことだった。しかしウェイマーシュの到着が夕方まで遅れそうだと分かった時、当惑してしまったわけでもなかった。……アメリカから来た二人のうち、昨日着いたばかりのストレザーの心に働いている動機とわたしが言ったのは、まったく本能的なものだった。久しぶりに友人の顔を見るのはうれしいが、波止場に近づく自分の船を、その顔がヨーロッパの最初の「印象」として出迎えるように簡単に取り決めるのは、自分の仕事にとってもあまりさいさきが良くない、ということを見抜いたからだった。すでにストレザーの心の中では、この友人の顔が初めから終わりまで、うっかりするとヨーロッパの印象を左右しそうだという不安が、何かにつけて感じられていたのである。[13]（傍点部筆者）

冒頭のこの一節において、イギリスに到着したばかりの主人公ストレザーの不安な心理状態に、逐一解説を加える「わたし」は語り手であるが、奇妙なことに、姓名はおろか、いったいいかなる人物であるのか皆目見当もつかない、物語に姿を現わすことのない存在である。ここで「わたし」は、イシユメイルやニックのような物語の中の語り手、あるいは『ロデリック・ハドソン』や『アメリカ人』の局外の語り手とはまったく異なる機能を果たしていることに注目する必要がある。というのも、これ以後、この「わたし」なる存在はストレザーの意識を忠実に記録する役割に徹しているからである。

外部世界の出来事を知覚し、感じ、記憶に留め、それらをストレザーの意識の中に反映するという機能を果たすようになる。いわばストレザーというレンズを通して外界の事象を映し出す役割を担っているのであり、意識の記録者であって、厳密な意味での語り手ではないのである。

したがって読者は、映し手的人物のストレザーの意識の中を直接のぞきこみ、その意識の中に浮かぶ事象や反応をじかに知ることになる。この「わたし」なる存在が、ストレザーの意識の忠実な記録者に徹すれば徹するほど、おのれの体験を読者に語ろうとはしないため、ストレザーの行為が意識的に演出されることはなくなり、ましてや観客（読者）を意識して自らを劇的に語ることもない。このような映し手的人物は、イシュメイルやニック、あるいは局外の語り手と一線を画していることは明白である。読者を意識して自分の体験を語ることがないのであるから、当然観られていることを意識することもない。観られていることを意識しないところに、演技する精神が生ずるはずもない。演技する精神がないところに劇的に自らの行為を完結させようとする意志が生まれるはずもない。したがって、ストレザーに観客（読者）を意識して自らの行為を劇的に演出する気など毛頭ないことは断るまでもない。ストレザーにいたって、エイハブやギャッツビーの稀有な精神は言うにおよばず、ロデリックやニューマンにもまだ見ることのできた、ロマンを追求しようとする精神は完全に消え去ってしまったと言えよう。

このように、ジェイムズの小説を「語り」という観点から主人公を中心にたどってみると、ジェイムズの小説は、語り手が初期の作品に見られる「局外の語り手的人物」から、後期の「映し手的人物」

へ移行する過程であることが判明する。しかも、ストレザーのような映し手的人物の登場がヘンリー・ジェイムズの作品だけに留まらず、ジョゼフ・M・バッカスが指摘しているように[14]、ジェイムズ以後の、ことにジャック・ロンドン、アンダーソン、ヘミングウェイ、フォークナーといった作家たち、さらに一九二五年以降のあまり名を知られていない多くの作家たちに共通する顕著な現象であると考えるなら、ジェイムズはアメリカ文学の大きな流れをまさに先取りしていたことになる。二十世紀アメリカ小説の主人公はそのほとんどが映し手的人物ということになるからである。映し手的人物は語ろうとしないという前提を認めるなら、二十世紀のヒーローはその多くがまさしく語ろうとしない、沈黙するヒーローということになるであろう。

前述した通り、語るという行為が読者の前で演技していることを意識することであるなら、語ろうとしない人物に、自らの演技を劇的に完結しようとする意志は皆無といってよいだろう。ヘンリー・ジェイムズが、小説をできうる限り現実に近づけようとして、小説技法に心をくだいた点は認めなければならない。しかしその結果、アメリカ文学は観客を前にしておおらかに、そして雄大に自己を謳いあげようとする精神を失ってしまったのである。『偉大なるギャツビー』が出版された一九二五年を境にしてアメリカ文学はエイハブやギャツビーのようなヒーローを失うことになるが、その発端はどうやらランバート・ストレザーにあるらしい。

4．沈思するヒーローと現代――『郭公の巣の上で』とチーフ・ブロムデン

語ろうとせずに沈思するヒーローは、確かに自我という泥沼でもがいている現代人を映し出すにふさわしいヒーローの姿であった。しかし、裏返して言うなら、そこにあるのは自我という網の目にとらわれて抜け出すことができないでいる、萎縮した、矮小化した精神でもある。物語の復権が叫ばれて久しいが、それは語ることによって自己を劇的に演出しようとする精神の復権を意味する。われわれが失ってしまったのは、高らかに自己を謳いあげ、自己の運命を劇的に完結しようとするエイハブやギャツビーの狂気にも似た精神である。いや失ってしまったというよりは、むしろ時代によって喪失させられたといったほうが的を射ているのかもしれない。なぜなら、現代にあってはエイハブやギャツビーの桁外れのロマンあふれる精神は、そのまま存在を許されることは不可能であり、せいぜい狂気として社会の片隅に追いやられるか、病棟に閉じ込められてしまうのが落ちであるからだ。

近代化、そしてそれに伴う合理化が進み、社会秩序が整い、世界から闇が消えるにつれて、ドン・キホーテの居場所を見つけることは困難になる。規範を逸脱した者、秩序を乱す者、不合理な考え方、奇矯な存在、グロテスクなもの、そしてある意味できわめて人間的なものまでが、すべて狂気あるいはアウトサイダーとして隔離される運命をたどることになる。隔離病棟の存在は、合理的な社会と理

性の表の顔であると同時に、裏の顔として不合理なものを封印して包み隠す機能を併せ持つ。ここにエイハブやギャツビーの狂気にも近い精神が封じ込められてしまうことは、当然といえば当然のことであるのかもしれない。演技する精神が、奇矯な人物の単なる酔狂として抹殺されてしまうのは明らかであろう。

一九六二年に書かれたケン・キージーの『郭公の巣の上で』が、この間の事情を如実に物語っていると言えよう。語りの構造という観点から眺める時、この作品は明らかに『白鯨』や『偉大なるギャツビー』の延長線上に位置する作品である。この物語の主人公、ランドルフ・マクマーフィは、ある事件を契機として精神病棟に収容される。精神に異常をきたしているわけでもないマクマーフィは、病棟の他の患者たちにとって、彼らが日常やろうとしてもやれないことをいとも簡単にやってのけるために、ヒーローのような存在となる。その傍若無人な立居振舞いにもかかわらず、彼は徐々にリーダーとして他の患者の信頼を勝ち得るようになる。管理者である婦長のラチェットとことごとく対立するマクマーフィではあるが、皮肉なことに、対立するがゆえに確実に他の患者たちの抑圧された願望を代弁するリーダーとなり、周囲に大きな影響を及ぼし始める。病棟の管理された状況の下で、病気であることを信じて疑わず、自らの判断に基づいて行動することを忘れた、いわば去勢されたに等しい患者たちは、次第に生きることの意味、自由の意味、人間の尊厳等についてマクマーフィの言動を通して目覚め始める。

ここで注目すべきは、このようなマクマーフィの一挙手一投足は、ブロムデンというインディアンの目を通して読者に伝えられていることである。語り手のブロムデンが、イシュメイルやニックの役割を担っていることは断るまでもない。語りの構造に関する限り、『郭公の巣の上で』は『白鯨』や『偉大なるギャツビー』の延長線上にある作品であり、ほぼ同じような構造から成り立っていると言えよう。唯一異なる点は、語り手のブロムデンが正気であるのか狂気であるのか判別しがたい点、そして物語の舞台が徹底した管理の下に置かれた精神病棟であることであろう。作品が高度管理化社会における病棟に設定されているにもかかわらず、いやそれだからこそと言うべきか、作品全体が幻想的な不気味さに包まれている点は、明らかにイシュメイルやニックの語りとはその様相を異にしている。読者は次の台詞に出会った瞬間から、語り手ブロムデンが信頼に値する語り手であるのかどうか、彼の語りを文字通り受け取ってよいものやら、戸惑わざるをえないからである。ブロムデンは読者に向かってこう語りかける。

> 皆さんは、この話をしている男は大法螺ふきだぜ、本当に、と考えるかもしれません。こんな恐ろしい話が本当に起こるわけがない、とても信じられない、と思うかもしれません。でも、どうか聞いて下さい。わたしもまだ自分でもはっきりと考えることはできないのですが、しかしこれは真実なのです。たとえ本当に起こった話ではないとしても、これは真実なのです。[15]（傍点部筆者）

「たとえ本当に起こった話ではないとしても、これは真実なのです」というブロムデンの言葉は、この作品の語りの本質に関してすべてを物語っている。というのもこれは、起こり得ない話ではあるが真実を語ることはできるという、ロマンス文学の本質に触れているからである。事実でなくとも、すなわち虚構であるからこそ真実を伝えることができるという、ロマンスの原点を見事に言い表わした言葉なのである。

主人公ランドルフ・マクマーフィの破天荒な、しかしきわめて人間味あふれる行動は、高度に管理された病棟の規則にそぐわないために異常者の烙印を押され、彼はロボトミーの手術を施される。語り手であるチーフ・ブロムデンは、このようなマクマーフィの姿に、古き良き時代のアメリカ人のロマンを重ね合わせていた。がんじがらめの規則が人間を支配する以前の社会、つまりおおらかに人生を楽しみ、個人の尊厳に敬意を払い、自由を思う存分謳歌できた古き良き時代の価値観をマクマーフィが体現していることにチーフは気づいたのである。インディアンの部族の長であったブロムデンの父親とマクマーフィはこの時点で二重写しとなる。したがって、ロボトミー手術の結果、廃人となってしまったかつての英雄マクマーフィを自らの手で絞殺したブロムデンの意図は明らかであろう。英雄を英雄として永遠に固定化しておきたかったのである。ヒーローの座を滑り落ち、廃人となったマクマーフィの姿を他の患者の目にさらしたくはなかった。彼が病棟から脱走したと思い込ませることによって、マクマーフィは英雄のままで永遠に仲間の記憶の中で生き続けることになる。ブロムデンは英雄の影を背負いつつ、病棟の窓を突き破り、自由と尊厳を求めてカナダへ逃亡する。

精神病棟における二人の運命は、エイハブとイシュメイルが二十世紀に登場したなら、おそらくたどることになるであろう姿を予感させる。問題は、現代社会において素朴に、おおらかに、しかも劇的に自己を演出しようとしたならば、マクマーフィとブロムデンがたどった運命を覚悟しなければならないということであり、それは必然的に狂気への転落を意味するのである。したがって現代にあって、イシュメイルやニックのような語りを復権しようとすることは、とりもなおさず精神病棟を舞台にして語りを完結するか、あるいは意識的に異常者を装った人物に語りを任せるしかないことを意味する。

ストレザーのような映し手的人物の登場は、小説の題材のみならず、小説技法という点においても、結果として狂気にも似た桁外れの演技する精神を物語の世界から駆逐し、アメリカ文学のロマン的心情にとどめの一撃を加えることになったといっても過言ではないであろう。この意味においてジェイムズが創り出した「映し手的人物」の持つ影響力の射程は広く、長い。

注

1 Herman Melville, *Moby-Dick or The Whale*（1979）, pp. 574-575.
2 F. Scott Fitzgerald, *The Great Gatsby*（1925）, p. 111.
3 Melville, p. 577.
4 Fitzgerald, p. 177.

5　Henry James, *The Art of the Novel* (1935), p. 32.

6　*Ibid.*, p. 63.

7　F・シュタンツェル『物語の構造』岩波書店、一九八九年、一四六頁。

8　James, *The Art of the Novel*, pp. 14-15.

9　*Ibid.*, p. 332.

10　*Ibid.*, p. 328.

11　F・シュタンツェルは、「わたしの語る物語状況」と「局外の語り手による物語状況」の違いを、「一人称語り手とその語りの動機が物語そのものに実存的に結びついているのに対し、局外の語り手にはそのような繋がりが欠如している」ことを指摘しているが、ジェイムズの作品を考える上で参考になる指摘である（『物語の構造』一五五頁）。

12　Henry James, *Roderick Hudson* (1935), p. 512.

13　Henry James, *The Ambassadors* (1937), pp. 3-4.

14　J.M. Backus, "He came into her line of vision walking backward" Nonsequential-Signals in Short Story Opening", *Language Learning* 15 (1965), p. 67.

15　Ken Kesey, *One Flew over the Cuckoo's Nest* (1996), p. 8.

終章　ヘンリー・ジェイムズのアメリカ——意識と形式の分断

1. アメリカ精神の特質

一八三一年、フランスの政治家アレクシス・ド・トクヴィルは、アメリカ合衆国の刑罰制度の視察を目的として新大陸を訪問し、アメリカ国内を広く見聞して回った。四年後の一八三五年、彼はその視察の成果ともいうべき、『アメリカの民主主義』(*Democracy in America*)を上梓した。トクヴィルの関心は単に刑罰制度に止まることなく、広くアメリカ社会の政治、風俗、習慣にまでおよび、当時のヨーロッパにおいては見ることのできない「諸階層の平等化」がアメリカ社会特有の現象であることに着目し、アメリカ社会の特徴を見事に描き出している。トクヴィルはこの著作の中で、アメリカの思想の一般的傾向に触れ、次のように記している。少々長いが引用してみよう。

アメリカでは、多数が思想に厳しい枠をはめている。その範囲内では、文筆に携わるものは自由であるが、あえてそれから外れようとすると災難を被る。火あぶりの刑の恐れはないが、ありとあらゆる種類の不快と日々の迫害の的となる。……

旧世界のもっとも誇り高い国々では、同時代の道徳的な欠陥と、滑稽な言動とをありのままに描くような著作が公刊された。ラ・ブリュイエールが大貴族についての章を書いた時には、ルイ十四世の宮廷に住んでいた。モリエールは廷臣の前で演じられた劇の中で宮廷を批判した。しかし、合衆国を支配する力はこのような戯れを決して望まない。わずかの批判にさえ傷つき、少しでも痛いところをつかれると猛り立つ。言葉つきからもっとも堅固な志操にいたるまで、すべてを賞賛しなければならない。作家はすべてその名声がいかに高くとも、同胞市民を称える義務から免れることはできない。多数は常に自賛の中に生きている。異国人または経験のみがアメリカ人の耳に真実を伝達させうるのである。アメリカ人が偉大な作家をいまだ持たないとして、その理由はほかでもない。精神の自由がなくては文学の天才は存在しえない。その精神の自由がアメリカにはないからである。（第七章第五節）

「アメリカ人が偉大な作家をいまだ持たない」というその理由が、トクヴィルがここで指摘している通りであるのかどうか、あるいは精神の自由の欠如という指摘が果たして正鵠を射たものであるかどうかに関しては、議論の分かれるところであろう。というのも、ホーソーンもメルヴィルも彼らの代表作である『緋文字』（*The Scarlet Letter*, 1850）、そして『白鯨』（*Moby-Dick*, 1851）をまだ世に問うてはいなかったのであるから、果たしてトクヴィルの見解をそのまま鵜呑みにしてよいものやら少々疑問が残る。しかしながら、自由と平等の国として知られているアメリカにおいて精神の自由がないという指摘は、単に修辞上のアイロニーの面白さにとどまらず、大変興味深い真実を含んでいる。

続けて第六節「多数の圧政がアメリカ人の国民的性格に及ぼす影響」において、多数派の圧政の影響は政治の領域を超えて習俗にまでおよび、それによって偉大な人格の発展が阻止されること、つまり合衆国のような民主共和制においては、多数の人が追従の精神構造を持つようになることを指摘しているのである。

トクヴィルが見聞した当時のアメリカ社会は、アンドルー・ジャクソンが大統領として君臨した、いわゆる「ジャクソニアン・デモクラシー」の時代であり、後に「コモン・マンの時代」とも呼ばれるようになる急激な大衆化の時代であった。そのことを割り引いて考えねばならないとしても、確かにアメリカ社会は十九世紀初頭から急速に階層の平等化が推進されつつあった。ジャクソン大統領がアパラチア山脈以西から選出された、西部出身の最初の大統領であるという事実、そしてデイビー・クロケットを初めとして、それまで西部の荒野で生活していた辺境の開拓者たちが、突如代議士としてホワイトハウス内を闊歩するようになり、国会議事堂の絨毯を泥で汚したというエピソードは、この時代の変化の激しさを象徴的に物語っている。トクヴィルはジャクソンを次のように評している。

ジャクソン将軍はアメリカの人びとが大統領としていただくべく二度選んだ人物であるが、その性格は粗暴で、能力は中程度である。彼の全経歴に、自由な人民を治めるために必要な資質を証明するものは何もない。（第九章第一節）

少々辛辣すぎる嫌いがないでもないが、しかし歴史学者フレデリック・J・ターナーのフロンティア理論の指摘を待つまでもなく、アメリカ社会がジャクソン大統領以降、南北戦争を経てますます平等化へ向かう事実に照らして考えると、核心をついた論評であり、しかもその射程は長く、現代にまで及んでいると言えよう。

2. 自由の自家中毒

トクヴィルの見解は、アメリカ社会がその出発点から抱えていたアイロニーを端的に示している点で非常に重要な意味を持っている。それは、封建制度を経験せずに民主主義を達成した国民にあっては、つまり自由を勝ち取ったのではなく生まれながらにして自由な国民にあっては、自由は無償で得ることのできる先験的概念として捉えられる傾向が強いが、しかし自由に対する信頼があまりにも強すぎるため、それ以外のものは排除するという事態が生じる。自由の絶対化の当然の帰結として、異質な原理に対する寛容さを認めることなくアメリカ的自由の概念に同調することを強制するのである。これが、自由が自由によって逆襲され、結果として精神の自由を失ってしまうというアイロニーの構造である。いわば自由の自家中毒が起こるわけで、アメリカ社会のこのような特徴を指摘した論評をあげようとすれば、枚挙にいとまがなくなるほどである。

たとえば、トクヴィルに遅れることおよそ一世紀、一九二三年八月にD・H・ロレンスは、ニューヨークのトマス・セルツァー社から『アメリカ古典文学研究』(*Studies in Classic American Literature*)を上梓した。この評論の中でロレンスは「土地の精神」と題する一章を当て、アメリカという特異な空間に言及し、次のように語っている。

一七〇〇年ならアメリカよりもイギリス人の方が信仰の自由はあった。自由を願い、だからこそ故国に踏みとどまって、自由のために戦い、そして手に入れたイギリス人たちの勝ち取ったものだ。信仰の自由だというのか。ニューイングランドがこの世に生まれて最初の世紀のあいだに過ごした歴史を読んでみるといい。

とにかく自由だというのか。自由民の国。これぞ自由民の国。そうかねえ。もしわたしが気にさわることを口にしたら、自由民たちが暴徒と化して、わたしにリンチを加えるだろう。それがわたしの自由なのだ。自由だというのか。そうかねえ、個人が自分の仲間である同胞をこんなにおどおど怖がっている国に来たのははじめてだ。なぜならわたしに言わせれば、同類でないことが分かったとたんに、思う存分リンチを加えるお国柄だ。（第一章「土地の精神」）

D・H・ロレンスのこの評論と、前述のトクヴィルの指摘を比較してみれば、両者の見解の類似性は一目瞭然であろう。ロレンスもトクヴィルも、アメリカ人が宿命として抱えている恐るべき特質を的確に読み取っている。ヨーロッパにおける自由は不自由を前提とした相対的な概念であるが、アメリカにおいては不自由を前提とするどころか、自由は先験的に存在する神のごとき絶対的な概念に変容してしまう。自由は不自由という対立概念が存在しないために独り歩きを始め、やがて巨大な怪物と化して猛威を振るう。多数派の意に沿わないものは一切排除してしまうという事態が生ずる。アメリカにおいては、人は念仏のごとく自由と平等そして民主主義を唱えていれば救われ、まず身辺の安全は保障される。したがって人は、他人の目を気にしながら本音を包み隠して、自由を声高に主張する多数の意見におもねることになる。

自由に限りない信頼を寄せるアメリカ人のこのような傾向は、観念の生み出すきれいごとにすぎず、頭でっかちの理念の産物であるとロレンスは切って捨てる。ロレンスによれば、人は自己の魂をしかと見据えた上で、その深奥に潜む真の欲求の叫びに耳を傾け、その声にこそ従うべきだとする。

彼らは自分たちの情念がこぞって破壊しようとするモラリティにしっかりと理知の忠誠を捧げる。ここから、彼らにそなわる致命的な欠陥、もっとも完璧なアメリカの芸術作品『緋文字』にさえ見られる、この上なく致命的な欠陥、つまり二枚舌が生じる。自己の情念が拒絶するモラリティにしっかりと理知の忠誠が捧げられるのだ。（第一章）

理念と情念の乖離によって生じる二重性、すなわちロレンスが語るところの「二枚舌」は、アメリカ文化を理解する上で重要な鍵となる。果たして理念の中に真実が存在するのか、それとも情念の中に真実が存在するのか、明確に断定しがたいところではあるが、しかしこと自由という概念に関する限り、アメリカ民主主義社会に顕著に見られる「自由の横暴」というロレンスの指摘は、無視できない示唆に富む内容を含んでいる。

またロレンスからさらに三十年後、ルイス・ハーツは『アメリカ自由主義の伝統』（*The Liberal Tradition in America*, 1955）の中で、「皮肉なことに、自由主義は西洋の何処においても、個人の輝かしい象徴であった教義である。けれどもアメリカでは、それが持つ強制力はあまりにも強く、自由それ自体にとって脅威となるほどであった。ロックの自然法は本来、平等な人間に同様なことを語るのであるから、ロックの中には、実は大勢追従主義の萌芽がはじめから隠されていたのである。そしてこの萌芽は、近代ナショナリズムの爆発的な力によって培養されると、はなはだ目立つものに成長を遂げる」と記している。ハーツの指摘は、具体的には二十世紀中頃に起こった「赤の恐怖」に対するヒステリックな反応とそれを煽《あお》る世論の専制に向けられているのであるが、「自由の持つ強制力はあまりにも強く、自由それ自体にとって脅威となる」とのアイロニカルな指摘は、単に「赤の脅威」に対する世論の反応にとどまらず、アメリカの社会全般を理解する上で重要な鍵となる指摘である。また同時にそれは、アメリカ的な大衆政治（デモクラシー）に本質的に内在する危険性でもある。

トクヴィルにしてもロレンスにしても、自由の絶対化というアメリカ社会およびアメリカ人の特質を、鋭い知性と感性でもって見事に抽出したのであるが、それを可能にしたのは、彼らが共に封建社会を経て成立したヨーロッパの人間であったということ、したがって封建制社会を経ずに成立したアメリカ合衆国の特質を客観的に眺めることができたということであろう。

しかしトクヴィルやロレンスが指摘したアメリカ人に特有の思考形態、そして民主主義国家アメリカの特異性に早くから気づいていた一人のアメリカ人がいた。ヘンリー・ジェイムズは後に国際小説と呼ばれることになる小説を数多く書き、作品中において歴史の浅い新大陸アメリカと、随所に歴史が顔を覗かせている旧大陸ヨーロッパの対立という構図を好んで扱った作家であるが、当然のことながら風俗、習慣を含めた広い意味でのアメリカの風景には人一倍関心が深かった。それというのも作家の想像力と社会の風俗、習慣、そしてその総体である文化は不可分のものであり、風景が織り成す陰影の濃淡によって作家の想像力は刺激されると考えていたからであろう。彼が評伝『ホーソーン』（*Hawthorne*, 1879）の中でアメリカの風景に言及した例の「ないないづくし」はあまりにも有名である。作家の想像力を刺激するには歴史と習俗の蓄積が必要であるとして、ヨーロッパには存在するがアメリカには欠けているものを列挙する。

君主もいない、宮廷もない、個人の忠誠もない、貴族制度もない、教会もない、聖職者もいない、軍隊もない、外交儀式もない、郷士もいない、宮殿もない、お城もない、荘園もない、ましてや田舎の大邸宅もない、牧師館もなければ、草葺きの小屋もない、ツタのからまる廃虚もない、大寺院もなければ、修道院もない、すばらしい大学もなければ、まともな学校、つまりオックスフォード、イートン、ハロウもない、文学も、小説も、博物館も、絵画も、政界も、賭けに興ずる階級もない、したがってエプソンやアスコット競馬場もないのである。

この一節を文字通り、十九世紀前半のアメリカの風景に作家の想像力に不可欠な文物が欠如している点を指摘したものとして読むこともできよう。しかし賢明な読者なら、これを比喩として読む時、その背後に大きな意味の広がりが存在していることに気づくであろう。言い換えれば、封建制度を経験せずに成立した社会の宿命を象徴的に語った一節と考えるなら、これは明らかにトクヴィルが「多数派の圧政の影響は政治の領域を超えて習俗にまでおよび、それによって偉大な人格の発展が阻止される。つまり民主的共和制においては多数の人が追従の精神を持つようになり、多数による自由の専制が生じる」と指摘し、D・H・ロレンスが「これぞ自由な民の国。そうかねえ。もしわたしが気に障ることを口にしたら、自由な民たちが暴徒と化して、わたしにリンチを加えるであろう」と揶揄したあのアメリカ的特質に言及しているのである。

3. 意識と形式の分断

ではジェイムズは、そのアメリカ的特質をいったいどのように捉えていたのであろうか。むろん、封建制国家の諸制度の存在をジェイムズが望んでいたとかいないとか、機械文明に支配されたアメリカの景観を唾棄していたとかいないとか、字義通りに解釈すべき質のものではないことは明らかであろう。結論から先に述べれば、それは民主主義社会にありがちな過去との断絶、すなわち過去の遺産を否定することから生じる「形式の欠如」であった。『ある婦人の肖像』の序文においてジェイムズは意識と形式に関して示唆に富む見解を披瀝している。

要するに小説の家には一つの窓があるのではなく百万の窓がある――いや、窓になりうる部分が数え切れないほど存在するといった方がよいであろう。人間の営みの場が、「主題の選択」であり、開けられた開口部――広いものであれ、バルコニーのついたものであれ、細長く突き出たものであれ――が「文学の形式」である。しかし窓はそこに観察者の存在がなければ無に等しい。すなわち芸術家の意識がなければ無に等しいのである。

この比喩を前述した「ないないづくし」に照らして考えると、「君主、宮廷……修道院……エプソンやアスコット」などの諸文物は表出した形式であり、それを背後で支えるものが時代の意識であり、時代の精神であるということになる。意識と形式は当然不可分のものであり、いずれが欠けても芸術は実を結ばない。したがってジェイムズがアメリカの風景に欠けているものを嘆く時、その悲しみは二重に悲しみを帯びる。果たして形式が存在しないから意識がないのか、意識がないから形式が存在しないのか、この問題はアメリカが過去の文化遺産を否定し、ヨーロッパから独立した独自の文学を確立することを意識し始めた時から克服しなければならない課題でもあった。

社会制度（形式）と意識の分離はそもそもアメリカ超越主義に特徴的な傾向であったということができよう。W・E・チャニングが「無抵抗のまま外国文学に依存して育つくらいなら文学などない方がいい。一国の真の君主とはその国の精神と思考形態、趣味、行動規範を決定するものである。したがってわれわれは、それを外国人の手にゆだねることに同意できないのである」と旧大陸の文化からアメリカ文学の独立を主張し、R・W・エマソンが随筆「自然」の冒頭で、「われわれの時代は懐古的である。……なぜわれわれは過去の形式の哲学と詩ではなく、洞察の哲学と詩を持たないのか。なぜ過去の無味乾燥な遺骨の中で模索しなければならないのか」と過去との決別を謳い上げ、アメリカの知的独立を宣言した瞬間から、アメリカは過去の形式を捨て去る方向に歩み出したのである。しかし、過去の文化遺産を否定し、一切の過去の形式を捨て去ったところから出発しようとしたアメリカではあるが、彼らは当然のことながら新しい意識とそれを表現する新しい形式を模索しなければならなかったのである。二十世紀初頭のアメリカにあって、アメリカ精神はその新しい意識にふさわしい形式をいまだ持つにいたっていなかった。「意識」と「形式」の断絶こそが、アメリカ精神が宿命として背負うことになる十字架と、ジェイムズには思えたのである。

ジェイムズは、一八八三年を最後に、ほぼ二十年間アメリカの土を踏んでいなかったが、一九〇四年に故国アメリカを訪れ、「意識」と「形式」の分断された様をアメリカの風景の随所に発見し、その時の印象を『アメリカの風景』（*The American Scene*）として一九〇七年に出版している。この作品は、「『アメリカの風景』は著者の長年にわたる修練の勝利、真剣に考えるアメリカ人なら無視できない本」とのエズラ・パウンドの指摘、あるいはエドモンド・ウイルソンの「現代アメリカについての最高傑作の一つ」との指摘を待つまでもなく、すぐれたアメリカ文化論となっている。読者は一読すればつぶさに、おそらくこれが単なる旅行記の枠にとどまらず、前述したトクヴィルの『アメリカの民主主義』やD・H・ロレンスの『アメリカ古典文学研究』に匹敵する、アメリカ精神の持つ意味を探求した文明批評の書であることに気づくであろう。

4. アメリカと空虚な民主主義

ジェイムズはかつて「小説の技法」の中で、小説家にとって必要な才能は「目に触れるものから見えざるものを推測し、物語の意味を見抜き、形によって全体を判断する能力」、「一斑をもって全豹を推す能力」であるとの考えを披瀝したが、二十年ぶりに訪問したアメリカの風景に接して遺憾なくその信念を発揮し、母国アメリカを容赦なく裁断している。この著作の序文において「人間生活の諸相や社会の雰囲気が持つ特徴の中には、新聞や報告書や調査書や議会の報告者が扱う能力を明らかに欠いているように思われるものがある。しかもそのようなものの中にこそ、いっそう多くの興味深い事実や、どのような努力をもってしても測り知ることができない重みを持つ、国民性の表現が含まれているように思われる」と語っていることからして、ジェイムズが何を意図していたかは明らかであろう。彼自身の芸術理念に従い、文字通り小説家としての想像力を最大限に発揮して、表層に現われた単なる数字が示す事象の分析にとどまることなく、その背後にある意味を探し求めて一挙にそこに到達しようとしている。

たとえばニューヨークの別荘地を訪れ、成金たちの暮らす豪壮な屋敷を眺めて、「入り口に門番の小屋一つないこれらの別荘が示しているのは、要するにその規模と、できる限り金のかかった建物だという事実を率直に告げる外観にすぎないのだ」（第一章）として、富の顕示だけが目的であるかのような、かつ体裁だけにこだわるアメリカの浅薄な成金趣味を一刀両断のもとに切って捨てる。「これほど無邪気に自分たちの富を誇示し、しかもその他の何物も示さないことによって、彼らはいったい何を達成しようとしたのであろうか」と疑念の一瞥を投げかける。本来ならこのような別荘が風俗や社会の景観を作り出す力に一役買っているのであるが、ここニューヨークにおいては「空虚」「まったく無能な空虚」しか存在しないと断罪する。アメリカの風景の中で周辺の景観とまったく関わりがないかのごとく存在する贅の限りを尽くした建物を捉え、「外面的な空白はそのまま内面のありようを示しているのであろうか」と表象の背後の意味を探ろうとする。

ジェイムズがニューヨークに林立する豪奢な別荘の中に見いだした「何かが欠けている」という認識は『アメリカの風景』を貫く基調音となっているのであるが、「空虚」をアメリカ社会を象徴する一つの特徴と捉え、さらにそれを生み出しているアメリカ社会の本質にまで迫る。ニューイングランドの山村を訪れたジェイムズは、村落の景観が醜悪以外の何物でもないとの印象を強くし、表象の背後にある意味を求めて、それこそ一気呵成に突き進む。

アメリカの村落に見られる醜悪さを説明するためには、わたしは便宜的に、封建制度の長所を認めるかのような考え方に頼らざるを得なかった。この醜悪さは、さまざまな形式が跡かたもなく廃止されてしまった結果である――もっとも、形式というものが過去、現在、未来を問わずアメリカに存在した、あるいは存在しうる証拠はほとんどないのだから、それはアメリカでは廃止される名誉さえ与えられることがなかったのである。（第一章「ニューイングランド――秋の印象」）

形式を持たないのは、絶えずそこに「過去を放棄し、成長しようとする意志」があるからだと断言する。何を犠牲にしようがとにかく成長しようとする意志、変化することにこそ意味があるのだという意識を、いたるところでジェイムズは観察する。では過去を放棄させようとするものがいったい何であるのか、そして成長への意志の背後に何が存在するのであろうか。封建制社会においてであれば、ある形式がすでに存在するために、「過去の放棄」や「成長への意志」は抑圧されるか無視されてしまうのがせいぜいであろうが、アメリカの「空虚な風土」はどのようなものであれ受け入れてしまう。つまり、「絵の大きな額縁の中には阻止したり指図したりするものがほとんど欠けていて、充分な数の騒々しい新聞を購読する充分な数の読者が望みさえすれば、どのようなことでも実現可能であるような印象」を与えるのである。ここでジェイムズは一挙に問題の核心へと迫る。

途方もなく前例のない音響を発している偉大な存在は、恐るべき民主主義の姿であって、その姿は、その後さまざまな機会に、その変化する、角ばった影を観察者の視野いっぱいに投げかけるのだ。過去を一掃してしまったのは民主主義の巨大な箒であって、虚空の中で振り回されているように思えるのもまたその箒である。……証拠はあまりにも多くの場合、何かが不足し、欠けているという証拠であり、わたしの注意と関心を惹くものは、耐えがたい空虚――耐えがたい空虚そのものであった。直接明白な姿をとって現われている場合にも、他の現象の中に内含されている場合にも、民主主義の強烈さは際立っていた。（第一章「ニューイングランド――秋の印象」）

アメリカの風景に共通する「空虚」を生み出していたその張本人は、「民主主義」であった。直感的に表象の背後のある本質に到達するジェイムズの眼差しは冴えて鋭い。

このような民主主義社会の特徴を、ジェイムズはハーヴァード大学の学生たちの中に発見し、「青年の特徴から推測される親と育ちの多様性の欠如」に驚きを隠さない。そしてイギリスでもフランスでもドイツでも、若い大学生の親としてあらかじめ想像できるものには「五十種類以上もの人物、五十種類以上もの多様な職業」があったとして、アメリカの社会の平板さと画一性を指摘する。民主主義社会における「多様性の欠如」という指摘は、ただ単に学生の出自に言及しているのではなく、アメリカ人の精神構造まで含めた広義の意味に使われていることは明らかであろう。多様性と画一性という一見矛盾する概念を、表面上の集団とその集団を支配する精神構造という二つの側面から考察し、それら二つの特徴が集団の中に同居しうる点を指摘した点に、ジェイムズの分析の鋭さが見事に発揮されている。雑多な人間の集団であるアメリカ民主主義社会にあって、その表面上の多様性にもかかわらず、集団としての画一的な精神構造の存在を看破したジェイムズの洞察力には驚くべきものがある。ジェイムズのこの指摘が、前述したトクヴィルの「自由の絶対化に伴う精神の自由の欠如」という指摘に呼応することは一目瞭然であろう。

5. 民主主義、商業主義、そして機械文明

この民主主義が商業主義と結びついた結果、「わたしたちの広大で未熟な商業的民主主義にあっては、常態とは新しいもの、安価なもの、平凡なもの、商業的なもの、安直なもの、あまりにもしばしば醜悪なもの」が支配する社会を生み出すことになる。ジェイムズは生まれ育ったニューヨークの景観の中に民主主義と商業主義が結びついた典型的な姿を見て取り、徹頭徹尾冷ややかにこき下ろすのである。「ウォール街の口はわたしの耳元で明瞭にわたしの年齢を宣言していた。そればかりか、どこを向いても生活の呼吸は商品を目指して走り続ける青年のそれであり、新しいものが古いものをまるで乱暴な子供たちがカタツムリや毛虫を踏み潰すように圧殺していた」（第二章）と、ニューヨークを離れていた二十年間に生じた変化の激しさに唖然とする。

特に十九世紀末の機械文明の象徴である高層建築に対して、ジェイムズはあからさまに嫌悪の念を表明し、アメリカの未来に対して一抹の不安を吐露している。D・E・ナイは歴史的に見てテクノロジーの成果がアメリカ社会の多様性を統一するための象徴的機能を果たしてきた点を指摘し、ニューヨークの摩天楼を、橋と同様に当時のテクノロジーが成し遂げた成果としているが、ナイの見解はニ

ユーヨークの摩天楼が移民社会の同化のシンボルになったという外面の事象に関する限り、何ら否定すべきものではない。しかし表象の背後に存在する意味を読み取ろうとするジェイムズにとって、「多様性」を「統一」すること自体が精神の画一性を招くことになり、それが結果として民主主義社会の悪しき風潮を引き起こしていると考えていることからして、ジェイムズの見解がおおよそ一般の反応と異なっているのは当然といえば当然のことであろう。ジェイムズはニューヨークの摩天楼にアメリカ機械文明と民主主義社会の将来を象徴的に読み取るのである。摩天楼が「利益に奉仕させられる科学」の生み出した成果であり、そのような成果は「商業的に利用される以外に何ひとつ神聖な用途」を持つことはないとする。

これらの高層建築は特に耳をつんざく音響を発している。わたしたちが今まで知っていた世界中の壮大な建築――塔や寺院や宮殿――とは違い、ニューヨークの高層建築は、永遠の存在としての権威はおろか、長命な存在としての権威を持って、わたしたちに語り始めることは絶対にない。一つの物語が面白いのは、もう一つが始まるまでで、摩天楼が建築技術における最高の言葉といえるのは、次の言葉が書かれるまでの束の間にすぎない。その言葉はおそらく、いっそう醜悪な意味の言葉であろう。（第二章「ニューヨーク再訪」）

では、摩天楼が時代を代表する最高の建築技術の集大成であるにもかかわらず、なぜ「束の間」のはかない命しか持たない「醜悪な意味の言葉」として映るのであろうか。それは、「金こそが自尊心ある建物が目的とするに足る唯一の対象」とするような時代風潮が、摩天楼の背後に潜んでいるのをジェイムズの想像力が嗅ぎつけたからに他ならない。したがって「金銭欲の怪物たちが、形式美の感覚に訴えることのできるもの」を何ひとつ持ち得ないことは当然であり、そこに形式美を探そうとしても結局、「高層建築のもっとも際立った特徴、経済的理想をもっとも声高に物語っている高層建築の唯一の特徴によって、美的な見方をしようとする試みはすべて、遅かれ早かれ挫かれてしまう」（第二章）からである。

都市において過去の文化遺産でもある建築物が、高層建築に取って代わられてしまうという事態は、ニューヨークのみならず古都ボストンにおいても見られる傾向であった。ジェイムズはそこに時代の変化を感知するのみならず、圧倒的に猛威を振るう商業主義、拝金主義に染まったアメリカ民主主義に怒りを隠そうとはしない。アメリカで必要なものは、「金銭的利益であり、諸条件を利用して存分に稼ぎまくり、物価も礼儀作法もその他の不便も比較的癒しやすい、かすり傷程度のものと見なすこと、金で洗えば直る程度の苦痛と見なすこと」（第七章）と語るにいたって、怒りを通り越して絶望にまで達する。

ジェイムズの観察したアメリカ社会の変化を推し進めているのが、商業主義に支えられた民主主義であることは前述した通りであるが、それが外国からの大勢の移民によって支えられている事実を彼は見逃さない。これらの移民がアメリカの姿を絶えず変化させている事実、そしてそのことがもたらす文化変容に対してジェイムズはある危惧の念を抱いている。訪れる土地のいたるところで出会う外国からの移民の語る言葉を耳にして、彼は「未来の言語の特徴がどのようなものであれ、それが英語でないことは確実であろう——少なくとも現在の文学的な基準に照らしてみる限り」（第二章）と慨嘆する。ニューヨークを我が物顔で闊歩するユダヤ人や、ボストンやセイラムでたびたび見かけたイタリア人を、「遠い彼方にある同質的なボストン」とジェイムズ自身を隔てる「格子の桟を象徴するもの」として捉え、外国人移民の存在は、アメリカ社会が古き良き時代の価値観や予想から遠ざかった距離を示していると感じる。

ジェイムズの外国人移民に対する印象は、現在から見れば、かなり保守的なものであると言わざるを得ない。いや、保守的を通り越して、人種差別主義者特有の偏見であると言われても仕方がないほど偏頗なものがある。特にユダヤ人に対するジェイムズの印象は度を越しており、当時の一般的な社会通念がおそらくジェイムズに影響を及ぼしていたのではないかと思われるほどである。たとえばジェイムズの父親と親交のあったトーマス・カーライルは、アングロ・サクソン第一主義を唱える頑迷な反ユダヤ主義者として有名であるが、ユダヤ人に対する嫌悪感を公然と表明していた。カーライルの反ユダヤ主義がジェイムズにどれほどの影響を及ぼしていたか定かではないが、ユダヤ人を蛇やミミズ呼ばわりするジェイムズの比喩は侮蔑的であり、カーライルのユダヤ人嫌いとさほど変わらない。

要するにこの民族（ユダヤ人）には他に比類のないたくましさがあって、無数の断片に切り刻まれようとも、その人種の特性を失わないのであろうか？ 博物学によると、蛇であったかミミズであったか、小さな奇妙な生物があって、短く切り刻まれても平気で這い出してゆき、断片になってからも完全であった時と同じように不自由なく生活できるという。（第三章）

ユダヤ商人に対するジェイムズの印象は決して穏当とは言えず、あたかもこの時代の商業主義の背後で糸をひいているのはユダヤ人であるかのように、「薄暗い店の奥で慎重に罠に餌をつけているユダヤ人商人」（第八章）と痛烈な風刺を繰り返す。

結局、ジェイムズにとって、当時の機械文明のもっとも顕著な成果である摩天楼も、商業主義に汚染された民主主義が行き着いた象徴的な姿としか映らなかった。しかも、ジェイムズにとってそのことはさらに深い意味を持っていた。十九世紀初頭に、前述したチャニングやエマソンから出発した「アメリカの新しい意識」にふさわしい「形式」の探求は、二十世紀の初頭にいたって新しい形式を創造するどころか、逆にその「意識」さえも失ってしまったとジェイムズには思えたのである。過去を断ち切り、ヨーロッパの文化遺産を否定することから出発したアメリカ民主主義は、結果として何も生み出さなかった。いや生み出さないどころか「空虚」というとんでもない代物《しろもの》を生み出していた、と考えた方がわかりやすい。いっそう悪いことに、この空虚な状態は、定まった形式を持たないために周囲の状況に応じて何にでも姿を変えることのできる、何でも飲み込む、途方もない、いわばブラックホールのような代物であった。当然のことながら、ジェイムズはこのような民主主義社会の「空虚」な状態に拝金主義が持ち込まれた結果引き起こされる醜悪さを蛇蝎《だかつ》のごとく嫌悪するのである。

合衆国では付随する形式があらゆる面できわめて乏しいので、それらの形式に包含されていた感情もまた消滅してしまったとさえ考えられるだろう。なぜなら、極端に形式を無視した実例のあるものを捉えて、そこには要するに新しい形式があるなどと考えるのは、わたしの考えではあまりにも持って回った解釈だからである。形式の無視がせいぜい感覚の減退しか表わしていないような場合もある。（第三章「ニューヨークとハドソン川——春の印象」）

形式がないこと、それこそがアメリカの形式であると、なぜジェイムズには思えなかったのか、その点が不思議といえば不思議であるが、それはジェイムズには「形式の無視」、もしくは「感覚の減退」の結果にすぎないとしか考えられなかった。アメリカ人の意識は情況に応じて素早くその姿を変えながら水中を浮遊する、捉えどころのないアメーバのようなものとしか映らなかったのである。

6. コンコードと歴史の連続性

『アメリカの風景』の中で、繰り返し使用されているもっとも重要な概念は、「空虚」（void.

emptiness, blankness, vacancy）であろう。そして、その「空虚」を修飾している形容詞が「どうしようもない、胸の痛む」（helpless, aching）などであるという事実が、アメリカに対するジェイムズの態度を如実に示していると言うことができる。さらにそのような「空虚」なアメリカの風景を眺める語り手は、自分自身を終始「不安なる《レストレス》観察者《アナリスト》」と規定している。アメリカのどこを訪れても、何を観察しても、語り手の脳裏から消えることのない「一抹の不安」が、「空虚」と並行して全体を貫くもう一つの基調音となっているのである。

ではいったい語り手はなぜ不安を覚えるのであろうか、そしてそれは何に対する不安なのであろうか。ここまでジェイムズのアメリカ文明批判を中心に論考を進めてきたが、必ずしもジェイムズはアメリカ合衆国のすべてに絶望し、すべてを否定しているわけではないということをまず確認しておかなければならない。というのも唯一ジェイムズの心に安らぎを与えてくれる土地は、マサチューセッツ州の小さな町コンコードであったと語っているからである。コンコードが「アメリカの他のどの町よりも明確な個性を持っている――言いかえれば、歴史の衣という狭い襞《ひだ》の下に他のどの町よりも巧みに包まれて」いて、しかも「社会的同質性を長いあいだ保持していた」（第八章）からに他ならない。しかもこの町が空間的にきわめて小さな町であるにもかかわらず、精神的にはニューヨークやボストンにも匹敵するきわめて大きな町であるという印象が、ジェイムズをしてコンコードをアメリカ中でもっとも稀有な存在と言わせしめたのである。つまりジェイムズはコンコードという小さな町のささやかな街角、狭い路地、建物という建物に昔と変わらない息遣いを感じ、樹木と川の流れにもエマソンやソーロウの超越主義の精神を、さらには思索にふけりながら森の小道を逍遥するホーソーンの影を見て取ることができたのである。

ジェイムズにとって、コンコードはアメリカの伝統的な精神性を体現している町であるだけでなく、歴史の連続性をも保持している町であった。そこにアメリカ中の町から失われつつあるアメリカの理想が存在しているとの思いが込められていると言っても過言ではない。彼は「わたしがコンコードにいるあいだ、朽葉色の落葉一枚、わたしにエマソンを思い出させずに舞い落ちることはなかった」(第八章)といくぶん感傷的に語る。怒涛のごとく押し寄せる変化の波の中にあって、昔と変わらない風情を保持しているコンコードの屹立とした姿に、孤高の威厳と誇りをジェイムズは見て取り、古き良き時代のアメリカの気高い精神性への哀惜の念を抱いたのであろう。

したがって、語り手の不安が何に起因しているかはおのずと明らかになる。形式を持たないままに闇雲に変化を追い求めるアメリカの現実、しかも本来なら形式を支えるはずの何らかの意識が当然存在してしかるべきであるにもかかわらず、そのような意識の必要性さえ自覚することもなく雑然と無節操に拡大するニューヨークの姿、このようなアメリカ社会の急激な変化が、語り手の「不安」を生み出す要因となっているのである。過去の形式を好んで破壊する民主主義国家アメリカ、ただ変化することにこそ意義があるかのように間断なく変化するアメリカ、社会的連続性が形式を生み出すとするなら、そのような連続性を失いつつあるアメリカ、したがって形式美を完全に喪失してしまったアメリカ。世紀の転換期に母国アメリカに生じつつあった凄まじい変化は、十九世紀の知性にとって変化のための変化としか映らなかったとしても何ら不思議はない。この風潮がアメリカの空虚な空を覆いつくす時、アメリカの民主主義は最悪の事態に陥るとジェイムズには思えたのである。

摩天楼や鉄橋は、「一つの時代が終わった時点」を象徴的に示しているのであり、ジェイムズが「過去を一切否定する野蛮さ加減」（第二章）にもはや耐えられるはずもない。彼は「十九世紀の後半は多かれ少なかれ、わたし自身の見ている前で終わった」（第二章）との感を強くする。二十世紀初頭、アメリカの知性を代表するヘンリー・ジェイムズは、大河のごとく流動するアメリカの現実を目の当たりにしてただ慨嘆する以外に術はなかった。それというのも十九世紀と二十世紀のあいだに横たわる間隙はあまりにも大きく、その異質性は精神的な意味においても物質的な意味においても、想像を絶するものであったからに他ならない。十九世紀の知性にふさわしい居場所はもはや、アメリカの民主主義社会には残されていなかったのである。

民主主義と拝金主義が結びついた結果生じる醜悪な景観は、商業活動の中心地ニューヨークや古都ボストンのみならず、ジェイムズが幼年期を過ごしたロードアイランド州ニューポートにおいても、昔ながらの牧歌的な周辺の景観を睥睨《へいげい》するかのように猛威を振るっていた。アメリカ建国時から上品な趣のある雰囲気を漂わせていたニューポートを訪れたジェイムズは、懐かしい風景に接しながら、過去の思い出に浸る間もなく、この町に起こりつつある変化をつぶさに目撃することになる。鉄道事業で巨万の富を築いたヴァンダービルト一族を初めとする、当時の新興成金たちが豪華さを競って建築した巨大な邸宅が、懐かしいニューポートの町の景観を一変させていたのである。ジェイムズはそれら豪壮な建造物を、「多くは醜悪な、ますます金のかかるいろいろなものを詰め込み、つまり金貨をたっぷりとつかませようとしたわけで、うず高く積み上げられた金貨は、今では自然や空間の規模に奇妙に釣り合わない莫大な量に達している」（第六章）と酷評する。ニューポートの海岸に林立する絢爛豪華な白い館を白い象に喩えて、「かつて海の妖精たちが牧童に歌い返した牧歌的な海辺を単なる白象の繁殖地にしてしまうというのは、そもそも何という思い付きであったろうか！……馬鹿でかい空虚な姿をいつまでもさらしていることは愚かにもほどがある」と怒りをあらわにする。

二十年ぶりに訪れた故郷の町ニューポートを前に、懐かしさのあまりいくぶん感傷的になっているジェイムズではあるが、結局ニューヨークで目撃した光景はアメリカ中を席巻している拝金主義の象徴であることを認めざるをえなかった。巨万の富を象徴する瀟洒な別荘も、ジェイムズにとっては商業主義に冒された民主主義の行き着いた無残な姿としか映らなかった。ジェイムズの嘆きは深く、絶望の色さえ帯びている。

7．商業主義とジェイムズ

『アメリカの風景』を出版した翌年の一九〇八年、ジェイムズはこのような商業主義が支配するアメリカの時代風潮を題材にした寓意的な作品、『にぎやかな街角』（*The Jolly Corner*）を発表している。

この作品の主人公スペンサー・ブライドンは二十三歳の時にニューヨークを離れ、ヨーロッパで生活した後に三十三年ぶりにアメリカに戻ってくる。ジェイムズ自身を彷彿させるこの人物は、ニューヨークの凄まじい変化にただただ驚きの声をあげるばかりであった。ニューヨークの変貌ぶりはスペンサーの予測をはるかに超えていて、しかも「調和の基準と価値観がちょうど逆になっている」ことを発見し、「遠い青春時代に汚いと思っていたもの、そういうぞっとするものはむしろ魅力的で、現代的な、巨大な、有名なものは、たとえば、毎年何千人と海を渡ってくる無邪気な観光客よろしく、ぜひ見たいと思っていたものは、まさに幻滅の種」であると述懐する。スペンサーは、二人の兄が亡くなったことによって遺産として譲り受けた二つの屋敷を整理するためにニューヨークに戻ってきたのであるが、そこで出会ったニューヨークの姿は、いたるところに巨大な高層建築が林立した異質の世界として描かれている。

ところがスペンサー自身も屋敷の一つを高層アパートに改築中で、その仕事に関わってゆく過程で、意外なことに自分の中に建築や商売の才能が眠っていたことに気づく。そこで彼は、もし自分がアメリカに留まっていたならば、どんな人間になったであろうかという好奇心の虜になり、この考えを幼友達のアリス・ステイヴァトンに話す。彼女はスペンサーの話を聞き、「アメリカにずっといらしてさえいたら、才能を生かして何かすごく新しい建築様式を始めて、それでもって大金持になれたのではないですか」と返答する。この返答に気をよくして、彼は自分の過去の可能性を探ろうという気になり、もう一つの古い屋敷の中を自分の分身を探し求めてうろつき回る。それというのも、「この国

（アメリカ）ではお金以外に理由になるものはない」との認識に到達し、このような国に留まっていたならばどのような自分になっていたかという考えが一種の妄想となり、想像力をたくましくした結果、やがて自分の分身らしきものがこの古い家に出没するのを目撃するようになったからである。

物語はこの辺りから、ジェイムズお得意の怪奇趣味の様相を呈してくるのであるが、しかし分身はなかなかその姿をじかに現わすことはない。ある晩、閉めておいたはずの玄関の扉が開いていることに気づき、近寄ってよく見ると、そこに問題の人物が手で顔を覆い隠して立っていた。闇に紛れて見逃して欲しいといった様子で、隠れるようにしていたのである。「安物の夜会服、首からつるした眼鏡、光っている絹の襟の折返し、白いリネンのシャツ、真珠のボタン、金の時計鎖、ぴかぴかに光った靴」といった出で立ちは明らかに見事なもので、「これほど完璧な芸術性をそなえて額縁から抜け出てきた人間もいない」と思えるほどであった。しかしなぜこの分身は堂々と自分を誇示するように現われなかったのか、そのことがスペンサーには不思議に思えたので、じっくりとこの人物の様子を観察してみると、顔を覆っている手の指が二本欠けている。やがてその手の下から、何とも醜悪な、悪人のような、想像もできないほどの恐ろしい顔が、自分とは似ても似つかない顔が迫ってきたのである。そのあまりの衝撃にスペンサーはその場で卒倒してしまう。

自分の分身を探すというこの不可思議な物語は、『ねじの回転』と同様、ジェイムズの一連の幽霊物語の範疇に属するもので、物語の意味するところは、分身の見かけの風体の完璧さとはおよそ不釣り合いな醜悪な顔に象徴されているように思える。手の指が二本欠けているということは、身につけている装身具の表面上の華やかさと対照的に、実体は何かが欠如しているという不完全さを暗示していると考えることもできよう。そのような分身が顔を隠して登場するということは、見られたくないものがその顔に映し出されているからであって、分身自身にスペンサー本人には見られたくないうしろめたさがあることを示している。

表層の華やかさと実体の醜悪さ、このように考えれば、スペンサーの分身が二十世紀初頭のアメリカ商業主義が生み出した人物像、つまり繁栄という時代の波に乗り、一攫千金の富を獲得したにわか成金を象徴していることは明らかであろう。しかもジェイムズがこのような人物を「少年時代に見た大写しの奇怪な幻灯写真の顔、悪人らしい、いやらしい、厚顔で下品な」と表現していることからして、かなり批判的に扱っていることは間違いない。

アメリカに留まっていたならば、おそらくジェイムズ自身がそうなっていたかもしれない、もう一人の自分という架空の物語形式を借りて、ジェイムズはアメリカに蔓延する商業主義に汚染された浅薄な時代風潮、そしてその醜悪さに嫌悪の念を繰り返し表明しているのである。したがって『にぎやかな街角』は、評論『アメリカの風景』において酷評した拝金主義に染まった世紀末のアメリカ社会の問題を小説という形式を借りて寓意的に表現した作品であると考えると、不可解に思える幽霊物語も合点がゆく。

一九一五年、ジェイムズは生誕の地アメリカを捨て、一八七六年以来居を構えてきたイギリスに帰化することを決断する。一七八九年に祖父ウィリアム・ジェイムズが十八歳にして「ラテン語の文法書と文字通りポケットにわずかなお金」を持ち、「独立戦争の戦場を見たいという願望」に突き動かされてアイルランドの寒村から誕生間もないアメリカ合衆国にやって来てから、百二十六年という歳月が経過していた。祖父が大西洋を西に向かって横断した理由は経済的な動機からであったことはほぼ間違いない。しかし、百二十六年後に孫のヘンリーは「意識と形式の統一」という審美上の理由で大西洋を東に向かって横断し、イギリスに永住する決断をしたのである。稀代の小説家を生み出したジェイムズ家の血に何が起こったのか。それが実業家の血でないことだけは確かである。祖父の実業家としての稀有な商才、そして厳格なカルヴィン主義という精神的な支柱は、父ヘンリー・ジェイムズ・シニアによって、宗教的な戒律よりも美意識を問題とする芸術家の精神に変えられていたのである。

イギリスに帰化するという決断は、芸術の形式美を求めるジェイムズにとって、アメリカ民主主義の根本問題は「意識」と「形式」の分断であり、美の質を問うことのないアメリカ商業主義の感覚であるという認識に到達したがゆえの、やむにやまれぬ選択であった。しかしながらヘンリー・ジェイムズが嫌悪感を表明したアメリカの商業主義こそが、祖父ウィリアム・ジェイムズをしてニューヨークを代表する大富豪たらしめたのであり、ジェイムズの芸術はその商業主義から生み出された富の蓄積の上に成り立つ芸術であるというアイロニーをどう理解したらよいのであろうか。

参考文献

序　章

Edel, Leon. *Henry James The Untried Years:1843-1870.* New York: Avon Books, 1978.

——— *Henry James The Conquest of London:1870-1881.* New York: Avon Books, 1978.

——— *Henry James The Middle Years:1882-1895.* New York: Avon Books, 1978.

——— *Henry James The Master :1901- 1916.* New York: Avon Books, 1978.

——— *Henry James Letters Volume I 1843-1875.* Cambridge: Harvard University Press, 1975.

——— *Henry James Letters Volume II 1875-1883.* Cambridge: Harvard University Press, 1975.

Grattan, C. Hartley. *The Three Jameses:A Family of Minds:Henry James Sr., William James, Henry James*. New York: New York University Press, 1962.

Hastings, Katherine. *William James of Albany, N.Y. and his Descendants, with notes on some collateral lines*. Reprinted from the New York Genealogical and Biological Record, 1924.

Kaag, John. "William James's Varieties of Irish Experience", *The New York Times*. 2020.

Mull, Donald L. *Henry James's Sublime Economy*. Middletown: Wesleyan University Press, 1973.

高橋和夫『スウェーデンボルグの思想』講談社現代新書、一九九五年。

谷口陸男編『ヘンリー・ジェイムズ』研究社、一九七五年。

スペンダー、スティーヴン『イギリスとアメリカ――愛憎の関係』徳永暢三訳　研究社、一九七六年。

モリソン、サムエル『アメリカの歴史１・２』西川正身翻訳監修　集英社、一九七六年。

第一章

James, Henry. *Hawthorne*. New York:Cornell University Press, 1956.

――――― *The Art of Fiction and Other Essays by Henry James*. ed. by Morris Roberts. New York:Oxford University Press, 1948.

――――― *The Art of the Novel*. ed. by R. P. Blackmur. New York:Charles Scribner's Sons, 1962.

Matthiessen, F. O. & Murdock, Kenneth B. *The Notebooks of Henry James*. New York:Oxford University Press, 1961.

第二章

Beach, J.W. *The Method of Henry James*. *New Haven*:Yale University Press, 1918.

Buitenhuis, Peter. *The Grasping Imagination*:*The American Writing of Henry James*. Toronto:University of Toronto Press, 1970.

Cargill, Oscar. *The Novels of Henry James*. New York:The Macmillan Company, 1961.

Dupee, F. W. *Henry James*. London:Methuen, 1951.

Edel, Leon. *Henry James 1870-1884 : The Conquest of London*. New York:J.B. Lippincott Company, 1962.

Emerson, Ralph Waldo. *Nature, Addresses and Lectures*. New York: AMS Press, 1979.

Hawthorne, Nathaniel. *The Marble Faun*. New York: New American Library, 1961.

Howells. W. D. *Discovery of a Genius*. New York: Twayne Publisher's Inc., 1961

James, Henry, *The Art of the Novel*. New York: Charles Scribner's Sons, 1962.

——— *Hawthorne*. New York: Cornell University Press, 1966.

——— *The American Scene*. Bloomington, Indiana: Indiana University Press, 1969.

Kelly, Conelia P. *The Early Development of Henry James*. Urbana: The University of Illinois Press, 1930.

Leavis, F. R. *The Great Tradition*. London: Chatto & Windus, Ltd., 1948.

Long, Robert Emmet. *Henry James: The Early Novels*. Boston: Twayne Publishers, 1983.

Matthiessen, F. O. *Henry James : The Major Phase*. London: Oxford University Press, 1946.

Michael, Swan. *Henry James*. London: Lowe & Brydone, Ltd., 1967.

第三章

Bloom, Harold (ed.). *Ernest Hemingway*. New York: Chelsea House Publishers, 1985.

Rourke, Constance. *American Humor*. New York: Harcourt Brace Jovanovich, Inc., 1951.

Cargill, Oscar. *The Novels of Henry James*. New York: The Macmillan Company, 1961.

James, Henry. *Henry James: Letters*, ed. by Leon Edel. Cambridge: Harvard University Press, 1975.

——— *The American*, ed. by James W. Tuttleton. New York:W. W. Norton & Company, 1978.

——— *The American*, ed. by Leon Edel. New York:New American Library, Inc., 1963.

第四章

Beach, J.W. *The Method of Henry James*. Philadelphia:Albert Saifer, 1954.

Blackmur, Richard P. *The Art of the Novel*. New York:Charles Scribner's Sons, 1962.

Canby, H. S. *Turn West, Turn East*. Boston:Houghton Mifflin Company, 1951.

Dupee, F.W. *Henry James*. New York:William Morrow &Company, Inc, 1974.

Edel, Leon. *The Conquest of London:1870-1881*. New York:J.P. Lippincott Company, 1978.

——— *Selected Letters of Henry James*. New York:Farrar Straus, 1955.

Hall, Donald. *"Afterward" to Washington Square*. New York:The New AmericanLibrary of World Literature, Inc., 1964.

James, Henry. *Hawthorne*. New York:Cornell University Press, 1956.

Lubbock, Percy. *The Letters of Henry James, Volume I*. New York:Octagon Books, 1970.

Matthiessen, F.O. & Murdock, *Kenneth B. The Notebooks of Henry James*. New York:Oxford University Press, 1947.

第五章

Anderson, Quentin. *The American Henry James*. New Brunswick, N. J. :Rutgers University Press, 1957.

Bloom, Harold(ed.). *Ernest Hemingway*. New York:Chelsea House Publishers, 1985.

———— *Henry James's The Portrait of a Lady*. New York:Chelsea House Publishers, 1987.

Cargill, Oscar. *The Novels of Henry James*. New York:The Macmillan Company, 1961.

Edgar, Phelham. *Henry James:Man and Author*. Boston:Houghton Mifflin Company, 1956.

James, Henry. *The Novels and Tales of Henry James*. New York:Charles Scribner's Sons, 1937.

———— *The Complete Notebooks of Henry James*. ed. by Leon Edel and Lyall H. Powers. New York:Oxford University Press, 1987.

James, William. *Essays in Radical Empiricism and A Pluralistic Universe*, ed. Ralph Barton Perry. Gloucester, Massachusetts:Peter Smith, 1967.

Krook, Dorothea. *The Ordeal of Consciousness in Henry James*. New York:Cambridge University Press, 1962.

Mathiessen, F. O. *Henry James: The Major Phase*. London:Oxford University Press, 1946.

Perry, Barton. *Gloucester*. Massachusetts:Peter Smith, 1967.

Powers, Lyall H. "The Portrait of a Lady:'The Eternal Mystery of Things' ", *Nineteenth Century Fiction*, XIV. September, 1959.

Rowe, John Carlos. *Henry Adams and Henry James*. New York:Cornell University Press, 1976.

Rahv, Philip. *Image and Idea*. Norfolk, Conn.:New Directions Publishing Corporation, 1957.

Wright, Walter F. *The Madness of Art*. *Lincoln*, Nebraska:University Nebraska Press, 1962.

第六章

Cargill, Oscar. *The Novels of Henry James*. New York: The Macmillan Company, 1961.

Edel, Leon. "Introduction," *The Portrait of a Lady*. Boston: Houghton Mifflin Company, 1956.

——— *Henry James The Untried Years: 1843-1870*. New York: Avon Books, 1978.

——— *Henry James The Conquest of London: 1870-1881*. New York: Avon Books, 1978.

——— *Henry James The Master: 1901-1916*. New York: Avon Books, 1978.

James, Henry. *Notes of a Son and Brother*. New York: Charles Scribner's Sons, 1914.

——— *Henry James Letters Volume I: 1843-1875*. ed. by Leon Edel. Cambridge: Harvard University Press, 1974.

Dupee, F. W. *Henry James*. New York: Doubleday, 1956.

Sandeen, Ernest. "The Wings of the Dove and The Portrait of a Lady: A Study of Henry James's Later Phase", *PMLA* 69. December 1954.

平川祐弘『夏目漱石』講談社文庫、一九九一年。

第七章

Matthiessen, F. O. *Henry James: The Major Phase*. London: Oxford University Press, 1946.

Wegeline, Christof. *The Image of Europe in Henry James.* Dallas:Southern Methodist University Press, 1958.

James, Henry. *Henry James Letters Volume IV:1985-1916*, ed. by Leon Edel. Cambridge:Harvard University Press, 1984.

第八章

Backus, J.M. " 'He came into her line of vision walking backward'. Nonsequential-Signals in Short Story Opening", *Language Learning* 15. 1965.

Fitzgerald, F. Scott. *The Great Gatsby.* New York:Charles Scribner's Sons, 1925.

James, Henry. *The Art of the Novel.* New York:Charles Scribner's Sons, 1962.

———— *Roderick Hudson.* New York:Charles Scribner's Sons, 1935.

———— *The Ambassadors* . New York:Charles Scribner's Sons, 1937.

Kesey, Ken. *One Flew over the Cuckoo's Nest.* New York:Penguine Books USA Inc., 1996.

Melville, Herman, Moby-Dick or The Whale. Berkeley:University of California Press, 1979.

シュタンツェル、F．『物語の構造』前田彰一訳　岩波書店、一九八九年。

終　章

Bloom, Harold. *Henry James's The Portrait of a Lady.* New York:Chelsea House Publishers, 1987

Channing, W. E. quoted in *The American Literary Revolution*:1783-1837. ed. R. E. Spiller.

Emerson, Ralf Waldo. *Nature, Addresses and Lectures*. New York:AMS Press, 1979.

Furth, David L. *The Visionary Betrayed:Aesthetic Discontinuity in Henry James's The American Scene*. Cambridge:Harvard University Press, 1979.

Hofstadter, Richard. *The American Political Tradition*. New York:Alfred A. Knopf, 1985.

James, Henry. *Hawthorne*. New York:Cornell University Press, 1966.

———. *The Art of the Novel*. New York:Charles Scribner's Sons, 1962.

———. *The American Scene*. Bloomington, Indiana:Indiana University Press, 1969.

———. *The Portrait of a Lady*. New York:W. W. Norton & Company, Inc., 1975.

James, William. *Essays in Radical Empiricism and A Pluralistic Universe*. ed. Ralph Barton Penny. Gloucester, Massachusetts:Peter Smith, 1976.

Lawrence, D. H. *Studies in Classic American Literature*. New York:Penguin Books, 1977.

Matthiessen, F. O. *Henry James:Major Phase*. New York:Oxford University Press, 1963.

Nye, David. E. *American Technological Sublime*. Cambridge, Massachusetts:The MIT Press, 1994.

Pound, Ezra. *Literary Essays of Ezra Pound*. ed. T. S. Eliot, London:Farber and Farber, 1960.

Rowe, John Carlos. *Henry Adams and Henry James*. New York:Cornell University Press, 1976.

斎藤真他編『ヘンリー・ジェイムズ　アメリカ印象記』青木次生訳　研究社、一九七六年。

渡辺利雄他訳『世界の名著 33 フランクリン、ジェファーソン、トクヴィル他』中央公論社、一九七〇年。

ハーツ、ルイス『アメリカ自由主義の伝統』有賀貞訳 講談社学術文庫、一九九四年。

初出一覧

序　章　アイルランドから新大陸アメリカへ――ジェイムズ家の三世代
書き下ろし

第一章　ヘンリー・ジェイムズの小説理論
『アメリカ文学――理論と実践』リーベル出版、一九八七年

第二章　『ロデリック・ハドソン』論――未必の故意の物語
『人文学科論集　第四十一号』茨城大学人文学部紀要、二〇〇四年三月

第三章　ロマンスとしての『アメリカ人』――過剰なる想像力の功罪
『アメリカ文学評論　第九号』筑波大学アメリカ文学会、一九八七年一月

第四章　『ワシントン広場』の謎
"American Literature Tsukuba, Vol.1" 筑波大学アメリカ文学研究会、一九八五年四月

第五章　『ある婦人の肖像』論（1）――自由なる自我の破綻そして描かれなかった結末
『人文科学論集　第三十三号』茨城大学人文学部紀要、二〇〇〇年三月　一部改稿

第六章　『ある婦人の肖像』論（2）――ジェイムズはなぜラルフを死なせたか？
『アメリカ文学評論　第十三号』筑波大学アメリカ文学会、一九九三年十月　一部改稿

第七章　『鳩の翼』論――複数の視点が織りなすドラマ
『アメリカ文学評論　第十号』筑波大学アメリカ文学会、一九八九年七月

第八章　語りの構造とヒーロー
『アメリカ文学のヒーロー』成美堂、一九九一年十一月　一部改稿

終　章　ヘンリー・ジェイムズのアメリカ――意識と形式の分断
『成城イングリッシュモノグラフ　第四十二号』成城大学、二〇一〇年二月　一部改稿

あとがき

振り返ってみると、大学で英米文学を学ぶようになってから半世紀近くが経過しました。私が英米文学に触れるようになった当時は新批評が全盛の時代でした。高校時代に日本文学を読み漁り、それまで文学作品の批評は感想文の延長くらいにしか考えられなかった学生にとって、教室で飛び交うイメージの分析や象徴性などという文学用語は新鮮で刺激的でした。緻密な読みに支えられた分析などという言葉が教室で語られるたびに、学問をしているという気分になったものです。文学作品を読むということは、作者の伝記的な事実や歴史的な背景を排除し、作品そのものの構造を分析することであるとか、作品自体に語らせる必要があるなどという指摘は、文学批評が何たるかも知らない若者にとって驚きの連続でした。他の学問領域の方法論を排除し、文学独自の方法論を構築しようとするその試みに大いに心を動かされたことが思い出されます。

しかし驚きの反面、当時から伝記的な事実や歴史的な背景を排除する方法、他の学問領域の方法をできる限り排除するという新批評の方法論に釈然としないものを感じていたことも事実です。文学独自の新しい方法論を構築しようとすることは特に問題とすることではありませんが、他の学問領域の方法を排除するというその考え方には疑問の念を抱いていました。その行き着く先が袋小路になりはしないか、独善的になる恐れがあるのではないか、重箱の隅をつつくような議論になるのではないか等々、文学理論に関してまったくの無知な学生であるだけに素朴に疑問に思っていたことは確かです。

その後、ノースロップ・フライの神話批評あたりまでは何とかついていくことができましたが、やがてキャノン論争、ジェンダー批評、脱構築批評と文学批評は百花繚乱の様相を呈してきて、目も眩むほどでした。こうなると文学独自の方法論を構築するどころか、他の学問領域の理論を使って論争する場を文学が提供している、言うならば、外国から輸入した武器を使って文学という戦場で争っているとしか思えなくなりました。

このような背景の中で重大かつ喜劇的な出来事が起こっていたことを知るのはしばらくしてからでした。その出来事とは、一九九四年に起こった、いわゆる「ソーカル事件」と言われるものです。この事件はニューヨーク大学の物理学の教授アラン・ソーカルという人物が仕掛けた人文・社会科学系学問への挑戦ともいうべきで論争です。彼が当時もてはやされていたカルチュラル・スタディーズ系列の評論誌『ソーシャル・テキスト』に論文を投稿したことに端を発します。論文の題名は「境界を侵犯すること――量子力学の変換解釈学に向けて」というものでした。この論文はいわゆる「えせ論文」で、ソーカルはポストモダンの哲学者や社会科学者、文学評論家たちが多用する用語や数式をちりばめて論文を作成し投稿したところ、それが採用され、一九九六年にそのまま『ソーシャル・テキスト』誌に掲載されたのです。ソーカルの仕掛けた挑戦は、ポストモダン派の研究者たちがこの論文が「えせ論文」であることを見抜けるかどうかという点にありました。ところが、この雑誌が査読制度を採っていなかったためとはいえ、編集者たちはソーカルの仕掛けた罠にまんまとはまってしまったのです。ソーカルの論文が意味不明のでたらめな言葉と数式の寄せ集めであることを見抜くことができなかった編集者たちの大失態でした。ソーカルの論文はポストモダンの研究者の陥りやすい陥穽を見事に白日の下に曝したのです。「言葉は戯れである」ことは、それはそれで一面の真実であると思います。しかし「言葉に戯れられる」、つまり言葉に遊ばれ、翻弄されてしまうとなると、事は捨て置けません。

私たちは新しい文学理論が登場すると、それに飛びつき、研究対象の作品にその理論を使いたくなるという悲しい習性を持っているようです。それらの理論を援用した論文がしばらくの間、学会誌を賑やかに飾ることになります。しかし十年もするとひと時の賑わいはまるで潮が引いていくように消えてゆきます。八〇年代を賑わした脱構築批評の論文を読んでみると、今となっては虚しさを感じるばかりです。ソーカル事件は喜劇的でありましたが、心底笑うに笑えないブラック・ヒューモア的な事件でした。この事件はわれわれ文学研究者も肝に銘ずべき意味のある教訓を示しているのです。

文学も批評も社会の一部を反映するものであり、政治性を帯びることも避けられないし、歴史の鏡でもあります。とするなら新批評のような特定の狭い領域で重箱の隅をつつくような作業が批評であると断言することは、もう現代では無理があるでしょう。もちろん一九四〇年代の新批評を起点として、次々と様々な文学批評理論が生まれてきましたが、一方では、他の学問領域との接触なくして学問の進歩はあり得ないということも同時に示しています。ただ背景にある理論を深く吟味せずに、上澄みだけをすくって書いたと思しき論文がいかに多いことか。ソーカル事件は、いわゆるポストモダンの文学評論が言葉遊びに終始し、空理空論に陥り易いということに対する痛烈な皮肉です。文学研究がとかく机上の空論になりがちであるだけに、自戒の念を込めて他山の石としたいと痛切に感じています。

さて、ここ一年間はコロナウィルスが猛威を振るい、大学の授業はオンライン授業に切り替えられ、パソコンを前にして四苦八苦の毎日でした。ＰＣ上の画面に向かって講義をするのですが、学生の反応は感じられず、壁に向かって読経をしているような感覚でもありました。機材の扱い方に慣れてくると、学生と質疑応答が自由にできるようになるのですが、当初はどうなることやら心配が先に立ち、精神衛生上あまり良い一年ではありませんでした。将来、二〇二〇年はコロナの時代として歴史的に語り継がれることになることは確かです。唯一良い点があったとするなら、巣ごもり状態を強いられた結果、何もすることがないだけに本を読む時間的な余裕ができたことだけでしょうか。

ヘンリー・ジェイムズとはもう三十年近く付き合っていますが、何しろその膨大な著作に圧倒され未だに全貌を把握することができません。恩師の岩元巌先生が「十年も研究していると専門家として何とかやっていけるよ」と冗談めかして話しておられましたが、果たしてヘンリー・ジェイムズの専門家と言えるのかどうか心もとない限りです。何度も背中を押されたものの今まで決断がつきませんでしたが、この際、書き留めてきた中から何篇か選んでまとめておこうと考えた末の決断です。序章は新たに書き下ろし、終章はすでに発表したものを全体の整合性を考えて一部改稿しました。

拙著『デモクラシーという幻想――十九世紀アメリカの民主主義と楽園の現実』を上梓してからほぼ三年が経過しました。前著を丁寧に読んで適切なコメントを下さった岩元巌先生、かつての同僚の小井戸光彦先生、教育学部の田代尚弘先生には心から感謝申し上げます。教えられるところが多々あり、今回大いに参考にさせていただきました。また高橋智之先生、佐藤和夫先生には酒席での知的な会話に大いに啓発されました。ここに記して感謝申し上げます。今回も悠書館の長岡正博氏、小林桂氏にお世話になることになりました。多くの便宜を図っていただき、ただ感謝あるのみです。

二〇二一年春

大畠一芳

【ラ行】

【ワ行】

【マ行】

【ヤ行】

【ハ行】

【タ行】

【ナ行】

【サ行】

索　引

大畠一芳（おおはた・かずよし）：1949年茨城県生まれ。1971年茨城大学人文学部卒。1983年筑波大学大学院博士課程単位取得退学。国際ロータリー財団奨学生（デイトン大学大学院1975年～76年）。文部科学省在外研究員（イェール大学1998年～99年）。茨城大学人文学部でアメリカ文学を担当。茨城大学名誉教授。現在聖徳大学兼任講師。主な著書に『デモクラシーという幻想』（悠書館2018年）、『法と生から見るアメリカ文学』（共著　悠書館2017年）、『アメリカ文学とテクノロジー』（共著　筑波大学アメリカ文学会2002年）、『新アメリカ研究入門』（共著　成美堂2001年）、『アメリカ文学のヒーロー』（共著　成美堂1991年）、『アメリカ文学――理論と実践』（共著　リーベル出版1987年）など。

ヘンリー・ジェイムズとその時代
―アイルランド、アメリカ、そしてイギリスへ―

2021年9月30日　初版発行

著　者　大畠　一芳
装　幀　尾崎　美千子
発行者　長岡　正博
発行所　悠　書　館

〒113-0033　東京都文京区本郷3-37-3-303
TEL03-3812-6504　FAX03-3812-7504
https//www.yushokan.co.jp/

印刷・製本：シナノ印刷

ISBN978-4-86582-043-0

定価はカバーに表示してあります

デモクラシーという幻想
19 世紀アメリカの民主主義と楽園の現実

自由と民主主義との相克――19 世紀後半の文学者、Ｊ・Ｆ・クーパー、ウォルト・ホイットマン、ヘンリー・ジェイムズ、ヘンリー・アダムズの解読を通じて、「人民の、人民による、人民のための政治」が「多数派の、多数派による、多数派のための政治」に堕す政治風土を分析！

大畠一芳［著］

四六判・196 頁／本体 2,000円+税

978-4-86582-033-1